# 華語文教師
## 的專業發展
### 以個案為基礎的探索

宋如瑜 著

# 目次

第一章　導言 ....................................................... 1

　　第一節　臺灣華語文師資培育的發展脈絡 ....................3

　　第二節　華語文教師的專業要求 ..............................5

　　第三節　教師專業中理論與實踐間的循環 ................12

　　第四節　一名華語文教師的成長反思 ....................15

　　第五節　本書個案說明 ....................................28

第二章　大學華語文科系的課程規劃

　　　　　——以中原大學應華系為例 ................41

　　第一節　前言 ............................................43

　　第二節　華語文師資的全人教育 ........................45

　　第三節　課程建構 ......................................58

　　第四節　課程組織與統合 ................................63

　　第五節　課程評鑑 ......................................69

　　第六節　結論 ............................................79

第三章　華語文師資培訓的機制與實務

　　　　　——以印尼地區師資培訓為例 ...............87

　　第一節　前言 ............................................89

　　第二節　印尼華語文教育的變遷 ........................91

　　第三節　印尼華語文教師現況 ............................98

第四節　培訓課程需求分析.................................................105

第五節　師資培訓機制的反思.............................................113

第六節　結論 .......................................................................121

第四章　語法教學在華語文課程中的限制
　　　　——以「零代詞」教學為例 .................................127

第一節　前言 .......................................................................129

第二節　零代詞與華語文教學.............................................131

第三節　零代詞的教材處理.................................................137

第四節　課堂教學的瓶頸 ....................................................142

第五節　結論 .......................................................................155

第五章　華語文教學與多媒體的整合
　　　　——以「故事教學法」為例 .................................163

第一節　前言 .......................................................................165

第二節　理論基礎 ................................................................167

第三節　教學設計 ................................................................173

第四節　教案評估 ................................................................182

第五節　結論 .......................................................................188

第六章　「反思性模擬教學」在華語文領域的運用
　　　　——貫通理論和實踐的師資培訓策略 .................199

第一節　前言 .......................................................................201

第二節　理論基礎 ................................................................203

第三節　教學活動設計.........................................................207

第四節　教師成長的途徑 ..................................... 214

第五節　反思性模擬教學的評估 ......................... 231

第六節　結論 ........................................................ 236

第七章　華語文教師內隱知識的開發

　　　　——課堂教學鷹架的檢視 ..................... 239

第一節　前言 ........................................................ 241

第二節　理論基礎 ................................................ 244

第三節　課堂教學鷹架分析 ................................ 249

第四節　內隱知識的呈現 .................................... 263

第五節　結論 ........................................................ 274

參考文獻 ................................................................ 277

# 第一章

## 導言

第一節　臺灣華語文師資培育的發展脈絡

第二節　華語文教師的專業條件

第三節　教師專業中理論與實踐間的循環

第四節　一名華語文教師的成長反思

第五節　本書個案說明

# 第一節 臺灣華語文師資培育的發展脈絡

臺灣的華語文教學始於二十世紀六〇年代,發展迄今已超過半個世紀,當時,此學科係針對外籍人士而設,長期以來並未納入正規教育體制,因此師資培育發展的過程也較其他專業曲折。臺灣華語文教學運作的前四十年,高等教育中並無與之直接相應科系,社會上對「把中文當作第二語言來教學」的概念也很模糊。需要師資時,語言中心則根據本身特定的需要,甄選大學畢業生從事教學,這些教師沒受過華語文教學的專業訓練,甚至不具教育方面的知識,就開始教學了。注重信譽的機構會提供教師短期的職前培訓、在職訓練;以營利為目的者對教師就往往採取放任的態度,若嚴重適應不良,即予淘汰。

華語文教學工作沒有保障,多屬兼差性質,鐘點費低,因此教師的流動率高,所以常常讓人有「非專業」、「打零工」、「補習班教師」的印象。在教學幾近「土法煉鋼」的當時,華語文師資培育的方式常近於古早傳授技藝的師徒制,徒弟得從真實情境中去學習師傅的內隱知識,領略其操作方法,師徒一起面對工作難題,日積月累,徒弟就由生手變成了那個行當的專家,沒有書本裡的複雜理論,只有工作現場中難計其數、非解決不可的難題。

1995 年,臺灣師範大學成立華語文教學研究所,華語文教學於是納入了學院專業,適逢全球華語文學習熱潮興起,原本冷門的知能頓時成了顯學。2003 年後,體制內的華語文師資培育單位陸續成

立，大學出現了華語文教學學程、系、所。另外，媒體廣泛而頻繁地傳播、討論，使得非教育體制下的華語文師資培訓班亦如雨後春筍而蓬勃發展，保守估計，現今臺灣每年由各華語文教學中心、推廣教育部門所設華語文師資班結業的學員超過兩千，幾年之間，自華語文師資班結業者已逾萬了。參加培訓的學員每每認為取得結業證書就代表自己已是專業的華語文教師，甚至誤以為證書即是就業的憑藉。然而，修習了一百多個小時的課程實不足以認定為「專業」。一般認定專業須受過高等教育或嚴謹的訓練、須符合公認的執業標準、具有客觀的理論與實務經驗。短期師資培訓班不能視為華語文教師的養成所，其結業的學員也不等同於受過專業訓練、能夠上手的教師，短期師資班的榮景更無法代表臺灣有著豐沛的華語文人力資源（宋如瑜，2005）。

　　「全球華語熱」是事實，未能有效改善臺灣華語文教學的現況亦是事實，目前自費來臺學習華語文者，每年尚不足萬。然而數年間大專校院裡卻增加了十數個華語文師培單位，依市場需求評估，未來粥少僧多的狀況將更嚴重。培養出來的學生走上講臺，會不會教書，是培育單位必須面對的嚴峻課題；至於能否為專業學系畢業生開闢出足夠的用武之地，卻是整個華語文教學界的隱憂。若無法在短期內改善，相關專業學系勢必得為學生規劃出就業導向的第二專長，這也是臺灣所有華語文教學科系面臨的挑戰。因為來臺學習華語文的「生源」（以及相伴而生的「財源」）無法操之在己，臺灣華語文教學的行業從來就不穩定，能夠長時間駐留於此的教師，多半不是基於內在興趣，就是當作外快，性質近於「客串」或「玩票」。

華語文教師與異文化互動的機會較一般人多，此行業對教師知識、能力、耐力的要求也相對較高，對徘徊門外而想入行的人，最中肯的提醒應是「無誠勿試」。這個專業能否像媒體寫的「華語教學商機無限」，或是大陸所標舉的「這是國家民族的事業」，目前無由得知，唯可確定華語文教學是一片有待開墾的沃土，若期待果實纍纍，必須辛耕勤耘，並且積極深化其專業內涵。

## 第二節　華語文教師的專業要求

　　華語文教師應具備哪些知識、能力？當然，對不同的地區與教學對象，教師應具備的專業條件不盡相同。從基本的學科屬性來看，中國大陸、歐美學者均將華語文教學/對外漢語教學歸為語言學次類——即應用語言學中的第二語言教學。教師應具備的知識分為兩部分：一是華語語音、詞彙、語法、漢字等語言基礎知識；二是以華語為第二語言的教學理論、習得規律、教學準則、教學心理等教學知識。此外，其與行為科學、中國文學、中國歷史等學科也有或遠或近的關係。華語文專業並非外文、中文、教育某一特定學門的分支，師資課程也不能簡單由相關領域的知識去任意拼貼。

　　趙金銘（2001）從學科研究的角度提出了對外漢語教學的四論說——「教什麼」、「如何學」、「怎麼教」、「用什麼技術手段」；並標出了對外漢語教學應包括的四個面向——一、本體論：從事漢語本

體研究，理論基礎為語言學，研究目的是「教什麼」；二、認識論：從事漢語習得與認知研究，理論基礎是心理學，研究目的是「如何學」；三、方法論：從事教學理論與方法研究：理論基礎是教育學，研究目的是「怎麼教」；四、工具論：從事現代科技手段應用於教學與學習的研究，理論基礎是計算語言學和現代教育技術，研究目的是「用什麼技術手段」，四者構成了完整的系統。崔希亮（2007）沿用其說，但認識論部分，他提出應以認知科學代替原本的心理學，其內涵應兼括心理語言學、認知語言學、實驗心理學等分支學科，此觀點已為學界所普遍接受。

邁入公元兩千年，美國、中國大陸各自推出了一套華語文（對外漢語）教師的專業標準，兩者大同小異，未來規劃相關單位、修正應華系課程時皆可參資。

美國《中小學(K-12)中文教師專業標準》（CLASS Professional Standards for k-12 Chinese Teachers）（CLASS, 2001）中，載列初次教授中文的教師，其教學知識與能力應達到十二項標準，依序是：

> 標準一：語言技能。教師擁有高標準的中文語言技能，能融合聽、說、讀、寫四種技能，並有效運用在語言溝通、理解詮釋、表達演示三種溝通模式中。
> 標準二：語言學知識。教師對漢字以及語言學擁有廣泛的知識，並瞭解中文語法的特徵，明瞭語法教學和語言運用必須切合學生年齡與文化的情境。

標準三：文化知識。教師對中國多元文化擁有廣泛、深入的知識，明白在語言教學中必須持續、系統性地融入文化內涵。

標準四：第二語言習得。教師能夠有效應用第二語言習得理論、研究於教學法、教學實踐與教學策略上，以啟發學生學習第二語言的潛能。

標準五：兒童的成長和發展。教師瞭解兒童與少年的學習和發育情況，並能夠配合學生心智發展，以提供與之相應的學習機會。

標準六：各種不同的學習者。教師幫助學生瞭解不同的語言學習方式，利用不同的教學策略、教學資源去滿足學生不同的需求。

標準七：學習環境。教師熟知如何創造並維持有效的教學環境，以帶動學生積極參與不同課堂情境的活動。

標準八：教學計畫和教學策略。教師熟知以外語學習目標為主的教學計畫、螺旋式的教學設計、應學到的內容和該學會的技能，並瞭解如何利用各種教學策略讓學生執行既有意義又有意思的真實語言任務。

標準九：評估。教師瞭解評估是經常性、多樣性的，它必須能反映以學習目標為準的課程內容與語言技能。教師要能夠透過實踐任務的評估方式，讓學生在不同的文化語境裡適當體現其中文程度。

標準十：溝通技巧。教師能夠熟知並運用有效的口說、肢體語言和書面溝通技巧，創造、加強、支撐課堂和學校裏的各種互動。

標準十一：科技知識。教師瞭解科技能夠強化語言和文化學習，並提供激發學生學習興趣的工具與策略。教師能夠運用科技進行教學和課程設計。

標準十二：專業發展。教師積極參加專業團體，參與各類教學反思活動，並尋求提升本身專業水準的機會。

中國大陸出版的《國際漢語教師標準》（2007），則是將教師的教學能力分為五個模塊、十項標準：

模塊一：語言基本知識與技能。包括：標準一、漢語知識與技能。教師應掌握漢語語音、詞彙、語法與漢字基本知識，並具備良好的漢語聽、說、讀、寫技能；標準二、外語知識與技能。教師至少要掌握一門外語，熟諳其語音、語調、詞彙、語法等方面的基本知識，並能夠綜合運用聽、說、讀、寫、譯等能力進行交流。

模塊二：文化與交際。包括：標準三、中國文化。教師能瞭解和掌握中國文化和中國國情方面的基本知識，並將相關知識應用於教學實踐，引發學習者對中國文化的興趣，使其在學習漢

語的同時，瞭解中國文化的內涵和中國的基本國情；標準四、中外文化比較與跨文化交際。教師應了解中外文化的主要異同，理解漢學與跨文化交際的主要概念，以及文化、跨文化對語言教與學的影響，並能夠將上述理論、知識應用於教學實踐。

模塊三：第二語言習得與學習策略。包括：標準五、第二語言習得與學習策略。教師應了解第二語言習得與學習策略的基本理論和知識，並能用於指導漢語教學實踐。

模塊四：教學方法。包括：標準六、漢語教學法。教師能理解和掌握外語教學的一般原則和基本概念，並熟悉漢語作為外語教學的方法和技巧；教師能掌握漢語語音、詞彙、語法、漢字的基本教學原則和方法及聽、說、讀、寫的基本教學原則和教學技巧；標準七、測試與評估。了解各種測試與評估的作用和方法及其適用範圍，根據不同目的選擇合適的評估手段或測試方法。能設計合適的試題和試卷，並從測試結果掌握有助於教與學的反饋信息；標準八、漢語教學課程、大綱、教材與輔助材料。教師應理解並掌握漢語教學課程與大綱的內容、範圍和目的，熟悉漢語課堂教學的基本環節，並能

根據教學實際恰當地選擇和使用教材及教輔材料；標準九、現代教育技術及運用。教師熟悉並掌握有關計算機的基本知識與操作方法，明瞭常用的現代化教學手段及網絡技術，並能應用於漢語教學實踐。

模塊五：教師綜合素質。包括：標準十、教師綜合素質。教師應具備對自身教學進行反思的意識，具備基本的課堂研究能力，能主動分析、反思自己的教學實踐和教學效果，並據此改進教學。教師應具備自我發展的意識，能制定長期和短期的發展目標。教師應積極主動參與專業或社區活動以豐富自己的教學檔案。教師應在各種場合的交際中顯示出責任感、合作精神和策略性。教師應具備良好的心理素質，能處理教學過程中的突發事件，並在任何教學場合中，都能體現良好的職業道德素養。

上述兩套標準的共同處有：一、教師須具備較佳的中文聽、說、讀、寫能力與語音、語法、詞彙、漢字等語言學知識；二、教師須擁有廣而深的中國文化知識；三、教師應具備第二語言習得知識並能應用於教學；四、教師須具備執行教學的相關能力，如教學法、測驗與評量、規劃教學、以現代科技輔助教學等；五、教師須能反思教學尋求專業發展。

　　兩者的不同則是：一、中國大陸的標準要求教師需掌握一門外語，美國的標準則無中文之外的語言要求；二、中國大陸要求教師須具備比較中外文化、跨文化交際的能力，美國的標準中則未強調；三、美國的標準認為教師對兒童的成長與發展、對不同學習者應提供不同的教學資源、對創造和維持有效教學環境等方面須有相當的知識，而中國大陸的標準並未觸及；四、就教師綜合素質來說，中國大陸的標準要求教師具備課堂研究能力，以及相關的職業道德，美國的標準並未特別指明。

　　為便對照兩者之異同，可參表一：

表一　美國與中國大陸華語文教師專業標準對照表

| 標準 | | 美國 | 中國大陸 |
|---|---|---|---|
| 同 | 1 | 具備較佳的中文聽、說、讀、寫能力與語音、語法、詞彙、漢字等語言學知識。 | |
| | 2 | 擁有廣而深的中國文化知識。 | |
| | 3 | 具備第二語言習得知識並能應用於教學。 | |
| | 4 | 具備執行教學的相關能力，如教學法、測驗與評量、規劃教學、以現代科技輔助教學等。 | |
| | 5 | 能夠反思教學尋求專業發展。 | |
| 異 | 1 | NA | 掌握一門外語。 |
| | 2 | NA | 具備比較中外文化、跨文化交際的能力。 |
| | 3 | 對兒童的成長與發展、對不同學習者應提供不同的教學資源、對創造和維持有效教學環境等方面有相當的知識。 | NA |
| | 4 | NA | 具備課堂研究能力，以及相關的職業道德。 |

　　無論用上述哪一套標準來檢驗臺灣的現況，不難發現，即使科班出身的第一線教師，也很少有符合的，遑論僅修了一百多小時課程的師資班學員。這些項目是理想化的指標，或許不免嚴苛，無論宏觀、細察，也都有可以商榷之處，但是，這些對引導華語文專業發展以及教師追求個人成長方面，則不失為有意義而值得策勵的具體指標。

## 第三節　教師專業中理論與實踐間的循環

　　在整個本科教育體系中，研究者與實踐者之間聳立著一道屏障──儘管這裡的實踐者也是教授，也經過了科研訓練的薰陶，似乎應該時刻準備著將實證研究者的發現為我所用。

～前哈佛大學校長 Derek Bok（侯定凱、梁爽、陳瓊瓊譯，2008）

　　在教師專業知識中，兼有理論與實踐兩個層面，但以大學為中心（university-centered）的師資培育，多以理論為主幹課程、操作為輔助課程，且兩者課時比重懸殊。此與學院教師的學術背景有關，也與教學實踐資源的限制有關。理論與實踐若失衡，必不利專業的發展，然而這兩者在應用學科中常背道而馳，甚至水火不容，但應用學科又亟需兩者齊頭並進、水乳交融。或許真如 Derek Bok 所言──「研究者與實踐者之間聳立著一道屏障」，其障礙並非源於學科本身，而是來自各專業者間的背景差異。

　　理論與實踐是不宜截斷的兩面。理論知識的形成濫觴於研究者對知識的探索，然而若止於此，知識將流於抽象的概念體，即使言之成理，亦不能確保行之有效。實踐知識的開展肇於行動主體與情境的密切互動，更繫於解決問題的實際需求，但若以此為終點，知識將受限於個別的主體經驗，難以客觀化、普遍化，其成果亦將隨行動主體的退場而歸零，「運用之妙，存乎一心」的常語即可充分形容這類知識的特性。

　　理論與實踐兩者的關係應是相互補充、交叉檢驗進而彼此修正的。一味「閉門造車」則難求「出則合轍」，專業知識必須在理論與實踐兩者間循環反覆、螺旋上升。華語文教學成為獨立專業的歷史甚短，諸多內涵猶待建構，必須去除聳立於研究者與實踐者間的屏障，進以在提升專業上相濟互補。

　　在前述體認下，本書遂以個案為中心展開探索，強調實踐面向。第二章至第七章討論了六個不同的華語文教學個案，參酌了相關而必要的理論，其中各項操作都有所本，並且與實境往復互動，互為活水。

　　個案研究是第二語言習得中經常採用的方法，晚近也有學者將之用於教師發展，根據 Nunan(1992)的界定：「個案研究必須有實際運作的例子，亦即從一些事物及現象中選擇一個例子來調查，並且調查該案例在其背景中的運作方式。」從事實務工作，勢必面對不同的教學、培訓案例，但泰半船過水無痕，能留下紀錄的，則往往經過了較複雜的過程，或乃至跨越了時空。本書描述的個案，經歷的時間少則半年，多則六、七年，參與的對象有不同國籍的學生以及臺灣、大陸、印尼、美國的教師，兼具了普遍性與特殊性。

　　書中所採用的「個案素材」（case materials）——即建構個案的原始資料，涵蓋教學錄影、教師教學日誌、問卷調查、作業範例、觀察者筆記以及訪談錄音。研讀、討論個案，能收經驗對照之效，對專業發展的積極意義自不待言。就撰寫個案者來說，既是在後設而深入地反思自身經驗，亦是促成專業成長的途徑。

　　研讀個案，必須問：誰在發聲？是局內人說自己的故事，抑或是局外人在描述他人的故事？研讀個案之所以對實踐者有用，是因為讀者能從個案中看出執行者審視、分析、解決問題的過程。民俗誌研究中，也多會區分「本位視角」（emic perspective）與「他位視角」（etic perspective）。本位視角指的是某一社會文化成員描述其文化時使用的觀念和語言，亦即局內人對事件、實際作品或信念系統的解讀。他位視角則是根據局外人的外部理論架構來說明文化現象，他們（通常是研究者）試圖去解讀的是特定文化中成員的行為。這本書的發聲者出自本位視角，敘述親身經歷的個案，發聲者本身的專業成長則詳述於下節。

　　Jane Jackson (1997)建議讀者閱讀個案時，應有如是的思考：一、為什麼是此一個案，其陷入何種困境？二、誰是主要的參與者？三、呈現了哪些問題？四、怎樣脫離困境？五、各種可能的解決方法，會帶來何種結果？六、如果我是個案的主導者，我會怎麼處理？七、我從個案中學到了什麼？

　　我也期盼讀者閱讀本書的時候能有類似的思考。書中的每一個個案，都意味著我曾遇到的專業難題，絞盡腦汁的對象指向了分析、解決實際問題的歷程，至於書寫，則是將沈澱後的自我檢視予以文

本化，以供專業社群參考與檢驗。在實務工作上，理論提供了分析的依據、操作的方向以及解決問題的觸媒，然而在多變的情境中得以按部就班、順利完成工作的，則是由經驗層層累積的內隱知識。

「你不能做我的詩，正如我不能做你的夢。」胡適這兩句話可用來描述華語文教學中研究者與實踐者的疏離關係，卻絕非這個專業的宿命。只要兩類專業者攜手合作，打破壁壘，華語文教學的理論與實踐面向將能臻於「你泥中有我，我泥中有你」的境界，那無疑是這個專業成熟的表徵。

## 第四節　一名華語文教師的成長反思

當讀者閱讀一本名為「華語文教師的專業發展」的書，理應反問作者憑什麼討論這個主題？這是因為質性研究者本身就是研究工具，讀者掌握了研究者的背景，才能判斷書裡的聲音是樂音還是噪音。為使讀者確信書中所論述的個案不是偶然拈成，研究行動亦非即興演出，自有必要先行交代以作者自身專業發展為中心的個案故事。然而，這個個案並不容易描述，在事情發生的當下，自己往往不清楚它對整個專業歷程的意義。藉著深層反思、自我對話以及與年輕教師互動，我知道一己的個案對剛入門的新手確具意義。回顧過往，我深深體會出工作了四分之一世紀後，仍能在華語文領域裡教與學，需要天時、地利、人和，其中更有不可預先規劃的機緣。為方便閱讀，以下依照時間歷程，逐以第一人稱的「我」來陳述。

# 一、大學教育

　　1979 年，我進入中文系就讀，那是個依分數填列志願的年代，對於文學院裡的各個科系，我並無明確的偏好。大學生活裡較特別的是有一群僑生室友，幾年的相處，從協助他們解決中文課業的過程中，我親身體驗了文化差異。許多學者認為，外語教師應有國外生活的經驗，才能有同理心，方能瞭解外語學習者的辛苦。那時的我從來沒出過國，但從室友身上看到了人在異地生活的艱難。室友中，最需要中文協助的是從印尼來的同學，直到現在我仍能清楚地回憶起其特有的中文腔調，以及要我在書上畫重點、寫報告的情景。

　　大學中另個影響生涯發展的，是我修了很多共同科（略略相當於現在的通識中心）開設的課程，跟現在各校的通識課程相比，那時共同科的課重得多。我修了經濟學、社會學、教育學、教育心理學、諮商與輔導等，很像專業必修課，而這些不同領域的課程，卻在我日後的工作中發揮了相當顯著的作用。「教育學」、「教育心理學」讓我在教學時比一般新手教師更知道如何幫助學生學習。「諮商與輔導」讓我學會傾聽與對談的技巧，即使跟表達較為遲緩的學生上課，我也力求以耐心去引導。「經濟學」、「社會學」讓我日後在教報刊選讀的時候，可以從不同的角度去詮釋問題。對成年的外語學習者而言，他們不僅要學日常會話，也要能談不同範圍的話題，如果教師的知識廣度受限，僅能在食、衣、住、行上打轉，每天一個小時，

持續三個月的課就必然難挨。學者也提過類似看法，華語文教師除了要能掌握教材內容外，知識面亦忌狹窄。

## 二、走進華語教學

1983 年大學畢業後，很幸運地以六百五十取十三的機會進入位於臺大校園的 IUP（Inter-University Program）工作，一般人習慣稱之為「史丹福中心」，它曾被譽為「台灣最好的語言學校」。開始教外國學生華語文，完全是「初生之犢不畏虎」，尤其面對的多是聰明、積極、認真、用功的學生（多半就讀於常春藤盟校而獲得獎學金來臺研習，其間亦有漢學相關領域的教授）。一個對語言教學無甚概念的大學畢業生，經過三天的培訓就敢上陣，靠的是蠻勇，而後能持續二十年，靠的則是師徒制。

學校對新手教師分派了資深的輔導者，我遇到的是蔣慈老師，一位一絲不苟、教學認真的師傅，跟她談話我常緊張地吃螺絲，無論多小心，師傅敏銳的聽覺總能找到我發音、語法的錯誤。在教學的前三個月，蔣老師每天都跟我討論當天的教學情況，傳道、授業、解惑鎔於一爐而冶之。這段期間，我也跟楊玖老師合作，她常提醒我該怎麼改錯誤、練句型，有了前輩的加持，我越教越投入，越投入也就越有成就感。一天在走廊上，我興奮地告訴楊老師當天課堂上的笑話，楊老師卻很誠懇地跟我說：「這個工作可能沒妳想的那麼好，收入也不穩定，也許幾年以後學校就搬走了，妳還年輕，要為

自己打算……。」當時，我並不清楚楊老師為什麼跟我說這些，幾年之後我才瞭解，她不忍看著一個年輕人在缺乏保障的工作上投注青春。楊老師指點我教學法，而我從她的潛在課程裡領悟了做師傅的道理，輔導新老師不只在傳授教學的技術，還要設身處地為他著想，從現在到未來。

連續三年，教務主任依照常例，每學期都進教室聽我上課，也按我的教學狀況提出具體建議，固然大家都知道忠言逆耳，但是讓教師坦然面對自己的教學錯誤卻非容易的事，不過，它能快速提升專業素養。當時來聽課的資深老師若顧忌我的情緒而不指出錯誤，許多盲點可能要等五年、十年，自己才會發現，那是無謂地誤人誤己。資深教師的判斷力、解決問題的方法，給了我莫大的幫助，常常一句話就能啟發觀念，道破問題的關鍵。自此，我對「實踐產生知識」就深有體會。IUP 被譽為「臺灣最好的語言學校」，是因為有一群認真、富經驗並且樂於分享的老師。一畢業就能在嚴格的地方工作，即使充滿壓力，畢竟是年輕人一生的福氣。

然而，再好的工作也免不了職業倦怠，語言教學尤然。日復一日，面對已經教了三十次的課本，每天做五個小時的語言操練，不倦怠也難。教書三年後，我開始在課堂上加入新奇、特別的材料和教法，有根據學生程度編寫的補充教材，有解決難題的語言活動，也有幫學生促進社會互動的課後任務。因為有趣，學生都心甘情願地做功課。不過我清楚，會這樣做是自己受不了枯燥的機械式練習，要是連教師都覺得無聊，學生必然如坐針氈。維持積極、愉快的課

堂氣氛，讓學生面對充滿陽光、有活力的老師，也是專業倫理的一部分。

# 三、出國教華語

　　1992 年暑期，我生平第一次踏出國門，工作的地方是美國明德大學（Middlebury College）的暑期中文學校。當時，我只是 IUP 的兼任教師，並不清楚鄧守信所長為什麼做出「違反常態」的決定，沒把機會給專任老師；但我確知明德的經歷是我專業生涯的轉捩點。不轉換工作環境，人的潛能就不容易激發。相較於明德的工作型態，在臺灣教書，簡直就是渡假。親歷中文學校負責人周質平老師的教學管理，心中留下的是無數個驚嘆號，居然有人能把教學的瑣事安排得如此科學、細緻、有效率。五年後，我才恍然大悟，那兩個月接受的不僅是教學訓練，也是管理教學的訓練。

　　在明德還有一個特別的經驗，就是得跟來自大陸的同事合作，此前，我沒接觸過大陸人。某次備課會議，討論到「蔓延」這個詞，我脫口而出：「我們要阻止共產主義蔓延。」而王學東老師立即回我：「我們要阻止資本主義蔓延。」一秒鐘後，彼此相視而笑。因為「蔓延」是貶義詞，對在大陸成長的教師而言，它得用在資本主義上，而我則剛好相反。政治符號、意識型態雖然會影響人際相處，但只要適時摘下有色眼鏡，就可以除去人我之間的藩籬。人的相處，重在相待以誠，意識形態可以暫擱一邊。華語文教學是個多元融合的

工作，既然教師能試著去瞭解歷史、文化、語言皆異的外國學生，為什麼不能放下成見，去跟對岸的同行交流。直到現在，我仍然覺得能跟幾位大陸教師從同事變成好朋友是 1992 年暑假最大的收穫。暑校課程快結束的時候，我和白建華、邢志群兩位老師開始著手《樂在溝通》( *Beyond the Basics : Communicative Chinese for Intermediate/ Advanced Learners* ) 中高級華語教材的撰寫計畫，1996 年，這本書在美國正式出版。一般人大概很難想像僅靠電子郵件也能合作寫書，其內在的動力既源於對教學的熱忱與合作的決心，也來自參與成員間的相待以誠。華語文教師常有出國工作的機會，較強的環境適應力、教學之外的其他專長、良好的「情緒商數」（EQ），對專業成長都有加分作用。

## 四、編寫教材

1995 年暑假，我以過來人的身份再次去了明德，試教即將出版的《樂在溝通》，我和從北京師範大學來的張和生老師、美國的白建華老師一起教三年級。開學兩天後學生反應，張老師和宋老師說的話不太一樣，這當然是因為我們來自不同的地區，即使說的都是標準的普通話，仍然有輕重音、詞彙、腔調的差異。為了讓學生熟悉兩岸的語音、語彙，我和張老師商量製作《兩岸對話》( *Across the Straits: 22 Miniscripts for Developing Advanced Listening Skills* ) 的聽力教材。一個夏天就錄完了二十五個單元。製作教材沒什麼，稀奇的是這份聽力教材不用腳本，我們希望它能以最自然的方式呈現

兩岸的語言差異。合作方式是，我們先花幾分鐘討論當天要談什麼，決定後就按下錄音鍵，想說的說完了，課文就出來了。沒有詞彙、語法等級大綱，卻能符合中到高級學習者的程度，應該歸因於兩個教師都有十幾年教中、高級的經驗，此範圍的詞彙、語法都已經內化了。

幾年後我為了做研究而統計了兩人每句話使用的平均詞彙數，張老師是 6.745435，而我是 6.745494，竟然到小數第四位都相同，這樣的現象難以解釋。工作中，怎麼知道自己能跟哪些同事合作？似乎無法用量表來測，但是卻可以從一些小事上，發現彼此有著超乎尋常的默契。

## 五、職業倦怠與進修

1996 年，在我工作十三年、編完兩本教材、也在國外教過書後，我想自己在工作上不會再有新鮮的經驗了。我再次面對了無可避免的難題：職業倦怠。十多年間為了讓日子更有趣，我學過蠟染、國畫、剪紙、插花甚至小提琴。而這一次對教華語所產生的「膩」，似乎不是學手藝就能排遣的。於是我離開工作，去念教育研究所，「教育人類學」、「行動研究」、「教育哲學」為我打開了專業的另扇視窗，藉著研究所的不同課程，我不斷反思十多年來教學的各個面向、細節，也用不同的學科角度去審視華語文教學這個學門。如果現在應華系的學生問我，該什麼時候讀研究所，選擇什麼研究所，我會建

議有了一些實務經驗之後，再回學校唸書，這樣會比較珍惜理論的價值，也才知道如何善用理論。若能選擇，研究所的專業應該和大學的有些區隔，畢竟寬闊的知識面向、多元的思考角度是華語文教師所不可或缺的。

## 六、在異地培訓教師

1997 年，IUP 計畫搬到北京清華大學，當年二月，所長凌志韞老師邀我跟她去北京招聘新老師，這將我拉回了華語教學的軌道。那一週面對眾多應徵者，驚豔之餘，也強烈感受到了現實的衝擊。從這些年輕人身上，不難估出十年、二十年後兩岸在華語教學上的師資差異。相較於身處方言區的臺灣教師，中國北方長大的年輕人有著先天的語言優勢；競爭激烈的社會，讓他們練就出一番能說善道、不畏表現的好功夫；初中課堂就開始接觸漢語語法，使他們在面試的難題上侃侃而談。最後，就連認讀繁體字也不是問題，原來，他們在大學上「古代漢語」的時候，用的就是王力的《古代漢語》，而這套書一向以繁體印刷。雖然全世界的華語市場很大，兩岸可以各自努力，但是這次的招聘經驗仍讓我產生莫名的不安，大陸不缺人才，而臺灣華語教學的競爭力在哪裡？回臺灣不久，凌老師問我願不願意同年七月再去北京，做清華 IUP 的第一任教務主任，負責教務與培訓新手教師。我問凌老師為什麼是我，她說我在明德和大

陸的老師合作得很好,如果我去北京工作,應該不會發生臺灣人和
大陸人的衝突。

　　這個挑戰的吸引力很大,大到讓我的碩士論文方向由教育哲學
轉向師資培育。不是每個人都能得到從零開始的實驗機會——置身陌
生的社會,管理新的學校、新的老師以及新的學生。七月,學校請
柏克萊大學的黎宜浩老師飛到北京同我做一個月的新教師職前培
訓,我由衷感謝這樣貼心的安排。黎老師是我 1983 年進 IUP 時的教
務主任,一個無私奉獻華語文教學的老師,也是我的師傅。整整一
個月,我們白天一起訓練新教師,晚上一起準備材料、規劃次日操
作的細節。黎老師傾囊相授,仔細叮嚀每個我未來可能碰到的難題,
分析了我將面對的複雜人際網路,還提醒了應對進退的原則,我覺
得她彷彿比我還擔心我未來的處境。這個月我重溫了師徒制教育,
並且受惠至今。接下來的日子,證明黎老師對教學情境、新教師和
跨文化互動的問題判斷力精準,她預測的事情幾乎全發生了,而我
面對這些看似突發的事件時,已經知道該怎麼對應了。在那個時候,
對教室的教學、語言中心的教務,我不算是生手,可是對於訓練文
化背景不同的教師,讓語言中心在短時間內步上軌道,則真是艱鉅
的挑戰。工作的過程中,我意識到「信奉理論」(Espouse Theory)
與「使用理論」(Theory-In-Use)的拉扯,然而實踐與理論畢竟有別,
實踐的要求是在限定的時間內把事情搞定,至於各種變數,都是實
踐工作一向伴隨的特性,不能取作「無法達成任務」的藉口。

　　第二年離開 IUP 之前,我把一年多來的培訓講義、操作流程、
各類表格重新整理,留給新的教務主任。我知道在我離開北京 IUP

後，那裡剩下的就全是只有一年經驗的新手了。《論語》上有則對令尹子文的描述：「舊令尹之政，必以告新令尹。」孔子謂之「忠」，我想自己做到了。忠於工作，應該就是像黎老師對後進傾囊相授、像令尹子文忠實地移交工作細節。當然我也聽過許多卸任後清除所有文件、電腦資料，讓接任者重頭開始的例子，無論其原因為何，對實務工作都是一大傷害。

# 七、K-12 的華語文教師培訓

　　1999 年，我完成了碩士論文──《由新手邁向專家之途──北京清華大學 IUP 對外漢語教師培訓行動研究》。北京國際學校（ISB）的中文部校長趙馬冰如老師，邀我去 ISB 做教師培訓。趙老師 1998 年曾參加我在 IUP 做的培訓，她希望 ISB 的老師也有類似的機會。答應後，我才發現這對我是份無比艱難的工作。在此之前，我培訓的都是成人教學的華語文教師，這次面對的卻是從幼稚園到高中的各級教師。我誠實告訴趙老師這跟我的專長有距離，她仍認為我的培訓方式、內容很合適 ISB，並將協助我瞭解各年級的課程規劃、教學特色、教材、考題等等。事實證明，這又是我的另一次師徒制教育，在我答應這個工作後，趙老師花了兩天的時間，讓我瞭解典型的 k-12 中文課程是如何銜接、規劃的，還帶我參觀學校，看各年級使用的教材。趙老師從局內人的角度回答了我所有的疑問，還提醒每次培訓時應涵蓋的項目。對該做什麼，我越來越有把握，接下來

的一個月，為了這個不熟悉的培訓課程，我從早到晚一直準備，畢竟 k-12 跨的年齡層、認知階段太廣，比單教成人複雜多了。準備這次的培訓，充分使用了我在教育研究所裡學到的知識，如果沒念教育所，自己也許能在 IUP 做成人的師資培訓，但是絕沒有信心、勇氣跨入 k-12 的領域。在 ISB 的三週，我白天去各年級、各班聽老師上課、提供教學改進建議，傍晚給所有教師上課。結束後，ISB 的校長、教師都給了我很高的評價，認為這次的培訓對教師的專業發展非常有用。其實，我能培訓的東西，大部分趙老師都能做，因為最瞭解問題的是教學情境中的專家，可惜的是一般人往往迷信「遠來的和尚會念經」。幾年後，我到泰國做師資培訓，由於華語教學所在的都是跨文化、跨語言的情境，且各地差異懸殊，我提醒大家要珍惜身邊資深教師的經驗，所謂的「外國專家」或許能提供新視野，卻未必能對症下藥。發展出解決問題最佳策略的，常是在情境中多年的教學專家，而這個想法跟行動研究的理念一致。

## 八、課堂與網路雙軌的華語文課程

1999 年，我開始在暨南國際大學工作，負責全校僑生的華語文課程，再度接觸到曾經非常熟悉的僑生。很遺憾二十年過去了，僑生華語文的教學情況並未改善，此時的我已清楚第一語言和第二語言學習的差距，也瞭解課程安排不當所導致的後果，於是著手進行了「僑生華語文分級課程」實驗，依程度將學生分為初、中、高三級分別授課。計畫在一年內將初級學習者提升至中級（亦即從小三

程度提升至小五、小六）、將中級學習者提升至高級（亦即從小五程度提升至國一、國二）。然而每週僅兩小時課程，要達到目標並不容易。對照美國大學的外語課程，每週四到八小時的標準，暨大華語文課的課時遠遠不足。

　　為了增加學生學華語的時間，2000 年起，我嘗試以網路教學來增加課時。把原先的傳統課堂教學，轉為「課堂」、「網路」互補的雙軌課程，不僅加長了課時，也讓學生有了補救教學與自學的機會。我把所有的課程都放在「網路多媒體華語文教室」裡，這是臺灣第一個以僑生為對象所開設的網路華語文課程。2002 年，此一網站參加僑委會的「海華獎優良華語文教學軟體選拔活動」，獲頒網頁組優等獎。2004 年參加資策會的「金學獎優良教學軟體暨網站選拔」，又獲佳作，成果斐然。但對製作者而言，卻是一費時、費力的艱苦經驗，構思、溝通、製作、修改、維護等工作所投入的時間、精力，甚違效益原則。

　　教師教學之際，最重要的是分析學習者特性，然而很多華語文網路、多媒體課程的規劃者，並不知道其教學對象的屬性，以及所擬建置的課程目標為何？只是因為興趣、業績或是申請到一筆經費，必須做出東西。資訊專業者先設計了平臺，之後再找內容去呈現，於是華語文教師提供了教材，待課程完成，才發現使用的人並不多，因為原先沒弄清楚對象，結果核銷了經費、浪費了時間，製造了網路孤兒。多媒體、資訊技術融入華語文教學有其前途，但必須有合乎第二語言教學規律的計畫與做法。

## 九、大學華語文師資教育

2002 年，為協助籌備應華系，我進入中原大學服務，當初主要的工作是規劃四年的完整課程架構，這個任務整合了我此前的各類相關經驗，雖然也遇到一些現實限制，但整體而言，並不是雜湊的拼盤，也不是其他既有科系的變體。

2003 年，第一批學生順利入學。光陰似箭，算算我初教華語文時，這些學生都還沒出生。我問他們為什麼要念應華系？也問自己為什麼要留在應華系？

教華語文之前，我沒受過語言教學訓練，長期以來，專業得以持續發展，是因為總有環境的磨練，也總有資深教師的提攜。然而在大學裡，一名教師要面對上百個學生，教師的作用到底能有多大？雖然我對師徒制深信不疑，但是在大學裡能落實的也僅是同儕師徒制，教室裡最容易做的是傳授理論，無論我多認同師徒制在自己身上的影響，但那種精緻的教學很難直接在大學裡複製。

所幸大學有四年的時程，我有各種機會跟學生做專業的互動，一起編教材、輔導僑生語文、規劃夏令營、安排師資培訓課程、設計模擬教學，期盼藉著實際操作，讓他們建構起屬於自己的知識。2007 年，大學部首屆學生編寫的《印尼初級華語課本》第一冊、《環遊印尼學華語》第一冊以及《華語語法活動小錦囊》教材正式出版，並在印尼華裔青少年華語文體驗營裡試用，得到相當正面的反應，他們不必再透過英語來學習中文了。應華系學生從修習「華語文教材編寫」、「畢業專題製作」課程到這三份教材問世，整整經過兩年，訂標準、找材

料、寫課文、編練習、畫插圖、修正形式、校對、聯絡出版社等細節，讓他們再次親歷從理論到實踐的完整過程。確如富蘭克林（Benjamin Franklin）一段流傳甚廣的格言所云：「告訴我，我會忘記；教我，我就記得；讓我參與，我就學會了。」教師從專業出發，設定清楚的目標，營造適切的環境，設計有意義的活動，並在重要的環節上親自示範、解說，既揭示「做什麼」，也說明「為什麼」，更不忘提示「怎麼做」，學生掌握了重點、流程，就鼓勵他們反覆嘗試、修正，並隨時針對遇到的難題溝通、索解。這樣的「做中學」，往往就是「做中學會」，從學生編寫的教材，我再次見到了他們體現出來的潛力。

多年來我相信「經驗＋反思＝成長」，而現在我體會的則是「經驗＋反思＋組織＋表達＝知識傳承」，實踐者試著將內隱知識用概念化的方式呈現出來，以縮短新手的摸索時間，這乃是現代師傅的責任。

# 第五節　本書個案說明

一般學界討論的外語教師養成機制有三類：師資培訓（teacher training）、師資教育（teacher education）與教師發展（teacher development）。本書對教師專業發展的界定為：教師知識、能力、經驗、態度的成長過程，涵蓋教職生涯前及進入職場後的永續成長。本書敘述了六個師資發展個案：〈大學華語文科系的課程規劃——以中原大學應華系為例〉、〈「反思性模擬教學」在華語文領域的運用——

貫通理論和實踐的師資培訓策略〉、〈華語文教學與多媒體的整合——以「故事教學法」為例〉屬於教師的職前教育，討論應華系如何規劃師資課程、如何進行跨學科的整合以及如何使學習者變成教學者；〈華語文師資培訓的機制與實務——以印尼地區師資培訓為例〉屬於在職教師的短期培訓；〈語法教學在華語文課程中的限制——以「零代詞」教學為例〉、〈華語文教師內隱知識的開發——課堂教學鷹架的檢視〉是教師進入職場後，對提升專業成長所做的反思。

　　本書主體章次所述個案的基本說明如次：

# 一、大學華語文科系的課程規劃
## ——以中原大學應華系為例

　　二十世紀末，中國大陸經濟崛起，學習華語文成了提升國家競爭力的一部分，各地對相關課程的需求激增，師資養成問題逐漸為人重視。2002 年，中原大學奉准籌備應華系，設系宗旨是以全人教育理念培育符合未來社會需要的華語文教師。2003 年招生，2007 年，四十二名第一屆畢業生踏入社會，目前有 64%從事教育相關工作，其中的 40%與華語教學有關。

　　中原應華系是臺灣第一個以培育華語文教師為目標的大學科系，課程規劃之初無他校經驗可資參考，因此在籌備的一年裡，僅僅規劃課程的會議就開了十餘次，之後根據學習者的傾向、全人教育目標、華語文教學的學科內涵、教學實踐的要求，不斷調整課程。

就課程發展理論而言，我參酌了「泰勒原理」（the Tyler rationale），思考：應華系的教育目標是什麼？為達成此目標需提供學生哪些課程？如何有效地組織課程、活動？如何評估課程的成效？為求瞭解課程是否符合學校、學習者、職場的需要，其間曾針對不同年級學生、畢業生做了數次問卷調查與深度訪談。

2007 年，在多所校院成立相關系所、學程的同時，中原應華系完成了第一輪師資培育。由調查結果顯示，在全人教育、專業課程規劃、理論與實踐統合等大的項目上，學生給予了相當正面的回應，已見初步成果。在不同領域課程的比重上猶待調整。首先，為拓展學生的海外工作機會，應增加英語以外的第二外語課程；其次，須整合華語教學與相關資訊技能，使學生除了能將多媒體融入教學外，亦有能力製作數位教材或是透過網路開設課程。

## 二、華語文師資培訓的機制與實務
## ——以印尼地區師資培訓為例

行政院僑務委員會委託大學籌辦海外華語文教師返臺研習，已行之多年。2005 至 2008 年間，中原大學承辦了六期印尼華語文教師返臺研習，參與的教師近四百位。大致做到了在培訓中研究、在互動中成長兩個目標。本文即是描述四年來以研究改善實務、以實務獲得新知的過程。

雖然臺灣的師資教育、中文教育發展成熟，但是辦理海外教師研習仍有難以突破的瓶頸。培訓第二語言教師前，規劃者須先深入

瞭解學員所處的社會、文化環境，而後才能針對困難處加以培訓。然而因語言、外交種種限制，本地相關教育單位對印尼教師的特質、教學情況所知有限，因此應華系承接此任務後，除了閱讀文獻外，更於每次研習中進行相關調查，將結果做為發展印尼師資培訓課程的依據。

2005 年的研習中，由教學互動、學員繳交的作業中發現：印尼華語文教師普遍存有華語聽讀能力欠佳、口語能力不足、漢字書寫偏誤、語法詞彙使用不當等問題。再經比對 76 位教師的「華語文能力測驗」成績後，推估目前印尼教師的中文程度，半數以上不及臺灣的小五學生。據此，我們大幅調整了印尼師資的培訓課程。2006 年的夏季研習，應華系師生對印尼教師進行了個別的深度訪談，瞭解在印尼官方禁止華文三十三年後，再度開放時，學習者的質變以及教師所面臨的教學挑戰。2007 年則調查了教師年齡性別、教育背景、任教機構、使用的字體與拼音、研習動機等項目，整理、分析了數據後，即擬定修正方案，提供僑委會做為篩選返臺培訓教師之參考。2007 年底，為使印尼教師具有在當地培訓的能力，中原受僑委會委託開設華語文種子教師研習班，培養有潛力的高階華語文教師，並由應華系師生與印尼教師合作規劃當地適用的師資培訓課程。2008 年秋季，首屆種子學員舉辦的「漢語師資教學輔導研習會」在印尼棉蘭招生，此證明多年實務與研究互補發展出的培訓課程，確符當地需要而且能夠充分落實。

　　四年來，應華系師生透過研習與印尼教師互動，對印尼華語文教育有了深一層的認識，雖然眼前長路漫漫，但已走出的路徑、操作步驟應有助相關機構耕耘陌生地區華語文教育的參考。

## 三、語法教學在華語文課程中的限制
## ──以「零代詞」教學為例

　　在華語文教學的本體研究中，研究成果最豐碩者，要屬語法學。但因其多傾向於理論研究，能應用於實踐者有限，缺少將語法教學置於實境的探討。此文嘗試從教學實境出發，藉由「零代詞」的教與學過程，探索在語法教學時可能遭遇的障礙。

　　「零代詞」的習得是中、高級華語學習者普遍的問題，但不論是教師還是教材編者，著力於此者並不多，這不合教學常態。為了釐清「零代詞」被忽略的原因及其教學障礙，本研究進行了以下的調查：一、2006 年夏天在北京觀察了多所大學的中、高級華語課堂教學，瞭解學習者誤用「零代詞」的情況及教師的反應；二、檢視臺灣、大陸中、高級教學的實況錄影，並轉錄成文字稿，逐句分析教師面對「零代詞」偏誤時所遇到的客觀障礙，以及忽略「零代詞」的原因；三、查考臺灣、美國、大陸三本常用的初級教材，探究教科書作者如何引導教師，為初學者建構「零代詞」的觀念；四、臺灣、大陸兩地西化很深，報章媒體大量使用西化語言形式，推估母語者對中文「零代詞」用法的判斷能力業已降低，因此針對現職教

師、應華系大學生做了判斷語句、改作文兩項測試，以探知零代詞的一般使用傾向以及母語者的語感。

　　研究後得知零代詞是學習者的難點，而非教學的重點；其原因如下：第一，教材未盡完善，教材中雖頻頻出現零代詞的句子，卻鮮見詳細的解釋，或有翻譯，卻未站在學習者的立場做相應的處理，課後練習亦頻出現不符代詞使用機制的操練活動；第二，教師專業不足，一部分教師缺乏陳述性知識，無法詳細解說零代詞使用規則；另有一部分教師缺乏程序性知識，改作業時未能提供適當反饋；第三，課堂情境複雜，多重訊息密集出現，使教師不易聚焦處理跨句的語言偏誤，零代詞便是其中一項；第四，受限於課堂中制度性談話框架，要求學習者模仿並說出合乎規範、完整的句子，降低了溝通的真實性；第五，臺灣社會中，中文西化傾向甚深，母語者亦有代詞偏誤問題，非代詞脫落語言形式已融入其語感。這五項影響華語語法學習的因素，並不限於零代詞教學，只要學習者進入中級階段，開始發展句段能力，此類問題便會浮現。一些素質佳、有經驗、認真的教師能排除部分教學障礙，但教材編寫、教學情境、生理極限、社會語言環境等客觀的限制依然存在。因此，欲解決語法教學問題，單從純粹的語言學角度去探究語法，實欠完備，必須緊密結合實際的教學情境。

# 四、華語文教學與多媒體的整合
## ──以「故事教學法」為例

　　若問:「台灣華語文教學的優勢在哪裡？新一代老師的優勢又在哪裡？」從臺灣社會的發展觀之，電腦普及讓國人自幼便發展了使用數位設備的能力，因此培養具有多媒體設計能力的教師，應能增強臺灣華語文教學的優勢。

　　多媒體技術與教學不能截然二分，教師藉助多媒體教學比單憑口說，更能吸引學生注意，而多媒體提供的豐富情境也能幫助學生掌握教學內容和語言要素。但從師資培育的角度來看，融入多媒體的教學形式對華語文教師在知能上的要求則更高，除了須具備第二語言教學、認知心理、多媒體技術等單科知識，還要掌握多媒體技術與教學法的融合、多媒體教材和紙本教材的比重，以及多媒體與教師角色的配搭等相關知識。

　　2005 年，在跟印尼來臺參加培訓的教師互動後，得知「說故事」最能引發年幼學習者的興趣，自此，便將「故事教學法」納入課程，帶領學生設計教案，將多媒體融入華語文教學。根據認知教學的研究成果，經過三年的測試、修正，訂出了故事教學的基本程序:語言理解、語言練習、語言應用。語言理解是以多媒體畫面配合教師口說故事，讓學生理解內容，並熟悉其間一再出現的語法結構和用法;語言練習則是利用故事中的情境、句子，藉由師生互動，讓學習者多次使用語法點，教師引導學習者造出正確句子的同時，還要糾正其語言偏誤;語言應用則是將語言點置於日常溝通情境。此外，

如何引起動機也是教學中需要詳加設計的部分。引起動機的方式有：選擇一個大家都熟悉的故事做為框架，其間還要有與眾不同的發展線索，為了維持動機、抓住學生的注意力，故事中須安排出人意料的語句，或是加入與既有認知相衝突的情節，此案例選用的故事，是改編後的「小紅帽」。

2008 年暑期海外教師培訓中，我們向印尼華文教師介紹了「小紅帽」的多媒體教案以及教學策略。由於此教案的教學對象為幼稚園、小學兒童，因此請了六十位在幼稚園、小學任教的教師據其教學經驗評估這份教案是否適用，並填寫問卷，教師對此教學方式極為認同，亦提供了意見。

依據課堂使用多媒體的需求，可將教師的數位能力分為初、中、高三級。初級教師能使用電腦硬體設備和多媒體成品進行教學；中級教師能依學習者的需要增刪、修改多媒體教材，使其能與教學目標相符；高級教師要能製作因應學習者、課程需要，且符合教學規律的多媒體材料。目前專業系所畢業的年輕華語文教師多已具備中級多媒體教師的程度，只要稍加訓練就可以提升到高級，成為能設計多媒體教案、課件的華語教師。從應華系學生發展的「小紅帽」教案，到印尼教師對此教案所做的評估，可看出未來臺灣華語文教師的優勢應在多媒體融入華語教學這一區塊。

# 五、「反思性模擬教學」在華語文領域的運用
## ——貫通理論和實踐的師資培訓策略

「反思性模擬教學」是以「反思型師資教育」理念為基礎，運用「模擬教學」所設計出的教學程序。目的是讓實習教師在特定的情境下，進行有計畫、有組織的教學，再透過同儕觀察、師生互動以及自我省思等步驟，讓理論知識與經驗知識重新建構，以加速專業成長。

「反思性模擬教學」活動，是「華語文教材教法」、「多媒體與華語教學」兩門課的教師共同參與的協同教學，教學內容、教學流程、活動方式由教師合作規劃。十次模擬訓練結束後，發現實習教師的角色，已由以往知識的吸收者變為教學活動的主體，輔導教師的角色則由傳統的知識傳輸者轉為知識的分享者。

「反思性模擬教學」模式不僅要鍛鍊實習教師的理性思維，也要從真實的教學問題中，發展教師解決問題的能力。此模式的最大特點是簡化學習任務，避免讓新手一開始就面對超過其能力負荷的情境，使之逐步掌握技能。另一個特點，是在過程中，新手可以從自己的行為結果中獲得正向、負向的回饋，並有機會思考對策。然而，教學的情境異常複雜，除了要有同儕提供觀察意見外，也要藉助專家教師的檢視，在綜觀全局後，為新手掃除盲點，訂定下一個專業發展目標。最後，實習教師還要反覆觀看自己的教學錄影，反思教學過程，找出己知人不知的封閉自我，以及人己俱不知的隱藏自我。

　　實踐可以用來檢驗理論，欲學會游泳，就得下水練習；要學會開車，就得手握方向盤上路，華語文教學亦莫自外。反思性模擬教學能提供實習教師全方位的教、學體驗。回顧第一階段的模擬設計，實習教師須扮演學生，親身體驗教師種種課堂行為（如頻頻看錶、打呵欠），以及「情意關卡」（affective filter）對語言學習的影響。在第二、三階段的模擬教學中，實習教師有機會體驗師生角色的轉換、觀察同儕授課，並旁觀外籍生的學習行為，藉著不斷地換位思考、反思，能夠深入理解不同理論在教學實踐中的功能與限制，並逐步建構起個人的教學觀，發展出符合能力的教學策略。課前準備時的同儕互助、教學後的師生討論建立了知識交流的平臺。歷時三週的「反思性模擬教學」結束後，外籍學生、實習教師、輔導教師三方都有具體的收穫，而此來自真實情境的磨練、師生的互動與個人深切的反思。

## 六、華語文教師內隱知識的開發
## ——課堂教學鷹架的檢視

　　華語教學學科的應用屬性很強，檢視日常教學行為，除基本理論外，教師所憑藉的多屬「內隱知識」，亦即由經驗建構而成的自動化操作能力。教師以教室為實驗室，經過長時間反覆練習、修正，方能建立屬於個人的、有系統的內隱知識，此迥異於傳統所重視的

外顯知識，亦難客觀化、具體化，然因其與教學之成敗息息相關，故值得進一步探索。

本文嘗試從課堂的師生互動為範圍，分析三位教師所搭建的由中級到高級的發問鷹架，再從其操作中歸納出有價值的內隱知識，盡可能透過描述將其轉化為可見的、易掌握的顯性原則，未來或可用於新教師的培訓。

本文的資料來源有二：一是 2006、2007 年暑期，我在北京參觀普林斯頓北京班（PIB）、哈佛北京書院（HBA）、清華大學 IUP 中文中心、北京師範大學加州班、北京師範大學第二附屬中學海外學年（SYA）等單位的課堂旁聽、教師訪談紀錄，以及部分單位提供的影音資料；另一則是中原大學學生的實習錄影。

由教師發問片段中呈現的內隱知識，可明瞭發問行為涉及教師專業知識、能力的諸面向，並可歸納出數個實踐時可操作的原則：一、顯性問題與隱性問題的目標不同，操作前須思考發問時兩類問題的比例；二、知識、理解、應用、分析、綜合、評價等不同認知層次問題的分布；三、教師的課堂語言控制；四、漸進式的課堂引導。

分析三個案例的結論為：資深教師能在充滿變數的課堂裡，快速調整教學，而後達成符合學習者語言發展的練習目標；初任教師能依課文順序提問，讓學習者熟記知識，卻忽略了提供學生排列、組織語言的機會，以致未能達成中級到高級的語言練習目標；實習教師則像是在課堂的大海不斷找尋浮木的求生者，不僅練習目標沒達成，還給學生輸入了不當的句子。無庸置疑，資深教師的內隱知識值得客觀化，並且適用於教師培訓。就教學的技術與藝術觀之，

教學精熟的教師在操作內隱知識時，一如《莊子》寓言中庖丁解牛的「以神遇而不以目視」，憑意念、直覺而行，此屬於教學藝術的部分，有賴時間的淬練、經驗的累積與教師自我的深層反思。然而教學技術的部分，卻可以經由掌握原則、練習而逐步改進。

　　若能藉由 SECI 的知識螺旋模式，讓內隱知識、外顯知識持續互動，進以組織、創造出更合於實踐的知識，則必能有效提升教師個人、教學組織的專業品質。

# 第二章

## 大學華語文科系的課程規劃
## ──以中原大學應華系為例

第一節　前言

第二節　華語文師資的全人教育

第三節　課程建構

第四節　課程組織與統合

第五節　課程評鑑

第六節　結論

（本章曾刊載於 2008 年出版之《華語文教學研究》第五卷，第二期）

# 第一節　前言

　　臺灣的華語文教學始於二十世紀六〇年代，發展迄今已超過半個世紀，由於此學科是對外籍人士的語言教育，長期以來並未納入國家教育體制之下，自然也較難發展出健全的師資培訓體系。回顧臺灣華語文教學運作的前四十年，教學單位為公私立語言中心、語文補習班，因當時高等教育專業中，並無以華語為第二語言教學的相關科系，教學單位僅能根據各自的需要甄選、培訓具文史背景的教師。由於各單位辦學的目標不同，培訓與否？如何培訓？其作法亦迥異。注重教學信譽的機構，或會提供新進教師短期職前培訓、在職訓練；以營利為導向者，也可能放任教師自由發展，繼而自然淘汰，使得華語教師也給人「非專業」、「打零工」、「補習班教師」的印象。

　　二十世紀末，隨著大陸改革開放，各地華語教師的需求量遽增，師資養成的問題逐漸為人重視。1995 年臺灣師範大學成立了華語文教學研究所碩士班，此學科正式納入高等教育，2003 年該所成立博士班、中原大學成立應用華語文學系（以下簡稱應華系），由大學、碩士到博士專業人才的養成體系建立完成。

　　2002 年中原大學奉准籌備應華系，設系宗旨是以全人教育理念培育符合未來需要的華語文教師。2003 年招生，2007 年第一屆畢業生 42 名踏入社會，目前有 64%從事教育相關工作，其中的 40%與華語教學有關。2006 年起大專校院紛紛成立華語文教學系、所、學程，

當一個新興學門急速膨脹時，不免令人關注其師資、研究、教學品質是否能支持其順利發展。中原應華系是臺灣第一個以培育華語文教師為設系目標的大學科系，目前已招收六屆學生，六年來為因應學校、學習者、職場的需求以及社會的變遷，對不同年級的學習者、畢業生做了問卷、深度訪談等調查，以期能將中國語文、應用語言學、華語文教育、資訊傳媒等領域重新整合，架構出符合實際需要的華語文師資課程。

應華系的課程設計，參酌了「泰勒原理」（the Tyler rationale），此原理包括四個問題：「學校應達到什麼樣的教育目標？為達到此教育目標，學校應該提供何種學習經驗？怎樣有效地組織這些學習經驗？如何確定這些教學目標正逐步實現？」（Tyler, 1949）這是一個由教學目的、課程安排到評鑑的簡單線性過程。雖然泰勒原理自二十世紀七〇年代起，就遭到諸多批評（Kliebard, 1975），然無可否認，在真實的教育情境下，泰勒所提出的問題合理且易於操作。若以此原理為基礎，應華系在課程發展時應思考：應華系的教育目標是什麼？為達成此目標需提供學生哪些課程？如何有效地組織課程、活動？如何評估課程的成效？

應華系的目標是「以全人教育理念培育符合未來社會需要的華語文教師」。為達到目標，需先釐清以下的問題：1.學習者為什麼進入應華系就讀？學習者的期待為何？2.中原大學所定義的全人教育為何？是否有可操作、評估的具體指標？3.未來社會需要何種華語教師？應具備的知識、能力、特質為何？4.教師養成的過程中，學校需提供學習者何種學習經驗？通識課程、專業課程、實務經驗，各類

課程的比重應為多少？5.如何有效地組織課程？其間包括不同領域課程的整合、同領域課程的銜接等問題。6.如何評估課程是否有效？

　　就課程評估而言，所採的方式與泰勒原理中的總結式評量不同，除了調查大四畢業生的就業情況外，也針對大三學生做了數次階段性的調查、訪談，而此數據也能在過程中提供較清楚的課程修訂依據。

# 第二節　華語文師資的全人教育

　　全人華語文師資教育的起點是應華系大一學生的現況，如：學習者的學科傾向、對未來的期待，終點是成為社會需要的專業華語文教師，而四年的大學教育則是知識、能力的建構過程。以下將逐項討論與全人華語文師資教育有關的四個問題：學習者學科傾向、華語文教學學科內涵、教學實境對教師的要求、全人教育目標。

## 一、學習者學科傾向

　　2002 至 2007 年為應華系初創的前五年，由於媒體爭相報導全球華語熱的點滴，使得報考華語相關科系的學生漸增，入學分數也略升，然而應用華語文系在臺灣仍是一年輕的學門，內容不像外文系、中文系那樣為人熟知，因此有必要瞭解入學時學習者的專業傾向，

以及對自己的期待。因此我們對 96 學年度大一新生和大三學生做了
相關調查[1]。針對大一調查的是：進中原應華系就讀的理由、我心中
最想念的科系；對大三調查的是：三年前我最想念的科系，盼藉由
調查結果得知學習者的學習傾向，以及兩屆學生的性向是否有差異。

　　「我進中原應華系就讀的理由」，調查對象為 96 年度入學的大
一新生，其中 30%是按分數填志願，28%是有興趣，26%是為畢業後
的出路打算，11%是意外，5%是其它。

　　可知有近一半學習者的學習目標不明，超過四分之一的學習者選
擇應華系是為了就業，這或多或少是受了媒體的影響。事實上，身處

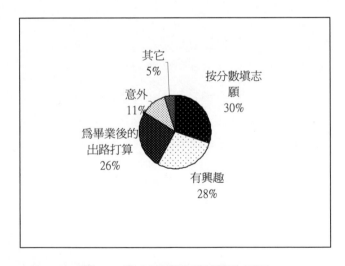

圖一　進中原應華系就讀的原因

---

[1]　調查問卷詳見附錄一、附錄二。

這個行業的人都瞭解，臺灣華語師資的需求已經飽和，若想獲得穩定、長期的教職，則須向海外發展。然而在臺灣成長的學生想成為海外的華語文教師，除了要有符合各國教育規定的客觀條件外，本身還要有適應異文化生活、工作的能力，這包括了能使用基本的當地語言，以及對該地區風土民情、社會型態的瞭解。若培育單位的職責須兼顧就業問題，就得提供數種外語課程和跨文化能力的訓練，而目前多數大專校院中，對美國以外地區的語言文化瞭解不深，教學資源亦不足，若要滿足學習者未來海外就業需求，課程規劃將面臨艱鉅的挑戰。

「我最想念的科系」，接受調查的是 96 學年度入學的大一新生。調查結果顯示最想念外文的有 34%，資訊傳媒 19%，應華 17%，中文 11%，商管 6%，設計 6%，其他 7%。（見圖二）

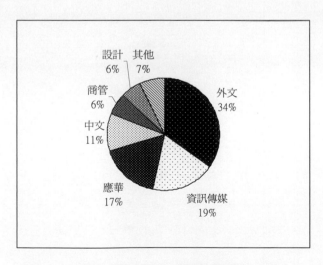

圖二　我最想念的科系（96 學年度大一新生）

　　96 學年度下學期，調查了大三學生，請其回答「三年前我最想念的科系」。結果仍是外文最高達 30%，資訊傳媒 13%，應華 12%，中文 12%，商管 10%，設計 8%，其他 15%（見圖三），其他的部分為：社會學、人類學、地理、歷史等。

　　此調查較令人意外的是，大三、大一的科系排序是一致的，外文最高，資訊傳媒次之，應華第三，中文第四，之後依次是商管、設計等學科，在就讀意願上，兩屆的變化是想念外文系的人數比例提高了 4%，念資訊傳媒的提高了 6%，念應華系的提高了 5%，而想念中文系的下降了 1%。可知入學時，學習者本身多對外語學習、資訊傳媒有興趣。

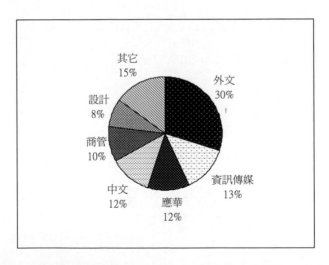

圖三　三年前我最想念的科系（96 學年度下學期大三學生）

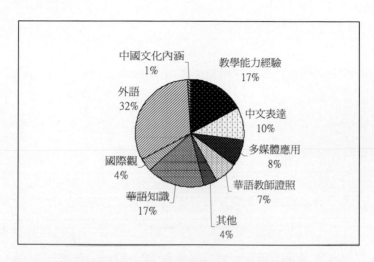

圖四　希望自己四年後能提升的能力（96 學年度大一新生）

　　「希望自己四年後能提升的能力」，調查的是 96 學年度入學的大一新生。根據結果希望提升外語能力的有 32%，提升華語知識的有17%，提升教學能力經驗的有17%，提升中文表達能力的有10%，提升多媒體應用能力的有 8%，希望協助取得華語教師證照的有7%，希望增加國際觀的有4%，希望提升中國文化內涵的 1%，其他佔4%（見圖四）。

　　由圖一可知進入應華系的學生有近三分之一是因為分數落點剛好在此，其次是因為興趣、就業容易。就其性向來看，最感興趣的科目是外文，其次是資訊傳媒、華語教學。對學習成果的期許，四年後希望提升的是外語能力，其次是華語專業知識、教學能力及經驗，想提升中國文化內涵的僅 1%，這和一般人認為應華系的學生會對中國文學、文化有興趣的認知頗有差距。

## 二、華語教學的學科內涵

　　應華系或華語教學系的學科屬性究竟為何？1995 年華語教學在臺灣成為大學的一個學門，然學界對其範圍、屬性仍無共識。就屬性而言，對岸、歐美學者均將其視為應用語言學的一支。教學中所需的學科知識分為兩部分：一是學科本體知識，包括華語語音、詞彙、語法、漢字等；二是教學主體知識，包括以華語為第二語言教學的理論、習得規律、教學規律、教學途徑、教學心理等。此外，就內容而言，華語教學具極強的學科聯結性，其涉入了人類語言學、文化學、古典文學、史學、社會學等範疇，屬一交叉應用學科，因此華語文師資教育不是外文、中文、教育某一學門的分支，也不易拼貼三個領域的某些科目來組成華語教學系、所、學程。建構華語文師資課程須先思考在各級、各類華語教學中，教師所需的是何種知識、能力，而後再將語文、認知科學、教育、文化等學門做一跨領域整合。

　　華語文教學的學科內涵，學者有如下的見解，崔永華（1997）認為漢語做為第二語言教學應有三方面的理論：一、學科支撐理論：包括語言學、心理學、教育學等；二、學科基礎理論：包括第二語言教學理論、語言習得理論、漢語語言學、科學方法論、學科發展史等；三、學科應用理論：包括總體設計理論、教材編寫理論、課堂教學理論、語言測試理論、教學管理理論。這是從理念、方法到實踐的課程架構。劉珣（2000）則將學科體系分為三部分：一、理論基礎：包括語言學、心理學、教育學、文化學、社會學、橫斷學

科及哲學等七種；二、學科理論，有基礎理論和應用研究，前者包括對外漢語語言學、對外漢語教學理論、漢語習得理論和學科研究方法學，後者包括總體設計、教材編寫、課堂教學、測試評估、教育管理和師資培養等；三、教育實踐：對漢語學習者的教育和對外漢語師資的教育。上述兩個理論的共同點是內容周全、層次分明，涵蓋了華語教學的各個領域，但有些內容已超出了大學教育可及的範圍。

趙金銘（2001）以學科研究的角度切入，提出四論說，認為對外漢語應包括四個面向：一、本體論：從事漢語本體研究，理論基礎為語言學，研究目的是「教什麼」；二、認識論：從事漢語習得與認知研究，理論基礎是心理學，研究目的是「如何學」；三、方法論：從事教學理論與方法研究：理論基礎是教育學；研究目的是「怎麼教」；四、工具論：從事現代科技手段如何應用於教學與學習的研究，理論基礎是計算語言學和現代教育技術，研究目的是「用什麼技術手段」，上述四個面向構成一個系統的格局。崔希亮（2007）沿用趙金銘的四論說，但在認識論的部分，提出以認知科學替代原本的心理學，理由是其內涵還應包括心理語言學、認知語言學、實驗心理學等分支學科。

## 三、教學實境對教師的要求

從教學情境檢視教師日常所需的知識、能力，可概括為教學知識與專業能力兩部分。根據學者（朱純，1994；余應源，1996；宋如瑜，1998）的研究，歸納如下表：

表一　專業知識結構表

| 知識結構類別 | 內容 | 項目 |
|---|---|---|
| 中文基礎知識 | 語言學知識 | 1. 現代漢語：語音、語法、詞彙、漢字等<br>2. 古代漢語 |
| | 文學知識 | 1. 中國古代、現代文學發展脈絡<br>2. 主要作品、作家 |
| 教育基礎知識 | 認知科學 | 1. 行為學派理論　　2. 認知學派理論<br>3. 人本心理學　　　4. 第二語言習得<br>5. 語言發展心理學 |
| | 教育哲學 | 1. 中國教育思想　　2.西方教育思想<br>3. 多元文化教育 |
| | 教學法 | 1. 各種第二語言教學法<br>2. 聽、說、讀、寫語言技能教學<br>3. 語音、語法、詞彙、漢字、篇章等語言要素教學 |
| | 教學科技 | 1. 運用視聽媒體教學　　2. 以電腦輔助教學<br>3. 製作多媒體教材 |
| 語文能力 | 聽 | 1. 能辨識方言聲音　　2.敏於辨識錯誤發音 |
| | 說 | 1. 語言合乎規範　　2.清晰的表達能力<br>3. 善於示範、提問、解釋<br>4. 能立即判斷出病句並改正 |
| | 讀 | 1. 基本外語閱讀能力　　2.文言和白話閱讀能力 |
| | 寫 | 1. 文筆流暢　　2.能寫基本應用文 |
| 通識教育 | | 1. 人文社會知識　　2.自然學科知識<br>3. 思辨推理能力 |

表二　教學能力結構表

| 能力結構類別 | 內容 | 項目 |
|---|---|---|
| 課堂教學能力 | 處理教材 | 1.呈現教學重點　2.刪修、增補教材<br>3.編寫適用的教案 |
| | 教學管理 | 1.訂定可行之教學計畫<br>2.課內與課外教學相輔相成 |
| | 運用教法 | 1.能因時因地制宜，併用各種教學法<br>2.設計相關教學活動 |
| | 觀察對象 | 1.瞭解環境對學習者影響<br>2.瞭解學習者不同的學習風格 |
| | 教學應變 | 1.掌握課程進行步調　2.使學生積極參與互動<br>3.保持高度彈性　4.能應付教學中的突發事件 |
| | 規劃作業 | 1.設計作業　2.批改作業 |
| | 設計評量 | 1.能編寫成就測驗題<br>2.具備探測語言能力的筆試、口試技巧 |

　　華語文教師首須具備較佳的中文表達能力，口齒清晰，會說流利的華語和基本外語，能書寫正確的漢字以及使用規範的語法；其次，要能掌握華語的語音、語法、詞彙系統，並了解各語言點之間的關係；再其次，要能準確快速地判斷學生的錯誤，並適時加以糾正；此外，還要能將認知科學、教育學、語言教學法等知識融於課堂之中，維持學生的學習動機，有效解決課堂糾紛。師生互動時，要能設計、參與、組織、開展跟教學有關的活動。在操作能力上，要能使用多媒體教學設備，運用網路資源，並藉此提高教學的效率。

最後，教師須瞭解語文測試的原則，並在教學過程中，提供學生客觀、準確、多元的能力評量。華語教師的養成教育應是完整、多科整合、循序漸進，從理念到操作的系統訓練，因此也需要語文、教育、認知科學等多領域的後援。

# 四、中原的全人教育目標

中原大學以全人教育為辦學宗旨，應華系在規劃課程時，除了要符合學科的系統性、知識的實用性外，還要能實踐全人教育的理念。全人教育有兩個層次，一是天人物我的四個平衡，另一是落實於課程的八項能力指標。

## （一）天人物我的平衡

教學中，教師傳遞的不單是學科內容，還包括了「潛在課程」，即教師無心的表現，卻能在潛移默化中影響學生。教學對象的年紀越輕，教師對其影響就越大，做為教師，自己須先成為身心健康的人，因此在師培過程中，須強調學習者天、人、物、我四方面的和諧。

　　1.專業與通識的平衡：專業學科為學習者儲備就業、深造所需的知識和技能；通識學科則是發展生活、適應環境變遷的能力。華語文教學與其他學科的連結緊密，而擔任商用會話、中醫漢語、法律中文等課程的華語文教師，亦須具備其他領

域的知識，因此，大學四年間除了專業的必修課外，學生也
應修習至少三十個學分的文學、藝術、歷史、自然、科技等
通識課程。

2. 學養與人格的平衡：何謂「健全的人格」？在知識多元的社
會裡，以此為重心的教學單位已日漸減少。然由於教師的人
格能直接影響未成年學習者的世界觀、價值觀，故師培機構
便不能輕忽人格教育。落實學養與人格平衡的方式是在相關
課程中納入專業倫理的內容、個案，期能以潛移默化代替灌
輸教條來培育未來的華語文教育工作者。

3. 個人與群體的平衡：看重自己、肯定自我，是青年人的特色。
人的獨特自我極其重要，但妥善處理人我關係的能力亦不可
缺。個體與群體之間，如何求得平衡？實須經由真實情境的
磨練。為此應華系各課程的作業多兼有個人與小組兩類，讓
學生在發展自我的同時，也能學習互助合作，此外，更在高
年級階段規劃了為期一年的小組專題，協助學生在真實的情
境中融入群體，培養敬業樂群的特質。

4. 身、心、靈的平衡：指身體、心理、信仰的平衡。社會的快
速變遷，使得校園內外患憂鬱症、自殺人數攀升，此意謂現
代人的心理健康及對人生終極目標的期待有了偏差。中原大
學在通識教育中，設置了人生哲學、宗教哲學等必修課，及
運動與健康、壓力管理等選修課程，另外還有大一到大三必
修體育課的規定，以期未來站上講臺的是身體健康、心理平
衡、目標清楚的華語文教師。

## （二）全人教育的能力指標

中原大學以推動全人教育為辦學宗旨，然而「全人教育」如何落實、如何評估其成效，歷來尚無一明確的標準。2008 年為讓全人教育目標具體落實於課程，特訂定適用於各領域的基本能力指標，之後請各系根據各自的學科屬性，訂出符合全人教育理念的專業能力指標，未來亦可根據指標的量化結果檢視教學、發展課程。此指標將學習者能力分為專業與品格兩類，前者包括：專業知識、統整應變、創新與問題解決、實務應用等四種能力；後者包括：負責與倫理、生命關懷、熱誠與抗壓、溝通與合作等能力，而品格能力亦與天人物我四個平衡相貫通。

全人教育的能力指標，經由討論評估後，詮釋出八項應華系適用的專業能力指標，未來應華系課程之修訂亦將以此指標為依據[2]：

1. 專業知識能力：運用中國語文、第二語言教學以及資訊傳媒基本知識的能力。
2. 統整應變能力：統整語文知識、語言分析方法以及資訊技術於華語教學的能力。
3. 創新與問題解決能力：以語文、教學知識及資訊技術提升華語教學的能力。
4. 實務應用能力：在海內外獨立完成華語教學相關事務的能力。
5. 負責與倫理能力：尊重個別差異，瞭解多元文化價值，敬業樂群。

---

[2] 中原大學應華系對全人能力指標的詮釋，係經全系教師開會討論後所訂定的。

6.生命關懷能力：善用知能，關懷社會，服務人群。

7.熱誠與抗壓能力：在逆境中自我調適，持續追求卓越，終身學習。

8.溝通與合作能力：有效溝通及執行團隊合作的能力。

表三　跨學科的全人指標與定義

| 能力屬性 | 發展方向 | 基本能力指標 | 定義 |
|---|---|---|---|
| 專業能力 | 真知 | 專業知識能力 | 能為就業儲備專門知識，掌握特定領域的知識與技能。 |
| | | 統整應變能力 | 能統合不同的意見或事物，使之成為新的整體，能藉由學習、反思從不同的觀點看待問題，因應環境的變遷。 |
| | 力行 | 創新與問題解決能力 | 能具備專業所需的創意思考能力，並能善用必要的知識、技能、態度及方法來解決問題。 |
| | | 實務應用能力 | 能將專業知識以及整合後的知識，具體應用於工作或生活的能力。 |
| 品格能力 | 服務 | 負責與倫理能力 | 能利用各種技術和物質改善生活環境。能善盡社會公民責任，追求真理、傳啟文化，為大眾謀取福利。 |
| | | 生命關懷能力（天） | 看重生命的價值與個體的獨特性，以愛為主導，運用科技與人文的專業知識幫助他人。 |
| | 人群 | 熱誠與抗壓能力（我） | 具備調節壓力的能力，在逆境中能主動真誠地面對自己，繼續努力，發揮潛能。 |
| | | 溝通與合作能力（人） | 能與各類的團體、個人，經由不同的形式交換意見、溝通思想，並相互配合、協調達成共同目標。 |

# 第三節　課程建構

## 一、課群規劃

應華系大學部課程包括四個區塊，以「中國語文」、「華語文教育」兩個領域的課程為主軸，提昇華語文工作者的基本知識能力；以「資訊傳媒」、「應用語言」兩個領域課程為輔，幫助學生強化教學能力，發展相關專長。這些知識應可協助學生未來的生涯發展，如：在海內外教授外籍人士華語文；投考國內外華語文教學、中國文學、教育學等相關研究所；在非華文母語區從事華語文教育工作，如支援僑居地的華語文教育；研發教材，規劃、製作網路華語文課程。根據歷來學者對華語教師智能的研究，訂定四個希望學習者達到的專業目標（卞覺非，1997；陸儉明，2005；Chinese Language Teachers Association of Secondary-Elementary Schools [CLASS][3]，2001）：

1. 具備能勝任華語文教學的中國文化知識，語音、語法、詞彙、漢字等語文知識，以及聽、說、讀、寫的語文應用能力。

2. 具備語言教學專業知識和應變能力，可擔任各程度、各類型的華語教學課程，對教學設計、教材編寫、設計各類評量等教學周邊事務具獨立作業能力。

---

[3] CLASS（全美中小學中文教師協會）、國家東亞語言資源中心俄亥俄州立大學分部 2001 合作專案《中小學（K-12）中文教師專業標準》。

3. 具備應用語言學的各種知識，瞭解語言習得途徑；學習外語
　以瞭解自我語言的習得過程及與其他文化互動的能力。

4. 能利用相關媒體、資訊技術進行課堂、網絡教學及教材編輯。

應華系據此專業目標，納入趙金銘（2001）的對外漢語四論說，
訂定了課程的基本框架，見表四。

為了有系統地組織上述知識，特設置四個課群。以中國語文課
群提升未來華語教師的基本功；以華語教育課群提升其教學理論與
教學法；以應用語言課群協助未來華語教師瞭解語言習得的過程；
以資訊傳媒課群提升現代教學科技的使用能力。在必修課之外，也

表四　師資課程基本框架

| 知識體系 | 知識內容 | 操作指向 | 課群類別 | 必修科目舉要 | 學分數 |
|---|---|---|---|---|---|
| 本體論 | 中國語文基本功 | 語言教學內涵 | 中國語文 | 中國文學史、現代文學史、中國思想史、古代漢語、語音學、語法學、詞彙學、文字學、文化導論等 | 29-36 |
| 方法論 | 教學理論與教學法 | 語言教學策略 | 華語文教育 | 教育學、教育心理學、華語教學導論、華語文教材教法、華語文測驗與評量等 | 18-26 |
| 認識論 | 華語習得與認知及其他外語的學習 | 語言學習途徑 | 應用語言學 | 第二語言習得理論、語言發展心理學、第二外語等 | 16-25 |
| 工具論 | 現代教育科技應用 | 教學傳播媒介 | 資訊傳媒 | 計算機與網路、電腦輔助教學、多媒體與華語教學等 | 10-18 |

輪開各課群的選修課，如：中國語文類的詩詞選讀、史傳散文、諸子散文、古典戲曲小說等；華語文教育類的課程設計、教材編寫、教師專業發展、華語教學個案分析等；已開設的外語課程有西班牙語、日語、德語、法語、泰語、韓語等。

此規劃略不同於趙金銘（2001）的內容，其一，是本體論的部分，趙金銘的範圍僅限於漢語語言學的本體知識，缺乏文學、文化的課程。鑑於華語文教師需要兼有較深厚的漢語語言學知識和中國文學文化知識[4]，在此納入了中國文學史、中國思想史、中國文化導論等課程，是為華語教師的基礎知識。另外，在認識論部分，為符合華語教學的特殊性，以第二語言的習得與認知取代心理學，並加入教師本身的第二外語學習。細目如下：

1. 中國語文課群：閱讀與寫作指導（4）[5]、中國文學史(4)、現代文學史(2)、中國思想史(4) 、中國文化導論（2）、古代漢語(4)、文字學(4)、華語正音(1)、華語語音學(2)、華語詞彙學（2）、華語語法學(2)等。

2. 華語文教育課群：教育學（2）、教育心理學（2）、華語文教學導論（2）、華語文教材教法（4）、華語文測驗與評量（2）、華語教材編寫（2）、華語教學設計（2）、華語教學實務（2）、畢業專題（4）等。

---

[4] 虞莉（2007）轉述周質平（Chou, 2006）的意見，提到大陸、臺灣及美國華語教學中的幾大隱憂，指出在師資培養方面有偏重「應用語言學」、「教學法」或「第二語言習得」而忽略或輕視文史知識培養的傾向。

[5] 括號內為學分數。一個學分相當於十八個小時的授課鐘點。

3. 應用語言學課群：語言發展心理學（2）、外語習得理論（2）、語言學概論（4）、華語教學英語（2）、第二外語（4）、實用英語（4）等。

4. 資訊傳媒課群：資訊系統與網路導論（2）、傳播學導論（2）、中文資訊處理（2）、多媒體與華語文教學（3）、電腦排版與設計（2）、資料庫系統（2）等。

## 二、專業課程與全人指標

　　為使各課群、課程達到全人教育的目標，2008 年由系上教師組成各課群委員會，逐一評估系上開設的專業課程，並訂出各科目可達到的能力指標，下以表五為例說明之。表五中的華語文教學導論、現代文學史、多媒體與華語文教學、華語教學英語等科目為專業必修課，先將各科欲達到的能力總值訂為 100，而後由任課教師視學科特性，按照全人教育的八項能力分配其比重。據教師擬定的結果，可推知華語文教學導論課程較無法發展創新、關懷、熱誠等能力，但卻能讓學習者獲得較多的專業、統整、實務能力。由表六則可推知應華系各學群的發展重點首重專業能力，其次是統整與實務。應用語言類則更強調提升溝通、倫理兩項能力，而此也符合了語言是用來溝通的本質。

　　圖五是全系課程的能力指標，亦即學生畢業後，應可獲得的能力總和，就此表觀之，專業佔 24%、實務 17%、統整 15%此三項的比例較重，而熱誠佔 6%、關懷 7%、倫理 9%的比例似有不足，然一

般中原大學部學生的修課要求，學系專業的比重僅佔學分數的四分之三，另有四分之一為通識課程，熱誠、關懷、倫理等能力，可藉由通識課達成。

表五　單科基本能力指標舉例

| | 專業 | 統整 | 創新 | 實務 | 倫理 | 關懷 | 熱誠 | 溝通 |
|---|---|---|---|---|---|---|---|---|
| 華語文教學導論 | 40 | 20 | 0 | 20 | 10 | 0 | 0 | 10 |
| 現代文學史 | 40 | 20 | 0 | 0 | 0 | 20 | 20 | 0 |
| 多媒體與華語文教學 | 20 | 20 | 10 | 10 | 10 | 10 | 10 | 10 |
| 華語教學英語 | 30 | 10 | 10 | 20 | 0 | 5 | 5 | 20 |

表六　各課群基本能力指標

| | 專業 | 統整 | 創新 | 實務 | 倫理 | 關懷 | 熱誠 | 溝通 |
|---|---|---|---|---|---|---|---|---|
| 中國語文 | 37 | 16 | 8 | 18 | 7 | 6 | 4 | 4 |
| 華語文教育 | 31 | 20 | 11 | 19 | 7 | 2 | 2 | 8 |
| 應用語言 | 23 | 14 | 5 | 19 | 11 | 5 | 6 | 18 |
| 資訊傳媒 | 21 | 18 | 13 | 10 | 8 | 5 | 9 | 16 |

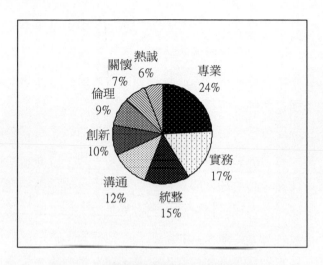

圖五　全系專業課程能力指標分佈

# 第四節　課程組織與統合

　　華語文教師的首要任務是課堂教學，成功的課堂教學不能只靠理論的輸入，還必須有在真實情境中磨練教學能力的機會。因此除了專業知能訓練外，應華系也協助學習者鍛鍊實務能力，為此在大三、大四開設了「畢業專題」、「華語文教學實務」等六學分課程，以整合理論知識與應用能力。「華語文教學實務」即一般熟知的教學實習，課程規定學生於畢業前須完成 36 小時的教學實習，並繳交實習報告。該課程能協助學習者將課堂所學的理論落實於教學中，並藉由教師、學生、教材、情境之間的互動，反思自己仍欠缺的知識、能力，設法在畢業前補足。

　　「華語文教學實務」是必修課，系上須提供每屆六十名學生實習的機會。為拓展實習資源，應華系每年辦理海外師資培訓班、青少年夏令營，以協助學生完成觀摩、實習任務。五年來形成了以下的模式：承接活動時，系上會指定某位老師統籌。以夏令營為例，須分為海外學習者的語言學習與應華系學生的教學實習兩部分。統籌的教師一方面規劃語言課程、課外活動，另一方面要為本系學生設定實習任務、給予額外的實務訓練等，所有的活動均在課外時間進行。整個活動過程看似繁雜，但因為是由一位老師統籌，所以只要程序清楚、注意細節，就能使成員各司其職，活動運作流暢。回顧過往，基本做到了：在培訓中研究、在互動中成長兩個目標（宋如瑜，2007）。三年來參加實習的學生有 337 人次，實習項目見表七。

　　雖然系上安排的活動已能滿足畢業實習時數的要求，但為培養學習者的國際觀與適應海外生活的能力，應華系仍積極拓展海外的實習機會。2006 年 7 月到 9 月由教育部資助吳俞萱等十位同學，赴印尼從事華語文教學實習。有雅加達以馬內利堂衛理學校、巨港瑪莉亞校區 SMP XAVERIUS 第六初級中學、巨港善明彌勒佛院、三寶龍育德高級中學第一分校等四所學校。教學對象從成人、高中生、初中生、小學生到幼稚園兒童。教學內容有聽說讀寫的語文課程與輔導當地教師的專業師資課程。八週後，同學靠著努力、合作，不僅加倍完成了教育部規定的 100 小時實習鐘點，還附帶完成了各學校提出的額外要求。

表七　實習項目介紹

| 日期 | 實習項目 | 參與學生數 | 備註 |
|---|---|---|---|
| 2005 學年度上學期 | 僑生國文輔導課(一) | 21 | |
| 2005.10.30～2005.11.12 | 2005 年印尼地區第二期華文教師研習班 | 10 | 僑委會補助 |
| 2005 學年度下學期 | 僑生國文輔導課(二) | 21 | |
| 2006.3.1~2006.8.25 | 第二屆國防大學華語文教育委訓案 | 5 | |
| 2006.6.26～2006.7.14 | 2006 年度印尼地區華文教師研習班 | 40 | 僑委會補助 |
| 2006.6.19～2006.7.16 | 2006 年海外華裔青年語文研習班（印尼團體班） | 60 | 僑委會補助 |
| 2006.7.20～2006.9.14 | 赴印尼從事華語文教學實習 | 10 | 教育部補助 |
| 2006 學年度下學期 | 國際學程華語課程 | 14 | |
| 2007.3.1～2007.21 | 早稻田大學交換學生華語課 | 14 | |
| 2007.3.1～2007.8.25 | 第三屆國防大學華語文教育委訓案 | 10 | |
| 2007.6.18～2007.7.6 | 2007 年度印尼地區華文教師研習班 | 20 | 僑委會補助 |
| 2007.6.18～2007.7.15 | 2007 年海外華裔青年語文研習班（印尼團體班） | 34 | 僑委會補助 |
| 2007 學年度上學期 | 僑生國文輔導課(一) | 45 | |
| 2007.12～2008.1 | 第一屆印尼地區華文種子教師研習班 | 7 | 僑委會補助 |
| 2007 學年度上學期 | 國際學程華語課程 | 22 | |
| 2007.9～2008.2 | 赴越南從事華語文教學實習 | 4 | 教育部補助 |
| 合計 | | 337 人次 | |

2007 年 1 月至 2 月，林志緯等五位同學，組成泰緬華語教學志工團赴泰北美索智民學校實習，除了與資管系同學合作，為智民學校建制了華語教學數位設備外，也將多媒體及活潑的語言活動帶入華語文教學。此外，亦為當地學生提供文化課程，將文化元素自然融入語言學習。2007 年 7 月至 9 月，五位同學再次前往泰國西北部美索縣、南部合艾市、北部清萊省，執行泰國地區華語巡迴教學暨師資培訓計畫，將編寫完成之《兒童華語教學活動設計》工具書、多媒體教材帶入當地課堂。該組成員更在當地開辦了華語文師資培訓班，教授華語教學技巧、多媒體華語教學設計、華語課程帶動唱等課程，為當地的華語文教育提供了新的教學視野。

無可諱言，由於中原應華系成立較早，許多與實習相關的課程設計，仍在嘗試階段，為能評估其成效，97 年度大三學生實習結束後，輔導教師跟實習者進行了一對一的錄音訪談，由此訪談內容，或可更瞭解實習者在過程中的所思、所想、所感、所悟：

之一：在教學中提升信心
實習過程中，我覺得自己就像一個真正的老師。未來，我也可以將實習過程中學到的東西，應用在實際的教學中。現在，我接下一門課，就知道我要做什麼，可以做什麼了。（W）

之二：瞭解自己的能力
我覺得實習對我的幫助還蠻大的，有時候我會主動去找實習的機會。因為上課學的東西，我不知道它對我到底

有沒有用，藉由實習，我就知道哪邊用得到，然後哪邊
還需要加強了。（N）

之三：教然後知不足

實習之後我會更認真上課，也不是說之前三年都沒有認
真上課。只是不知道學了那些東西是幹嘛的，實習之後
我就發現自己遇到了很多很多問題，而這些問題不是之
前書本上的東西就能解決的，有些時候還需要請教有經
驗的老師，甚至會犯很多連自己都想不到的錯誤！（H）

之四：認識真實的教學情境

當一個受學生歡迎的老師很容易；當一個受學生「尊敬」
的老師卻非常難，在問心無愧的情況下，對學生要維持
一定的原則，這是我要努力的方向。在課堂上，老師常
說，等我們踏入社會，會發現一個華語文老師會有的問
題，常常不在專業上面，而是在與同事相處應對、班級
經營管理這些方面。的確，在這次的實習中，我有了深
刻的體認。（Y）

之五：改變對專業的態度

如果大學裡缺了實習，就這樣畢業，也許我就不會往這
方面走了！其實在大二的時候我還猶豫自己到底適不適
合當一個華語老師，可是到了大三，一連幾次的實習後，
就發現了很多問題，然後才又重新再思考自己到底喜不

喜歡往這方面走，實習過程中有挑戰，也有解決問題的
成就感，現在我覺得還蠻喜歡這個感覺的……（C）

實習之外，應華系學生另一項實務訓練是小組畢業專題製作。
畢業專題的內容應與華語教學相關，如：教材編寫、多媒體課程設
計、教學活動設計等等，執行的流程是大一入學便告知畢業專題的
相關規定；大二學生須確定專題方向、分組和找指導老師；大三確
定題目、撰寫專題計畫書；大四完成專題作品並公開發表。實施迄
今，第一屆畢業生的三項專題成果已正式出版，其中《印尼初級華
語課本》第一冊、《環遊印尼學華語》第一冊兩本教材，將於 97 學
年度在印尼雅加達的中學中使用：

1. 《印尼初級華語課本》第一冊，2007 年 6 月，臺北秀威資訊
   科技股份有限公司出版，ISBN：20088-986-6909-82-5。
2. 《環遊印尼學華語》第一冊，2007 年 6 月，臺北秀威資訊科
   技股份有限公司出版，ISBN：20088-986-6909-86-3。
3. 《華語語法活動小錦囊》，2007 年 8 月，臺北秀威資訊科技股
   份有限公司出版，ISBN：20088-986-6732-04-1。

富蘭克林（Benjamin Franklin）有句名言：「告訴我，我會忘記；
教我，我就記得；讓我參與，我就學會了。」在理論與實踐結合的
課程裡，看到了學生的成長。

# 第五節 課程評鑑

96 學年結束時，第一屆畢業生離校已近一年，為瞭解應華系的課程、訓練是否符合學習者的期待與就業的需要，對畢業生和大三學生做了相關調查。包括：學習者對接受全人教育的自我評估、對應華系的整體評價、對應華系課程的評估、畢業生就業滿意度等。

## 一、對全人教育的自我評估

本調查是根據應華系詮釋的八項全人教育指標（見上文），請學生做主觀的自我評估，標出自己各項能力所佔的百分比，全體平均後的比例為：專業知識能力 15%，統整應變能力 13%，創新與問題解決能力 13%，實務應用能力 9%，負責與倫理能力 14%，生命關懷能力 11%，熱誠與抗壓能力 12%，溝通與合作能力 13%（見圖六）。此結果與之前根據系專業課程所訂出的全人能力指標（見圖七）相比，更接近全人教育的理想，之所以有這樣的差異，是因為全校的通識課程填補了專業課程中略不足的負責與倫理、生命關懷、熱誠與抗壓三項能力。

此外，大三同學也為自己過去三年的全人教育學習歷程打了分數，大一階段平均 72.5 分，大二 76.1 分，大三 79.87 分（見圖八），說明學習者認為自己在全人教育知能上的成長已隨年級升高而有進展。

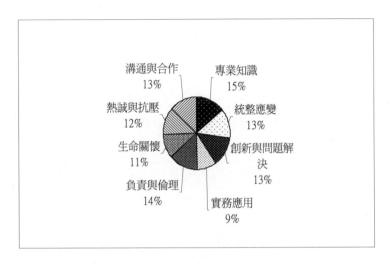

圖六　全人教育指標的自我評估（96 學年下學期大三學生）

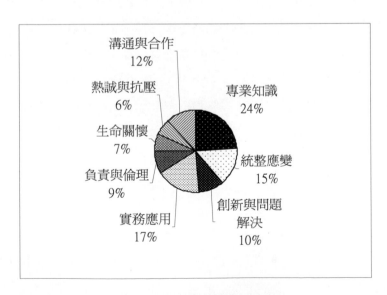

圖七　全系專業課程能力指標

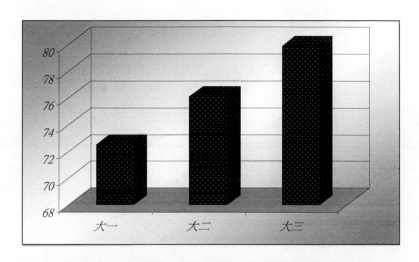

圖八　三年全人教育學習成果自評（96 學年下學期大三學生）

## 二、對應華系的整體評價

　　由前述內容可知，「應華系」並非本系學生入大學前的首選科系，為瞭解此情況是否有所改變，對大三學生做了「如果能重來，我會選擇的科系是什麼？」調查，結果顯示更動最大的是以外文系、應華系、中文系為首選的學生。目前會選擇應華系的學生有 44%，但三年前最想念應華系的僅有 12%，增加了 32%，超過兩倍；想念外文系的由三年前的 30%降為 12%；想念中文系的則由 12%降為 2%（見圖九），可知經過三年學習，同學對應華系的專業認同提高了。

　　此外，學生也回答了一個開放性的問題「如果你的弟妹、好友想念中原應華系，你會推薦這個系嗎？請說明理由。」

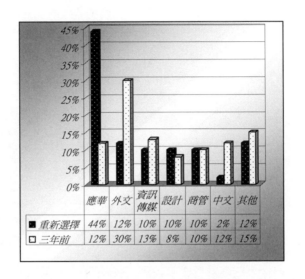

| | 應華 | 外文 | 資訊傳媒 | 設計 | 商管 | 中文 | 其他 |
|---|---|---|---|---|---|---|---|
| ■ 重新選擇 | 44% | 12% | 10% | 10% | 10% | 2% | 12% |
| □ 三年前 | 12% | 30% | 13% | 8% | 10% | 12% | 15% |

圖九　三年前與現在選系的比較（96 學年下學期大三學生）

　　從量化的結果來看有 54%會推薦，32%看情況，14%不會推薦。根據質性的描述，推薦的理由有：1.中原的全人教育、通識課程做得很好，在應華系可以培養獨立思考的能力。2.此系有系統地培養專業華語教師。3.可以接觸不同領域的知識，提升涵養，老師們很棒！4.整個課程很紮實，而且可以碰到各式各樣的事情，讓生活很 colorful。5.會學到很多不同的、特別的知識，很有趣。6.我們的師資強，有多年的華語教學經驗。7.可以學習到很多專業知識，也有足夠的實習機會，有心學習可有大幅成長。8.老師和課程都齊全。9.系上老師的專業經得起考驗。10.若真有心想當華語老師或從事華語教學相關工作，在這兒真的能學到很多。11.畢業之後比較有方向。12.師資好，有實務經驗，課程應用性高。13.以目前的教學環境及師資來說，中

原應華應算是較完整的。14.透過這個系可以學到很多，認識很多外國人。此外，也有一些感性的理由，如：1.Of course!! Why not?! 2.因為還不錯啊！還有些同學是有條件地推薦，如：1.推薦但可能要有吃苦的心理準備，這條路很艱辛。2.推薦時會轉述老師的話問他：「你確定嗎？」你瞭解應華系在做什麼嗎？3.每一個科系皆有挑戰性，所以我會推薦。4.極認同系上老師的專業，如果對教學有興趣的話，但也會請他多瞭解、多思考，再下決定。5.如果他對華語教學真的很有興趣的話，我會推薦。6.請他確定自己的未來要走這條路，因為不能讀出來只有張文憑而已。

不推薦的理由有：1.讀這個系的未來很辛苦，且相當有挑戰，是一場長年不能退熱誠的馬拉松比賽。2.支持但不會特別推薦，比起來以中文為主，專攻第二外語的人似乎更吃香。3.因為在海外的發展只能在東南亞，感覺還要再進修才有機會。4.華語教師是個任重而道遠的工作，沒有心理準備勿輕易嘗試。5.我無法保證他的未來。6.我會請他想清楚再來。

另有些是看情況再決定是否推薦：1.畢業後前途比不過對岸，但大家都說此系火熱。2.看他是否真的有熱情、興趣才會推薦，因為需要極大的熱情才有學習動機。3.除非他非常有興趣且有耐心、毅力與樂觀，我才會推薦。4.看他的目標是不是真的很明確，如果他只是因為應華系跟「中文」與「教書」有關，抱著就念念看的心態，那我就不會推薦了。5.先確定他的熱誠，再做判斷。6.如果他對教學有興趣，不怕吃苦，且不是受媒體影響，我會推薦。

　　由文字敘述可看出，學生對應華系的師資、課程、教學都給予了正面的評價，但對修習此專業的前途則無把握，除了市場不明確、對岸是競爭對手外，也瞭解從事華語教學要能吃苦耐勞，且須具備熱誠、耐心、毅力等人格特質。

## 三、對應華系課程的評價

　　應華系的課程為各專業領域的整合，然各領域的比重卻不同，為瞭解各領域分配的比重是否符合學習者的需要，做了以下調查：第一「三年來，我在哪個領域的知識提升得最多？」結果依次為華語教學 73%、應用語言學 11%、資訊傳媒 11%、中國文學 5%（見圖十）。學生認為華語教學知識提升得最多，約有以下原因：第一，進入大學前，華語教學是學生全然陌生或誤解的領域，從無到有，因而認為提升較多。第二，應華系的專任教師，無論是教文學、多媒體還是語言學，本身均有豐富的華語教學經驗，授課內容也都能與華語教學緊密連結。經由教師的多元經驗，再輔以不同學科理論的整合，華語教學知識自然倍增。

　　其次的問題是「應華系哪個領域的課程該增加？」認為應增加應用語言學課程的人有 38%，增加資訊傳媒課程的有 30%，其次是華語教學 25%，中國語文 7%（見圖十一）。調查「三年來我想學但是覺得不足的領域。」發現，學習者認為學習尚不足的領域依次為應用語言學 36%、資訊傳媒 24%、文化知識 13%、華語教育 11%、中國語文 5%、海外學習與教學 5%、大眾傳播 3%（見圖十二）。從

「我最想念的科系」、「應華系哪個領域的課程該增加？」到「三年來我想學但是覺得不足的領域。」可發現，雖然學習者對應華系的整體態度改變了，但仍覺得「應用語言學」、「資訊傳媒」的學習非常重要，而系上提供的課程仍不敷所需。由現實面觀之，無論學習者未來是否從事華語文教學，外語與資訊能力均為其謀生的利器，也是能帶著走的能力，學生對課程的反映相當合理，也是未來課程改造時的參考依據。

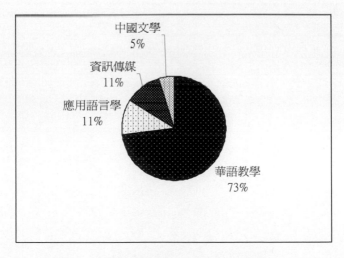

圖十　我在哪個領域的知識提升得最多？

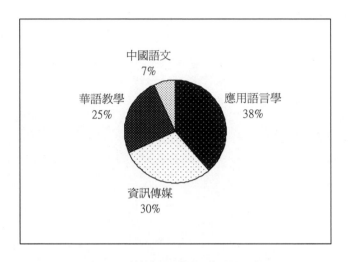

圖十一　應華系應增加課程的領域

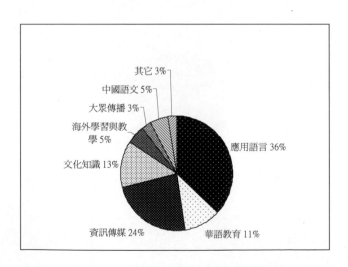

圖十二　三年來想學但不足的領域

## 四、畢業生調查[6]

　　96 學年底，第一屆學生畢業近一年，系上對畢業生做了工作滿意度的調查，計十一項（見圖十三）。回答的數據為 1 至 5 分，1 分為不滿意，5 分為相當滿意。42 位畢業生中有 15 位填答並寄回此問卷，回卷率為 35.7%。其中「與上級主管的相處」一項的平均分數 4.5 為最高，其次是「與同事之間的互動」，平均為 4.33；「工作表現符合自我期許」、「與學生、家長/客戶的溝通」、「工作表現獲得他人肯定」、「工作環境與氣氛」，此四項的平均同為 4.17。整體滿意度為 4.33，依此數據分析，畢業生的就業滿意度頗高，高於平均分數的 4.14。

　　調查畢業生的就業情況，對應華系的課程規劃具參考價值。從圖十三可知，在四年的學習中，專業（項目 6.工作表現獲得他人肯定）、溝通（項目 9.與學生、家長/客戶的溝通；項目 8.與同事之間的互動）、倫理（項目 7.與上級主管的相處）、實務（項目 4.在校所學符合實務需求）等全人能力指標已具體實踐出來。而項目中較不理想的兩項，分數僅 3.83 的是 1.工作內容與性質、2.工作待遇與福利，則反映了華語教師生涯中的「老」問題，雖然此領域要求教師兼有專業知識、能力，然影響教師生活的相關問題，如工作時間長、待遇偏低、職業沒有保障等多年來仍未獲改善。

---

[6]　此問卷由中原大學應華系所設計，內容詳見附錄三。

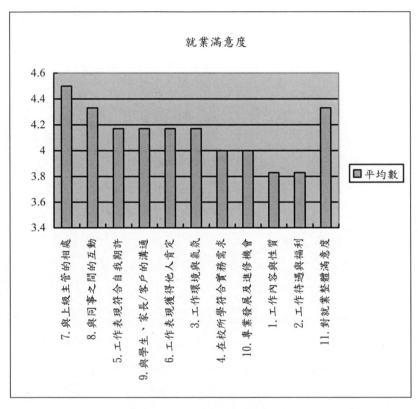

圖十三　畢業生就業滿意度

　　「全球華語熱」是事實，但未能快速拓展臺灣的華語教學產業也是事實，進入 21 世紀，除了因臺灣獎學金來台的外籍人士人數稍增外，一般自費來台學習的人數並未加速成長，但在媒體的炒作下，新系、所、學程陸續開辦，可預估三、四年後，就會有大量的應華畢業生想投入華語教學市場。這些教師若願意跨出臺灣，往生活水平近於或低於臺灣的地區去，就會有較多的機會，要是留在臺灣，

其衍生的失業、學非所用等問題，可能會比安置流浪教師更為棘手。流浪教師可以靠著政府持續推行小班、小校來開拓部分就業機會，或可操之在己，但是要讓外籍人士來台學中文，卻操之在人。華語教師的就業管道、保障不是單一教學機構能解決的問題，而是華語教學持續多年的瓶頸。

# 第六節　結論

　　各校紛紛成立相關系所、學程的同時，中原應華系完成了第一輪師資培育。從諸多調查中可看出，在全人教育、專業課程規劃、理論與實踐統合等大項目上，已見到初步成果，學習者也給予了正面的評價。然而在不同領域課程的比重分配上，應華系仍須調整。第一，為拓展學生海外的工作機會，應增加英語以外的第二外語課程，如：日語、韓語、西語。其次，須將華語教學與電腦多媒體結合，研發多媒體輔助華語教學的課程模組，而此種知能可使教師如虎添翼，除了將傳統的教學融入多媒體外，還能製作多媒體教材，或在網路上開設向全球招生的華語課。

　　今天大學的錄取率已超過百分之百了，高等教育似已無法僅訓練知識份子的腦子，而不顧他們未來的就業問題。當「全球華語熱」炒了幾年，大專校院裡新增了十數個華語教師培育單位後，重新評估市場上的教師需求，推測未來粥少僧多的窘況將更嚴重，葡式蛋塔專賣店可以一夕關門，但教育卻是百年大計。應華系教出來的學

生走上講臺，會不會教書，是培育單位要面對的挑戰，至於，能否為應華系畢業生開闢出足夠的用武之地，卻是整個華語教學界的隱憂。此情況短期內若無法改善，應華系勢必要為學習者規劃出具謀生競爭力的第二專長，而此也是所有華語教學相關科系在課程規劃時所須面對的難題。

# 附錄一　應華系大一學生學習調查

應華系大一學生學習調查

※請依題目指示作答，若選擇的項目為「其他」，請具體說明。

1. 我進中原應華系就讀的理由：＿＿＿＿＿＿＿＿＿＿＿＿

   a. 按分數填志願　b. 為畢業後的出路打算　c. 意外

   d. 有興趣　e. 其他

2. 我最想念的科系是：＿＿＿＿＿＿＿＿＿＿＿＿＿

   a. 中文　b. 外文　c. 資訊傳媒　d. 設計　e. 商管　f. 應華

   g. 其他

3. 希望自己四年後能提升的能力是：＿＿＿＿＿＿＿＿＿

   a. 教學能力及經驗　　b. 中文表達　　　c. 多媒體應用

   d. 華語教師證照　　　e. 華語知識　　　f. 國際觀

   g. 外語能力　　　　　h. 中國文化內涵　i. 其他

4. 什麼是華語教學？

   ＿＿＿＿＿＿＿＿＿＿＿＿＿＿＿＿＿＿＿＿＿＿＿＿＿＿＿

5. 做一個華語老師需要什麼能力、知識？

   ＿＿＿＿＿＿＿＿＿＿＿＿＿＿＿＿＿＿＿＿＿＿＿＿＿＿＿

6. 我認為自己還缺哪些知識、能力？

   ＿＿＿＿＿＿＿＿＿＿＿＿＿＿＿＿＿＿＿＿＿＿＿＿＿＿＿

7. 我認為一個好老師應該：

   ＿＿＿＿＿＿＿＿＿＿＿＿＿＿＿＿＿＿＿＿＿＿＿＿＿＿＿

# 附錄二　應華系大三學生學習調查

應華系大三學生學習調查

※請依題目指示作答，若選擇的項目為「其他」，請具體說明。

1. 三年前我最想念的科系是：＿＿＿＿＿＿＿＿＿＿＿＿＿＿＿

　a.中文　b.外文　c.資訊傳媒　d.設計　e.商管　f.應華　g.其他

2. 如果人生能重來，我會選擇的科系是：＿＿＿＿＿＿＿＿＿＿

　a.中文　b.外文　c.資訊傳媒　d.設計　e.商管　f.應華　g.其他

3. 三年來，我在哪個領域的知識，提升得最多：＿＿＿＿＿＿＿＿

　a.華語教學　b.中國文學　c.應用語言學　d.資訊傳媒

4. 你認為，應華系哪個領域的課程該增加？＿＿＿＿＿＿＿＿＿

　a.華語教學　b.中國文學　c.應用語言學　d.資訊傳媒

5. 三年來我想學但是覺得不足的領域是：＿＿＿＿＿＿＿＿＿

　a.華語教學　b.中國文學　c.應用語言學　d.資訊傳媒

6. 跟學校其他科系相比，你認為我們系的功課總量：＿＿＿＿＿

　a.過多　b.偏多　c.正好　d.偏少　e.過少

7. 以下為全人能力指標，請參考說明，評估你在各項中的得分，總分100。

　a.＿＿＿＿＿b.＿＿＿＿＿　c.＿＿＿＿＿　d.＿＿＿＿＿

　e.＿＿＿＿＿f.＿＿＿＿＿　g.＿＿＿＿＿　h.＿＿＿＿＿

　a.專業知識能力：運用中國語文、第二語言教學以及資訊傳媒基本知識的能力。

　b.統整應變能力：統整語文知識、語言分析方法以及資訊技術於

華語教學的能力。

c. 創新與問題解決能力：以語文、教學知識及資訊技術提升華語教學的能力。

d. 實務應用能力：在海內外獨立完成華語教學相關事務的能力。

e. 負責與倫理能力：尊重個別差異，了解多元文化價值，敬業樂群。

f. 生命關懷能力：善用知能，關懷社會，服務人群。

g. 熱誠與抗壓能力：在逆境中自我調適，持續追求卓越，終身學習。

h. 溝通與合作能力：有效溝通及執行團隊合作的能力。

8. 若以全人的教育的角度來反思，請給自己的發展打個分數，總分100分。

　　a. 大一下_____　b. 大二下_____　c. 大三下_____

9. 如果你的弟妹、好友想念中原應華系，你會推薦這個系嗎？____
　　請說明理由_____

　　a. 推薦　　b. 看情況　　c. 不推薦

10. 如果有人問你中原應華系如何？你的回答是：_____
_____

# 附錄三　中原大學應用華語文學系畢業生調查問卷

---

中原大學應用華語文學系畢業生調查問卷

您好！

　　為了解您畢業後就業狀況，做為本系未來改善與發展之參考，特進行此調查。請您於一週內填妥並寄回本系（地址：桃園縣中壢市中北路 200 號　中原大學應華系）或傳真至本系（傳真號碼：03-2656949）或 e-mail 至本系電子信箱（asclc@cycu.edu.tw）。期待您的寶貴意見，感謝您的協助。

敬祝　萬事如意

中原大學應用華語文學系　敬上

---

一、基本資料：

　　1.姓名：

　　2.畢業時間：

　　3.服務學校／公司：

## 二、對就業滿意度

| 題項 | 非常滿意 | 滿意 | 尚可 | 不滿意 | 非常不滿意 |
|---|---|---|---|---|---|
| 1.工作內容與性質 | | | | | |
| 2.工作待遇與福利 | | | | | |
| 3.工作環境與氣氛 | | | | | |
| 4.在校所學符合實務需求 | | | | | |
| 5.工作表現符合自我期許 | | | | | |
| 6.工作表現獲得他人肯定 | | | | | |
| 7.與上級主管的相處 | | | | | |
| 8.與同事之間的互動 | | | | | |
| 9.與學生、家長／客戶的溝通 | | | | | |
| 10.專業發展及進修機會 | | | | | |
| 11.對就業整體滿意度 | | | | | |

其他意見及建議：

# 第三章

## 華語文師資培訓的機制與實務
## ——以印尼地區師資培訓為例

第一節　前言

第二節　印尼華語文教育的變遷

第三節　印尼華語文教師現況

第四節　培訓課程需求分析

第五節　師資培訓機制的反思

第六節　結論

（本章之初稿曾刊載於 2007 年出版之《華語文教學研究》第四卷，第二期）

# 第一節　前言

　　臺灣政府為提升海外華語文師資素質不遺餘力，早年由僑委會專司其職，近年則委託各大學籌辦華語文教師返臺研習班。2005 至 2008 年，中原大學承辦了六期印尼地區華語文教師研習課程，參與的教師近四百位。

　　印尼是海外華人人口最多的國家，但因語言、文化、外交等限制，本地教育機構對其華教發展所知有限。中原大學應華系自 2005 年承接此任務起，便從事相關的調查、研究，以期逐步發展出符合學習者特性、滿足當地需求的師資培訓課程，四年間所做的調查如下：

1. 由於印尼官方曾禁華文三十三年，在缺乏語言互動的環境下，華文教師恐難發展其華語文能力。為確知當前印尼教師的平均華語文程度，於 2005 年夏、秋兩次研習中，為參加培訓的教師進行了「華語文能力測驗」，獲得了教師華文程度的具體數據。

2. 在印尼官方嚴禁華文的過程中，華語文教育化明為暗，教學管道由合法轉為非法，當時教師如何取得教學資源？違法延續華教的歷程為何？當 2000 年華教再度開放，教學上面臨了哪些挑戰？為瞭解印尼華教推展的背景，應華系師生於 2006 年夏季研習中，與印尼教師做了深度訪談。

3. 進入二十一世紀，印尼政府考量國家利益，積極與大陸文教機構合作，轉向推廣華文，華文教育遂於印尼復興。但此時學習者的動機已發生質變，由延續華人文化轉為提升個人競爭力，這也影響了教師的專業抉擇，因此，2007年針對教師的專業素質、學習背景、研習動機、使用的字體、拼音等項目，再次進行了調查。

4. 2007年底至2008年初，為提升印尼教師在地培訓的實力，僑委會委託中原大學開設印尼華文種子教師研習班，除提供華語師資進修課程外，也輔導教師在當地規劃師資研習[1]，以協助未能來臺灣進修的多數教師，提升教學品質。為瞭解教師的進修需要，2008年進行了培訓需求調查（見附錄一），以做為調整種子師資課程的參考。

四年來，應華系師生透過研習與印尼教師頻繁互動，對印尼華語文教育實況有了深一層的認識，雖離登堂入室仍有距離，但這個過程、操作步驟仍有助於臺灣相關機構瞭解陌生地區的華文教育，或可做為規劃海外師資培訓的參考。

---

[1] 2008年8月24日至9月9日，第一屆種子師資班學員在印尼棉蘭天才教育培訓補習學校舉辦「漢語師資教學輔導研習會」，培訓當地教師。課程內容有：注音符號教學、漢語拼音教學、漢字教學、詞彙教學、華語教師課室活動設計、教案設計與班級管理。

# 第二節　印尼華語文教育的變遷

## 一、印尼華語文教育的回顧

　　印尼的華僑達八百萬，約佔印尼總人口的 3%。華人移民早、人數多，僑教發展可溯至 1729 年（郁漢良，1998）。1901 年，印尼華僑創辦了第一所新式華校——巴城中華會館中華學校，揭開了近代華文教育的序幕（李璐，2006）。二次大戰結束後，印尼地區的華文學校迅速成長、學生激增。1954 年 7 月，印尼北蘇門答臘外僑教育部長鄭揚祿表示，全印尼外僑學校 1500 所。估計華校約 1400 所，學生約 30 萬人（曹云華，1999）。這是印尼華僑教育發展的興盛期。

　　二十世紀五〇年代中期，蘇卡諾政府實施國民教育政策，限制華文教育，並對華校嚴格管制。1965 年的「9・30 事件」導致華校關閉，學校領導人或被抓或受迫害，校舍和資產紛紛被接管、沒收。1966 年 5 月，629 所華校全數封閉，學生 27 萬兩千餘人失學。華校和華人受華文教育的歷史暫告終結（溫北炎，2001）。此一措施，讓正式的華語文學習管道一夕消失，然而地下的華語文教育卻仍以零星、非法的補習及家教形式持續，此後，印尼的華語文教育就在語言環境匱乏、教學資源不足的情況下延續至二十世紀末。

　　1985 年印尼與大陸恢復直接貿易，1990 年恢復外交，印尼政府遂逐步放寬華語、華文和華文教育的限制（周聿峨、陳雷，2003）。1999 年 10 月 21 日，民選的瓦希德政府執政，大幅度調整了對華人的態度，改行民族平等及多元化政策，允許在校學生選修華文，民

間亦可開辦華文學校（福建僑聯網，2002）。2001 年 2 月，印尼貿易和工業部長頒佈第 62 號令，撤銷 1978 年商業部長頒佈的禁止進口華文讀物的決議；2001 年 8 月，印尼教育部正式頒佈決定書，允許開辦華文學校和其他外語學校，同時允許大學開辦華文系，而不再受任何限制，至此，華文始與英文、日文享有同等地位（黃昆章，2002）。

進入二十一世紀，印尼華文教育快速發展，據宗世海與李靜（2004）的調查，目前有數千名華語文教師從事不同類型的華語文教育，華社、宗教團體興辦的正規補習班約有 300 家，亦有與國民教育接軌的英語、華語、印語的三語學校。有 100 多家正規中小學、幼稚園教授漢語（其中多為選修），有 40 所大學開設漢語課程，其中十所大學設有中文系。華人亦開始創辦大學，例如：泗水智星大學、萬隆國際外語學院、雅加達新雅學院、瑪琅瑪中大學等。

## 二、印尼華教的定位

華文教育在印尼中斷了三十多年，再恢復時所面臨的情況已不同於往昔。在政府方面，官方把華語文教學納入正規體系，視為國民教育中的第二外語教學，地位僅次於英語。在民間，由於大部分華人已具有印尼國籍，成為宣誓效忠印尼的公民，其內心雖認同華人的文化和傳統，但對學華語的態度卻有了質變，青、壯年的學習者將華語、英語視為同等級的謀生工具，印尼語則是生活、學習所憑藉的母語。

　　印尼華語地位的轉變，可從來臺接受培訓的印尼教師身上得到印證。2005 年中原大學首次舉辦研習，發現參加研習的教師雖然都瞭解其語言是學習者的模範，但說華語時仍帶有很濃的腔調。根據比對，教師的口音一方面是受了印尼語的干擾，另一方面則是受了漢語南方方言的影響，而教師的華語表達能力，也與家庭使用的語言（第一語言）有關，由圖一可知，對四分之三的教師而言，華語/普通話並非其家庭語言，家庭中最常用的是印尼語，其次則是各省方言——依使用頻率高低排列：客家話、福建話、廣東話、潮汕話（溫北炎，2002）。有鑑於此，從 2005 年的師資研習開始，便在每日的課程中加入了半小時的小組正音，即使相關研究顯示，正音對成年者難收立竿見影之效，但仍希望藉由正音課程，讓教師瞭解印尼地區學習者的發音弱點，以及當地語言對華語學習的影響，並在教學時格外注意自己的發音。

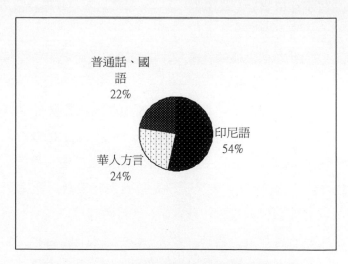

圖一　2007 年回臺印尼華文教師家庭語言調查

# 三、印尼華教的前瞻

2000 年印尼教育部公布，將在 2004 至 2007 年間把華語文教學納入國民教育體系。全國 8039 所高中皆開設中文課程，截至 2005 年已有近 1000 所學校正式開課（嚴美華，2005）。這個訊息振奮了華語教學界，然而接踵而來的難題——專業師資缺乏，卻很難在短期內補足。當一個科目納入教育體系，成為正式學科時，它就需要有完整的教學規劃、各年級課程大綱以及可銜接的系列教材，更重要的是要有質、量均符合專業要求的教師，然而在印尼華文教育鬆綁後，首要面對的就是教師質、量嚴重不足與教材普遍缺乏。為求長遠發展，印尼政府已明文規定合格的華文教師須具備三個條件：

1. 漢語水平考試成績必須在 6 級（即中等 C 級）以上。
2. 曾接受印尼官方（教育部）認可的專業培訓，並獲結業證書。
3. 具有大專學歷。

同時具備此三個條件的教師，才可在國民教育體系中從事華教工作。

分析以上三個條件，第一，漢語水平考試成績必須在 6 級（即中等 C 級）以上，其相對應的具體華語文程度，是大陸政府規定外國留學生進入中國文、史、中醫類科系學習的最低漢語標準。這表示未來成為印尼合格教師者，必須先通過大陸舉辦的語文能力測試。第二，接受過印尼官方（教育部）認可的專業培訓，並獲結業證書。為協助教師達到此要求，大陸、印尼透過官方合作推動短期教師培訓，結業成績合格者，可獲得印尼教育部認可的培訓證書，

用印尼華文教師的話說，這使他們獲得了公開任教的護身符（宗世海、李靜，2004）。由於兩國官方的合作，數年間，獲得大陸證書的印尼教師人數大幅成長，以 2001 年大陸學者赴印尼舉辦的華語文師資培訓為例，四到六月五期培訓的報名人數約有兩千，實際到訓的有一千多人，獲得結業證書的有八百餘人。這種以證照為目標的作法，使得大陸對印尼華教的影響迅速擴大。第三，教師須有大專學歷。為了讓早年失學的華校畢業生取得專科學歷，大陸泉州華僑大學的集美華文學院[2]，率先提供印尼教師一系列的「漢語教育自學課程」，即臺灣所稱的函授課程，課程分為專科教育和大學教育兩種，完成一年專科教育且成績通過，便可獲得專科畢業文憑（宋如瑜，2005）。這是大陸當局針對印尼教師迫切需要提升學歷、取得合法教學資格所提出的對策。

　　印尼須藉助大陸的力量來推動華文教育，是因為長期以來實施排華政策，未在華文教育上投注資源，導致日後華語教學愈加熱門而教師素質愈加低落的窘境。保守估計目前印尼華語教師的缺額超過三萬人，中國大陸趁勢以學歷、證照雙管齊下，為有志者開闢了就業的康莊大道，未來接受大陸培訓、參加漢語水平考試後而獲得教師證書者，將急遽增加，成為教學的主幹。

---

[2] 華僑大學於一九六〇年創辦於泉州，以培養華僑華人青年為宗旨，辦學方針為「面向海外、面向港澳臺、面向經濟特區」。一九八三年定為大陸國家重點大學，是一所綜合性高等學府，該校為華僑及華裔青年提供正式的專業學位教育。集美華文學院則是由集美僑校、集美中國語言文化學校和華僑大學對外漢語教學部合併而成，是福建省設立的漢語水平考試（HSK）考點，專門對海外華僑、華人及其他外籍人士進行漢語培訓。其主要任務為針對海外華人開展華文教育與發展華僑華人研究。

　　教材方面，長久以來，印尼就缺乏適合當地民情的各級華語文教材。2006、2007 年針對來臺灣研習的 160 位教師，做了教材使用情況的調查，得知：約有 3%的教師使用印尼出版的教材，46%的教師使用大陸出版的教材；其他周邊地區，如：新加坡、馬來西亞出版的教材，在印尼的市場佔有率接近三分之一，使用臺灣教材者僅佔 9%（參圖二）。推估全印尼使用臺灣教材的比例應較此次統計出的數字為低，原因是來臺參加研習的教師與臺灣的關係較此次為密切，其間亦有幾位是臺商親屬、臺籍媳婦。這些教師常用的教材是國民小學《國語課本》、《實用視聽華語》、《新編華語課本》（印尼版）等，其中使用國民小學《國語課本》的人數最多。

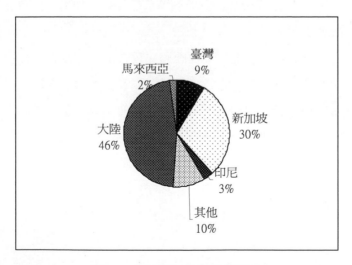

圖二　各地教材使用的百分比

　　若看單本教材，新加坡出版的《小學華文》最受教師青睞，大陸的《漢語》、《漢語教程》次之（見表一），這三套書均頗有歷史。暨南大學華文學院編寫的《中文》，將學習者鎖定為海外華人子弟，自 2001 年出版後，使用率正逐年提高，但這些教材都不是專為印尼學習者量身訂做的。未來臺灣若能在字體、拼音上彈性調整，推出以當地時空為背景，兼有華、印語言和文化特色的教材，仍有機會攻佔部分市場。

　　除了教師、教材以外，政治環境、政府態度對華教的興衰亦有影響，宗世海與劉文輝（2007）曾多次親往印尼考察，對其華文教育走向，提出以下的看法：1.印尼政府會從發展經濟、培養人才和促進民族和諧的角度看待華文教育及漢語教學。2.印尼政府官員及民間都存在著某種程度的限華、仇華意識，此為印尼華文教育的阻力，也是印尼華族危險仍在的根源。3.印尼政府會把華教重點放在正規教育和培養印尼華族漢語教師上，校外華文補習班、家庭補習和華人華文教師只是必要的補充。4.印尼政府財力、人力有限，擬採取私人辦學，有限度利用華人財力、人力。5.印尼政府將借助中國政府和中國大專院校的力量，優先培養正規學校的漢語師資。

表一　四套常用教材所佔比例

| 教材 | 小學華文<br>（新加坡） | 漢語<br>（大陸） | 漢語教程<br>（大陸） | 中文<br>（大陸） |
|---|---|---|---|---|
| 百分比 | 23.75% | 17.50% | 15.00% | 8.75% |

# 第三節　印尼華語文教師現況

自印尼開放華文以來，兩岸的相關單位，為提升華語文師資的質量，均投入了龐大的資源，藉由函授課程、巡迴教學、返臺或赴大陸研習、提供漢語教學專業獎學金等方式，協助印尼華教的推展。

2001 至 2006 年間，大陸學者分別就巡迴培訓、函授課程所接觸的印尼華文教師做了調查，計有李秀坤 2002 年針對坤甸、山口、巴領旁、占碑、梭羅和三寶壟等六個城市的 333 名教師所做的語法、漢字偏誤分析研究；馬躍、溫北炎 2003 年對 191 位印尼華文教師進行了印尼華文教育的社會問卷調查；蔡賢榜 2005 年針對 321 名參加暨南大學華文函授教育的教師進行的問卷調查，上述研究不僅讓大家瞭解了印尼師資的結構、素質，也為兩岸規劃的培訓、研習活動提供了重要的資訊。

中原應華系在規劃、執行印尼教師研習工作的同時，亦調查了印尼地區華語教學的現況。然因印尼幅員遼闊，任何單一調查都無法呈現該區華教的全貌，因此以下的分析，主要是以應華系四年來承辦師資研習所做的調查為基礎，並比對大陸學者的研究結果，進而拼出印尼華語教師的真實圖像。

## 一、華語文基本能力

關心印尼華教的學者，多有以下的疑問：印尼斷絕華文三十多年，在缺乏語言環境下，印尼教師的華語文聽、說、讀、寫程度為何？

　　研習過程中，發現來臺印尼教師的華語文程度相當分歧，由教學互動、作業批改顯示：普遍有華語聽讀能力欠佳、口語表達能力不足、漢字書寫偏誤、語法詞彙使用不當等問題[3]。2005 年夏、秋兩季，為 76 位教師進行了「華語文能力測驗」，內容包括詞彙、聽力、閱讀三類。測驗結果發現：78%的印尼教師，其華語文聽、讀程度相當於國內的小學生；17%的印尼教師其華文僅有國中程度；華文程度相當於高一到高二之間的僅佔全部教師的 5%（見圖三）。若再細分，可知目前印尼華語文教師的華語聽、讀能力有一半以上不及臺灣的小五學生。以這樣的中文能力擔任華語文教學實已堪慮，而返臺接受以中文為媒介語言的研習課程，其收效更難符預期。

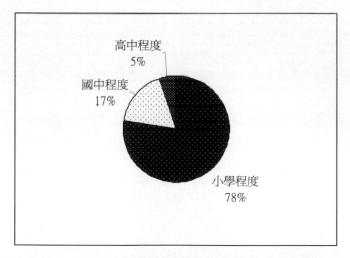

圖三　2005 年回臺印尼華語文教師華文程度調查

---

[3]　印尼教師華語語音、詞彙、漢字書寫等常見的偏誤，詳見筆者〈印尼華文教育的反思——以教師素質為中心的探討〉一文，載於《印尼華文教育與教學》頁 71-93。

# 二、年齡與性別

「青黃不接」是印尼華語文教師的寫照，整個師資結構也呈現出高齡化的傾向，依年齡層約可將現職教師劃分為三：

1. 青年教師，指 1966 年華校停招之後出生，年齡在 40 歲以下的教師。其成長過程中缺乏合法的中文環境，中文為其第二語言。這些教師若有機會在臺灣或大陸求學，中文根基則較穩固，未來或可成為稱職的華語文教師，若無兩岸的求學、生活經驗，中文程度僅能達到母語者國小低年級的程度。

2. 壯年教師，年齡在 40 到 58 歲之間，指 1949 到 1966 年出生者，是目前華文教學的中堅，這些教師具有豐富的教學經驗，但其中文較佳者也僅相當於初中程度的母語者。

3. 年長教師，年齡在 58 歲以上，曾在華校、華中學習中文，中文程度與中文母語地區的小學教師接近，不僅口語流利，書面表達亦佳，這些教師長期在民間補習班從事教學。

在語文能力上，年長教師優於青、壯年教師，但在教學法、教學技巧上則較難符應年輕學習者的需求。青、壯年教師掌握新知快速，敢於嘗試新的教學法，這些是其優勢，但囿於本身語文基礎不足，應用漢字、語音、語法的能力尚待加強。

再檢視表二的教師年齡與性別，可知印尼教師結構中存在男、女比例失衡的問題，且年齡越輕，男性教師的比例越低。針對這個現象，我們曾訪談 2006 年來臺的印尼教師，瞭解其原因在於華語文教師的待遇不高、工作缺乏保障，社會地位也不如其他行業。印尼政

表二　2005 年大陸印尼華文函授教育年齡性別統計

|  | 男人數 | 男百分比 | 女人數 | 女百分比 | 總計 |
|---|---|---|---|---|---|
| 年長教師 | 90 | 28.00% | 98 | 30.52% | 58.52% |
| 壯年教師 | 32 | 9.90% | 75 | 22.36% | 32.26% |
| 青年教師 | 4 | 1.20% | 22 | 6.85% | 8.05% |
| 總計 | 126 | 39.25% | 195 | 60.74% |  |

資料來源：蔡賢榜（2005）。印尼華文教師隊伍現狀及培養對策。海外華文教育，(4)，63-70。

治環境特殊，當地華人很難在政界發展，擁有財富即成了人生成功的指標，因此背負經濟壓力的男性多往商界發展，少有人能長期固守相對清貧的華教工作。1999 年當華教再度開放，許多年長男性在其他崗位退休後，再度從事華語教學，開創事業第二春，此亦解釋了何以壯年、青年男女教師比例嚴重失衡，但在資深教師的部分反而接近平衡。

## 三、教育背景

在此教育背景指的是教師取得最高文憑的等級，不限於華文學校，亦包括當地學校的文憑。之所以進行此項調查，是因為教師的學歷與其專業生涯發展息息相關。擁有大專學歷的壯年教師，若到臺灣、大陸進修，未來可望進入正式教學機構服務，對華語教學界的影響勢必增加。由表三可知來臺灣研習的教師具大專程度者佔一半以上，初中畢業者僅佔 10%。反觀馬躍與溫北炎（2003）對印尼

表三　2007 年臺灣印尼華文教師研習者學歷

|  | 初中 | 高中 | 大專 | 碩士 |
|---|---|---|---|---|
| 百分比 | 10.00% | 36.30% | 53.80% | 0 |

表四　2003 年調查一般印尼華文教師學歷

|  | 初中 | 高中 | 大專 | 碩士 |
|---|---|---|---|---|
| 百分比 | 27.20% | 57.10% | 14.60% | 1.00% |

資料來源：馬躍、溫北炎（2003）。印尼華文師資的現狀、問題與對策——從社會問卷調查看印尼華文教育的狀況。**東南亞縱橫**，(9)，50-56。

當地教師所做的調查，其中具高中程度者（未必畢業）佔 57.10%，而初中程度者仍有 27.20%。就研習、進修的成效而言，高學歷的教師因其學習經驗豐富，研習的效果也較好。根據四年來對印尼教師研習所做的觀察，學習力最強的是曾在臺灣、大陸接受過大專教育的教師，他們在吸收新知、對比語言、應用多媒體方面均有傑出的表現。表三為 2007 年返臺參加研習的教師學歷，明顯高於表四印尼華文教師的平均值，這是僑委會篩選後的結果，而兩岸未來培訓的對象亦應朝大專畢業的高學歷方向調整。

## 四、任教機構

印尼教師多在哪些機構任教？根據 2001 年廣東漢語專家團於華文教師巡迴培訓期間做的統計，當時參加培訓的 1600 多名華文教師

中，家庭教師佔 30%，華文補習班教師佔 45%，私立大中小學兼職教師佔 24%，公立大中小學專任教師僅占 0.5%，以其他形式從事華文教學的佔 0.5%（見表五）。可知，目前印尼華文教師多在家庭和補習班從事基礎教學，任教於正規教育體系下的教師極少。表六顯示來臺參加研習的教師則多集中於私立學校，此外，除了公立學校的教師外，華語教師奔波兼職的情況極為普遍。這種現象常見於補習班和私立學校，學校課程結束後，教師就到補習班、家教班繼續上課，與臺灣早年學童課後補習的情況類似。

臺灣辦理海外師資研習屬教育投資，就長遠的發展潛力而言，應是以正規教育體制、國民教育體系下的專職教師為主要對象，然而因印尼情況特殊，大型補習班的學生人數與正式學校相當，實質的影響不容小覷，因此歷年研習中，也將補習班的負責教師列為重點培訓對象。

表五　2001 年廣東漢語專家團赴印尼巡迴培訓期間對華文教師任教學校之調查

|  | 公立學校 | 私校兼職 | 補習班 | 家教 |
|---|---|---|---|---|
| 百分比 | 0.5% | 24% | 45% | 30% |

資料來源：宗世海、李靜（2004）。印尼華文教育的現狀、問題及對策。**暨南大學華文學院學報**，（3），1—14。

表六　2007 年臺灣印尼教師研習中調查印尼華文教師任教學校分佈

|  | 公立學校 | 私立學校 | 補習班 | 家教 |
|---|---|---|---|---|
| 百分比 | 1.30% | 58.80% | 26.3% | 12.5% |

## 五、使用字體

　　字體與拼音是華語文教學中頗受關注的議題,然大陸學者的調查並未觸及這兩項。撇開意識型態,僅就教學而論,兩岸字體的差異確實造成了教學困擾。根據表七,來臺研習的教師中,單一使用繁體字教學者,僅佔 5%,而這些教師都曾在臺灣受過教育。另外一類繁、簡兼用的教師,則佔所有教師的 21.25%,可知在印尼推展單一的繁體字教學,已無有利的條件;反之,臺灣若採北美的「識繁寫簡」為標準,參考大陸近年同時推出繁、簡兩種版本教材的作法,為印尼編寫繁、簡字對照的課本,鼓勵教師兼教兩種字體,印尼教師會更容易接受臺灣教材。

## 六、使用拼音

　　現今全世界通行最廣的中文拼音是大陸 1958 年推出的漢語拼音,本次接受調查的老師中有 81.25%只使用漢語拼音(見表八)。從學理上看,漢語拼音可能不完美,但其應用廣泛,業已成為全球通用的漢語標音系統,官方、學者不可能改變這個情況。但目前印尼仍有將近 10%的華語老師,認為注音符號有避免印尼語干擾的優點,為讓學生說出標準的華語,仍堅持先教注音符號。未來臺灣若要持續在印尼推展華文,編寫兼有注音符號與漢語拼音的教材,仍有可為。至於臺灣曾大力推廣的通用拼音,依據 2007 年所做的調查,受訪的印尼教師沒有人使用。雖然這些教師比一般印尼的華語文教師

表七　2007 年臺灣印尼華文教師研習教學字體調查

| 字體 | 單一用簡體字 | 單一用繁體字 | 簡體字為主繁體字為輔 | 繁體字為主簡體字為輔 |
|---|---|---|---|---|
| 百分比 | 73.75% | 5.00% | 17.5% | 3.75% |

表八　2007 年臺灣印尼華文教師研習教學拼音調查

| 拼音 | 單一漢拼 | 單一注音 | 漢拼為主注音為輔 | 注音為主漢拼為輔 | 無 | 通用拼音 |
|---|---|---|---|---|---|---|
| 百分比 | 81.25% | 3.75% | 6.25% | 6.25% | 2.5% | 0.0% |

更認同臺灣，但若不能找出通用拼音優於其他兩種拼音的有力證據，以及非採通用拼音不可的理由，就很難說服教師更換系統。近年來，臺灣政府已為通用拼音投下了大量的資源，甚至為此重新修訂以往暢銷的教材，然而中文拼音畢竟是與全球華人、資訊聯結的工具，違背潮流，難免徒勞無功。

## 第四節　培訓課程需求分析

根據以上的調查，得知由於印尼教師的中文程度、學習背景、教學對象不同，對培訓課程的需求也有差異。2008 年暑期，首度將參與培訓的教師依中文程度、教學經驗分為基礎班與進階班，分別

授課，並調查了兩類教師的專業學習需求。一般而言，基礎班的教師多為青年教師，學歷高，通識知識豐富，教學對象多為小學、幼兒班的學生，不過這類教師教華語的時間不長，中文水平也不如進階班的教師高。進階班的教師多為壯年、年長教師，教授華語的時間長達十數年，甚至數十年，中文平均水平高，其教學對象分佈於各年齡層。

本次採用的課程需求調查問卷，是根據歷年與印尼教師訪談、課程回饋資料編製的。請教師根據自己對某課程的需求程度，在選項的空格內填寫數字，數字的意義為：5，很需要；4，需要；3，普通；2，不需要；1，完全不需要。多數題目列有「其他」一項，以補問卷的缺漏，而 75 位教師中，僅有一位，在兩題裡填了其他一項，顯示問卷中提及的內容，已能滿足大多數教師的需求（見附錄一）。

第一題「教師本身需要加強的漢語能力」的調查結果顯示（見圖四），基礎班、進階班的教師都認為自己亟需加強口語、寫作能力，此屬語言的表達演示（Presentational Communication）功能，亦即主動使用中文的能力。而基礎班教師最需要加強的是口語能力，進階班教師則希望能掌握寫作的技巧。

第二題「教師本身需要加強的漢語知識」，調查教師在指導學生發音、解釋詞彙、分析語法、說明漢字意義、解釋文化現象時所需的專業知識。大部分的進階班教師在家裡說中文，課堂上以聽說模仿的方式教發音，因此教師對語音知識的需求較低，也正因為這些教師學中文的方式接近第一語言，無需藉助語法規則，因此在課堂上，解釋、練習語法就成了教學的難點，所以進階班教師較希望補

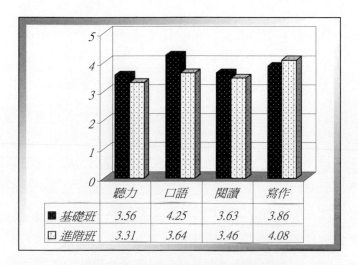

圖四　教師本身需加強的漢語能力

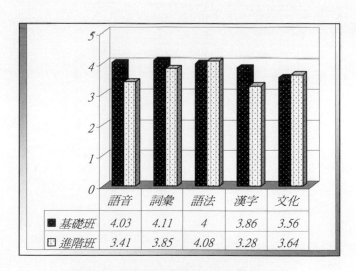

圖五　教師本身需要加強的漢語知識

強語法知識。歷年臺灣、大陸舉辦的海外師資培訓班，也都把介紹漢語語法系統當做教學的重點。基礎班的教師認為自己的語音、詞彙、語法都需加強，但對文化知識的需求較低，這是因為其教學對象多為初級程度的兒童，在此教學情況下，對比、介紹文化不是第一要務，教師提升本身的文化知識也非當務之急（見圖五）。

第三題「教師需要加強的第二語言教育知識」，調查的是教師對第二語言教材教法、第二語言習得、教育心理學等知識的需求。許多教師反應，來臺灣之前他們並不清楚教華語有第一、第二語言之分，接觸之後才發現自己的教法並不適用於第二語言的學習者，例如要求學生做大量的習寫練習，而少有溝通互動。由於教師知道自身的不足，因而對第二語言教學法抱持著高度的興趣，所以無論是

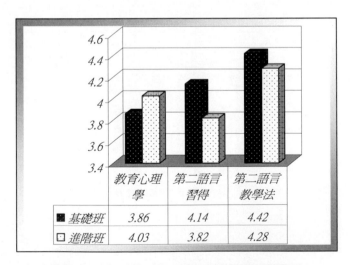

| | 教育心理學 | 第二語言習得 | 第二語言教學法 |
|---|---|---|---|
| ■ 基礎班 | 3.86 | 4.14 | 4.42 |
| □ 進階班 | 4.03 | 3.82 | 4.28 |

圖六　教師需要加強的第二語言教育知識

基礎班還是進階班，分數都在 4 分以上，意指非常需要此課程（見圖六）。較特別的是「第二語言習得」一項，基礎班教師認為非常需要，這是因為教師本身多為印語母語者，求學時曾有學習英語、華語的經驗，深知第二語言習得歷程的複雜，因此覺得需要掌握這類的知識。進階班的教師外語學習經驗不多，學習華語的過程又幾近母語，因此不太清楚第二語言習得知識在語言教學中扮演的角色。因而對此項課程的需求，不如基礎班教師來得高。

第四題「教師需要加強的教學相關能力」，調查的是教師對教學規劃、課堂經營與管理、教材編寫、語言測試、活動設計、備課、教案編寫等日常教學工作相關知識的需求（見圖七）。基礎班教師認為最需加強的是活動設計，推測是因其學生年齡較小，需要有趣的

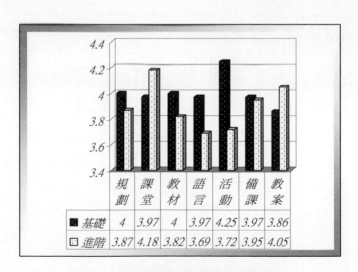

| | 規劃 | 課堂 | 教材 | 語言 | 活動 | 備課 | 教案 |
|---|---|---|---|---|---|---|---|
| ■ 基礎 | 4 | 3.97 | 4 | 3.97 | 4.25 | 3.97 | 3.86 |
| ☐ 進階 | 3.87 | 4.18 | 3.82 | 3.69 | 3.72 | 3.95 | 4.05 |

圖七　教師需要加強的教學相關能力

課堂活動來維持學生的注意力和學習興趣。進階班的教師則認為課堂的經營管理較困難，這些教師的學生很多是青春期的少年，如果教師的教法單一，學生就容易分心、講話、睡覺，因此不少教師將此歸於自己缺乏課堂經營管理能力所致，事實上，這也跟教學形式單調、課堂缺少變化有關。

第五題「教師需要加強的教學項目」，調查的項目包括：聽力教學、發音教學、會話教學、閱讀教學、寫作教學、古代漢語教學、現代文學教學、文化教學等（見圖八）。相對而言，教師對古代漢語教學法的需求較低，一方面是教師本身無古代漢語的基礎，另一方面是在印尼少有學生想學古代漢語。這個情況有點像臺灣的英語學習，除了大學外文專業系所以外，少有地方會教莎士比亞是一樣的。

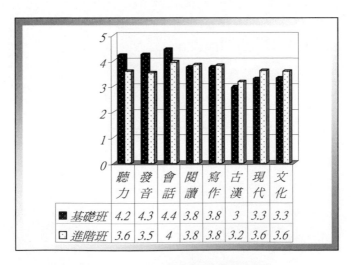

| | 聽力 | 發音 | 會話 | 閱讀 | 寫作 | 古漢 | 現代 | 文化 |
|---|---|---|---|---|---|---|---|---|
| ■ 基礎班 | 4.2 | 4.3 | 4.4 | 3.8 | 3.8 | 3 | 3.3 | 3.3 |
| □ 進階班 | 3.6 | 3.5 | 4 | 3.8 | 3.8 | 3.2 | 3.6 | 3.6 |

圖八　教師需要加強的教學項目

而目前印尼僅有十所大學有中文系，因此教師需要加強的教學項目仍集中於現代漢語。若以中文的文學、文化、語文三個範疇來討論，基礎班教師的需要多集中在語文而不是文學、文化，其中最需要提升的是影響口語互動的聽力、發音、會話教學。而進階班教師在會話教學之外，亦需要具備教授閱讀課、寫作課的能力。

　　第六題調查的是「教師需要加強對何種年齡的教學能力」。教師迫切需要的多與其目前的教學情況有關。基礎班教師需要提升的依次為對幼兒、小學生、中學生、成人的教學（見圖九）。此與印尼當地聘任教師的習慣接近，中文程度越低的教師，其教學對象的年齡也越小，因為教學中允許教師使用大量的印尼語。進階班教師的學生包括各種程度、各年齡層，因此對不同年齡層的教學知識需求也較平均。

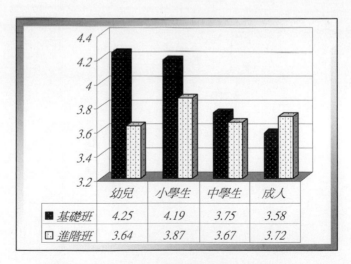

|  | 幼兒 | 小學生 | 中學生 | 成人 |
|---|---|---|---|---|
| ■ 基礎班 | 4.25 | 4.19 | 3.75 | 3.58 |
| □ 進階班 | 3.64 | 3.87 | 3.67 | 3.72 |

圖九　教師需要加強對何種年齡的教學能力

　　第七題「教師需要加強對何種程度的教學能力」。調查的範圍是零程度、初級、中級和高級。基礎班和進階班教師最需要的都是針對零程度的教學（見圖十）。整體來說，基礎班教師對所有程度的教學能力都需加強，在高級部分需求反而偏低的原因是，基礎班教師因其中文程度有限，被分配教高級學生的機會不多，因此提升高級教學能力，相對而言較不迫切。

　　第八題「教師需要加強的現代化教學的能力」。調查的是上網找資料、用多媒體輔助教學、製作網路課程三項。基礎班、進階班教師最需要的科目都是用多媒體輔助教學，因其涉及的知識較廣，包括軟體的應用與教學設計，須在課堂內有計畫地學習。其次是上網找資料，此確實可以協助教師以合用的教材豐富課堂教學，但是由

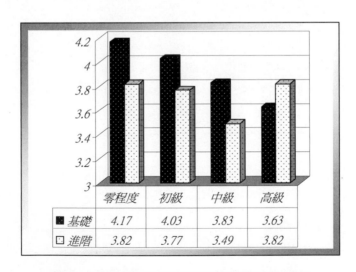

| | 零程度 | 初級 | 中級 | 高級 |
|---|---|---|---|---|
| ■ 基礎 | 4.17 | 4.03 | 3.83 | 3.63 |
| □ 進階 | 3.82 | 3.77 | 3.49 | 3.82 |

圖十　教師需要加強對何種程度的教學能力

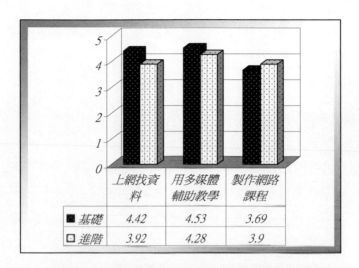

圖十一　教師需要加強的現代化教學的能力

於技術簡單，對部分老師而言，已不是問題了。至於製作網路課程，由於印尼大部分地區的網路設備不健全，因此短期內考慮以網路做為教學媒介的教師並不多。

# 第五節　師資培訓機制的反思

　　大陸還未開放時，臺灣就已在海外華語文師資培訓上投入了大量的資源，無論是研習的安排、活動的形式、課程的設計、資源的運用，均成為大陸開放後推廣海外漢語教學的重要參考。如今，對岸挾其強大的經濟實力、豐富的人力資源，有計畫地接收臺灣多年

耕耘的海外華文教學網絡。此際，似有必要重新審視國際情勢，檢討過往的作法，讓有限的資源發揮最大的價值。

## 一、國際情勢的改變

在臺灣政府的認知上，海外華語文教學推廣是僑民教育的一部分，專責單位是僑務委員會，而華文工作的屬性，是協助僑民發展母語以親近祖國文化。然而在印尼禁華文三十多年後，印尼華人的民族認同已然質變，視華語為母語的比例日漸減少，將華語視為英語一類的外語者卻持續增加，此外，華文學習也不再是華人的專利，不少印尼人也想藉著學習華語來提升自己的競爭力，華文在印尼復興是事實，然其屬性已非「僑民的母語」。因此當臺灣在印尼持續投入、耕耘的時候，必須思考的是：支援海外華語教學的最終目標是否仍是照顧僑民？若如以往為照顧僑民母語學習而兼做華語教學，在拼音、字體、教師證照種種客觀壓力下，臺灣將逐漸喪失著力點。

反觀中國大陸，順著全球中文學習熱潮，把沿用多年的「對外漢語教學」改為「國際漢語推廣」，與各地教學機構合建中文教學的據點——孔子學院，不談照顧僑民，僅以推動專業漢語教學為唯一目標，招收各國籍、民族的學生。2004 年第一所孔子學院在漢城成立，至 2007 年 8 月底，全球 50 多個國家、地區已建立了 182 所孔子學院、課堂。2007 年 9 月 28 日，中國海南師範大學與印尼雅加達漢語教學中心合辦的印尼第一所孔子學院，在中國駐印尼大使館舉行了揭牌儀式（孫天仁，2007）。同年 3 月 14 日重慶大學與印尼智

星大學、東爪哇華文統籌機構亦簽訂了申辦孔子學院的簽字儀式。
重慶師範大學更與智星大學合作，開辦華聯智星師範學院，並於 2007
年 9 月正式招生，這是大陸在海外的第一所華文師範學院，目的是
培養受過正規師範教育的漢語師資，標準學制三年，可在 2 至 4 年
內畢業獲得智星大學文憑。優秀的畢業生可赴重慶師範大學繼續進
修一年，畢業時，並可獲得重慶師範大學的文憑（新華網，2007）。
回顧前述印尼教師僅有小五的華文程度，以及印尼政府對合格華語
文教師的要求，可知未來唯有透過正規、長期的專業教育，才能培
育出符合印尼期待的教師。過去認為會說華語就能教華語，或是參
加一個短期培訓班就有能力站上講臺，如今都成了不切實際的迷
思。多年來臺灣在印尼華教上的經營成果斐然，卻獨漏專業華語文
師資的扎根工作。印尼的華文教育、大陸的國際漢語推廣都發展得
太快，然而更值得注意的是：這現象絕非印尼獨有，乃是全球性的
熱潮，大陸推廣漢語常用的術語——「遍地開花」，就是真實的寫照。


## 二、教師返臺研習

　　在大陸積極向全球推廣漢語的同時，臺灣該如何自我定位？與
大陸合作？以相異字體、拼音相抗？抑或是走第三條路，丟開拼音、
字體、認同的包袱，朝優化教學去自創品牌？
　　以往臺灣投入印尼華語文師資培訓的方式有兩種：一是派老師
赴海外巡迴講授，二是邀請海外華文教師回國參加研習。2000 年僑
委會首次派教師赴印尼辦理巡迴講座，2001 年辦理印尼教師回國研

習班，截至 2008 年已經在三峽國立教育研究院籌備處和中原大學進
行了十五個梯次，主辦、協辦單位在課程規劃、活動內容、生活照
顧上不斷努力，以期在最短的時間內，獲致最大的成效。這兩種培
訓施行多年後，大陸亦跟進，與印尼官方合作，提供教師赴大陸研
習的大量機會，兩岸抗衡的意味濃厚，不僅在培訓人數、次數上較
勁，也在課程、食宿、旅遊上競爭。

　　從中原大學應華系 2005 年第一次舉辦印尼師資研習到 2007
年，三年間參加研習的印尼教師，其學習動機、態度已明顯改變。
其中以 2007 年暑期最為明顯，一開始，教師便提出對研習規劃的意
見，包括課業壓力過大、一天七小時課時偏多、週末不應排課、旅
遊的時間不足等等。這和 2005 年印尼教師預備功課到深夜的情況迥
然有別。經訪談得知：近幾年，兩岸提供了不少幾近免費的海外研
習機會，有些教師已將研習定位為遊學兼觀光，認為最理想的課程
規劃是每天四小時，而最後一週應由主辦單位招待環島旅遊。為此，
我們做了教師研習經驗的調查，得知教師對研習形式的預期是來自
過往經驗，而教師中有超過五分之二的人（35/80）曾赴大陸研習（見
表九），2004 年 13 人次、2005 年 10 人次，2006 年 11 人次，還有教
師曾在大陸三個不同的地方研習。這樣高的重疊率，讓人相信赴兩
岸研習者當是印尼知名教師、華教有貢獻者或是知名人士，受邀自
有其理，但亦須思考：為創造出最大成效，兩岸投入印尼的資源要
如何分配？如何避免集中於特定地區、學校和教師？[4]

---

[4]　舉辦海外教師返臺研習，僑委會與承辦單位各有所司。僑委會負責海外教師

表九 2007 年臺灣印尼華文教師國外研習經驗人次統計

| 研習地點 | 福建 | 廣東 | 北京 | 重慶 | 其他地區 | 總計 |
|---|---|---|---|---|---|---|
| 百分比 | 12.5% | 12.5% | 10% | 2.5% | 7.5% | 45% |

表十 2007 年印尼華文教師自費研習金額意願調查（以美元計）

| 費用 | 0 | 50～100 | 101～200 | 201～300 | 301～400 | 401～500 |
|---|---|---|---|---|---|---|
| 百分比 | 20.00% | 16.25% | 22.50% | 7.50% | 8.75% | 25% |

　　研習過程中也發現部分年輕研習者並非華語文教師，他們在課上會帶耳機聽音樂、玩電腦遊戲，缺乏學習動機。在課後的小組教學討論裡，也無法配合實務練習、經驗分享，其中有幾位學中文的時間尚不滿半年，效果自然不彰。雖然大部分參加研習的教師熱愛華語文教學、認真投入，然而無可否認，在學習動機上，教師的分歧相當大，對此，我們也做了進一步的瞭解。

　　近年兩岸都為參加研習的教師提供了優渥的條件，基本上是免研習、食宿、參觀旅遊費用，但是對旅費的補助則有不同。大陸不補助國際旅費，400～500 美元的機票由教師自籌或由印尼政府負擔。臺灣則補助教師 330 美元的機票，因此，來臺研習的教師僅需

招募，承辦單位負責教師來臺後的生活、學習。承辦單位在研習開始前，僅有教師的年齡、學歷、任教學校等資料，對其華文程度、學習動機並不清楚，因此偶有「不符預期」、「所訓非人」的遺憾。2007 年夏季研習結束後，承辦單位試擬「教師研習申請篩選項目」（見下文），供僑委會做為招募研習教師的參考，2008 年時此種情況已獲改善。

自付 100 美元左右的差額。相較之下，臺灣所提供的條件較佳。這樣的條件確實能讓經濟情況欠佳的教師享有同等的學習資源，但另一面返臺研習也容易被當成免費觀光的機會，喪失了培訓師資的原意。

為了瞭解教師願意為研習付出多大的代價，我們做了教師自費研習金額的調查。雖然各人經濟條件不同，但仍能約略看出參與的動機。調查結果顯示，約有 25%的教師，願意花 400～500 美元來臺參加研習，有 20%的教師不願意花任何錢，而願意付 50～100 美元者佔 16.25%。建議有關單位未來考慮降低國際機票的補助金額，將撙節的部分用來增加返臺研習的名額，使有限的經費發揮最大的效用。

## 三、海外華語文師資培訓建議

海外華語文教師培訓，臺灣起步甚早，且已具有相當基礎。然而以一蕞爾小島有限的人力物力，如何能和對岸在培訓次數與人數上競爭？可致力的目標是：突出自己的特色，讓有限的資源發揮最大的效用。因此，在規劃培訓、研習時，相關單位宜根據地區的社會環境、學習者需求劃分層次。就印尼而言，建議未來分成三個部分進行：

第一類：廣結善緣式的海外巡迴教學講座。這種形式的研習除了不限制參加的人數、國籍外，更要積極鼓勵當地資深華語文教師參加。這些教師受限於客觀條件，往往不易到外地進修，然因其華語程度好、教學經驗豐富、使命感強，獲學生家長信任，對補習班、私人學校的教學影響仍然很大，他們雖然學歷不高亦多非科班出

身，但學習動機很強，若可經由定期巡迴教學講座注入新知，其教學能量必能逐步提升。

巡迴教學講座的內容宜多元，兼有理論與實務兩部分，且要儘量滿足各類、各級教師的需求。理想的講座中應包括兩類講員：一類是由臺灣選派的專業學者，負責介紹最新的、較易操作的教學資訊及教學技巧；另一類是延攬當地優秀的教師，分享在印尼地區可行的教學策略，並協助教師瞭解印尼政府的華文教學政策、規定。其最終目的是要讓印尼教師能保有穩定的工作，在教學上亦能與其他地區齊頭並進。

第二類：建立品牌的海外教師返臺研習班。這是兩岸都積極籌辦的培訓活動，參加研習的教師在回印尼後，多會將其所學分享給同地區的教師。研習的品質便隨著教師的表現散播在印尼各地。以中原大學所規劃的三週暑期研習時數來看，換算後相當於大學六個學分課程，屬密集強化師資培訓，在這樣的學習壓力下，若教師本身的專業素質、華語文程度不足，效果將大打折扣。為了維持教育的品牌，建議未來選拔教師時，能輔以完善的篩選制度，以確定教師在專業知能、學習態度、語文能力上皆能滿足研習的課業需要。應華系在經過三年測驗、訪談、調查、評估後，提出了十一項可資參考的篩選項目，見表十一。

此類研習應鼓勵有數年華語文教學經驗的青、壯教師參加，教學重點放在正音、語法、文字學、教學法、第二語言習得等專業基礎科目上，科目的種類在精不在多，重要的是學得扎實，例如正音與語音教學為印尼教師普遍的弱項，在當地不易獲得學習資源，在臺

表十一　試擬教師研習申請篩選項目[5]

| | 篩選項目 | 優先 | 第二 | 第三 |
|---|---|---|---|---|
| 1 | 學習背景 | 曾在臺灣念過大專 | 曾在大陸念過大專 | 其他 |
| 2 | 中文能力 | 同母語者高中程度或 HSK 九級以上 | 同母語者初中程度或 HSK 六～八級 | 其他語言證明 |
| 3 | 學歷 | 研究所、大專畢業 | 高中畢業 | 初中畢業 |
| 4 | 年齡 | 24～45 歲 | 46~55 歲 | 56 歲以上 |
| 5 | 教學年資 | 5 年以上 | 2~5 年 | 兩年以下 |
| 6 | 工作性質 | 公立學校專任教師 | 私立學校專任教師 | 補習班、家教 |
| 8 | 每週教學時數 | 20 小時以上 | 10~19 小時 | 10 小時以下 |
| 9 | 教學所用字體 | 繁體字和簡體字 | 繁體字 | 簡體字 |
| 10 | 願意支付的研習費用 | 機票（450 美元） | 部分機票（100～250 美元） | 不付費 |
| 11 | 家庭使用的語言 | 國語/普通話 | 方言 | 印尼語 |

灣卻可以進行小組甚至一對一的正音課程。研習結束前，教學單位應對學員進行學習成果評估，通過者可獲得結業證書與學分證明，不僅有助於教師未來的就業與深造，亦可藉此建立臺灣華語文教師培訓的品牌。

　　第三類：儲備種子教師的學歷教育。短期之間，臺灣官方似難仿照重慶大學與印尼教育機構合作的模式，在當地開設師範學院來

---

[5] 此篩選機制與項目，筆者已詳述於 2007 年八月之結案報告中，做為日後僑委會選拔返臺研習教師之參考。2007 年年底，首批經此機制選出的「印尼華文種子教師」來臺灣研習，學習情況已改善。

培育華語教師。大陸另有一種作法：資助東南亞有志於華文教育、三十五歲以下的華人到大陸攻讀華文教育專業，進修過程中的學費、住宿費由政府或政府支持的基金會支付。申請者則必須與當地華人社團簽訂協議書，承諾畢業後回印尼從事 4 至 5 年的華文教育工作，大陸暨南大學的華文學院已於 2005 年開始實施此項計畫，每年提供十個名額給印尼[6]。這個作法很值得參考，臺灣亦可提供類似的教育補助，協助海外華裔青年返臺攻讀華語教學專業科系、研究所，以三到四年的時間，培養一批瞭解當地文化、專業素質佳的華語文教育人才，待其學成返回僑居地後，可協助臺灣相關機構，負責當地的師資培訓、教材編寫、教學管理等專業需求較高的工作。

# 第六節　結論

　　師資培育是確保教育品質的關鍵，而提升海外師資培育的品質，必須從制度、規劃、教學各層面去思考。目前各國返臺師資研習班的進行模式，多是由僑委會支付經費給大學，再由大學根據需要規劃出相應的課程。為符合政府採購法，大學承辦必須先投標。就大學而言，短期研習班不是例行校務的一部分，再加上對投標結果的不確定，多不會安排專職人員負責這項工作。若長期以投標方

---

[6] 資料來源為《2007 年中華人民共和國暨南大學華文學院華文教育專業本科招生簡章》、中華人民共和國大使館 2007 年 3 月 2 日給印尼華文教育協調機構全國聯合秘書處的傳真文件。

式處理培訓計畫，容易遇到難以預期的變數，例如：一個大學辦理某地區研習數年後，若因種種原因未標到案子，或是沒有意願投標，之前的承辦經驗便告中斷，另一個學校接手後，一切又得從零開始。畢竟，教育的希望工程迥別於物品採購。另外，就硬體設備而言，各國學制不同，海外教師返國參加培訓的時間，多和大學的學期重疊，一般的大學尚可在寒、暑假空出宿舍，應付教師研習的住宿需求。但在學期中就不易挪出住宿空間。海外教師研習在未來若要持續發展，實不宜再以這種打游擊的方式進行。

類似的培訓工作，對岸的做法是委託該領域重點大學的專職單位負責，例如：在北京師範大學由「繼續教育與教師進修學院」負責，在北京語言大學則是由「漢語教師進修學院」辦理。以後者為例，自1987年到2004年，便已辦理了159梯次的各類型漢語教師培訓，包括教育部委託的暑期外國中文教師研修班和為中國教師舉辦的教學進修班，有近50個國家、地區的4008名教師往赴進修。其中的「外國中文教師研修班」，即等同於臺灣僑委會每年舉辦的「海外華文教師研習班」。由專職機構負責長期培訓，經驗累積可觀，效果自然隨而增大。

海外華語文教師培訓不同於本國各科師資培訓，它需要區域研究做為基礎，不瞭解學員所在國的政治背景、教學環境、學習者變數，僅由學科出發所設計出來的培訓課程，必然無法滿足當地第一線教師的需要。以馬來西亞、印尼為例，兩者地理位置接近、地區語言類似，但兩地華文教師所需的培訓課程內容、深度則迥然有別，主辦單位若對該區域缺乏足夠瞭解，難免事倍而功半。

　　教育的進展來自於專業的累積，目前臺灣的海外師資培訓班缺乏專業的教學研發團隊以及有系統的培訓體系，正有賴建立類似「海外華文教師進修學院」的機構，長期有效地掌握各地區華文教學的脈動，並研發出相應的教學策略，唯有如此，方能在扎實的基礎上逐步提升教師培訓的質量。

# 附錄一

印尼教師課程需求調查

## 一、基本資料

1. 地區＿＿＿＿＿＿＿＿ 2. 性別 ＿＿＿＿＿ 3. 年齡＿＿＿＿＿

4. 學歷＿＿＿＿＿＿＿＿（初中畢業、高中畢業、大學畢業、碩士）

5. 教學對象 ＿＿＿＿＿＿＿＿（大學生、中學生、小學生、幼兒）

6. 每週教學時數＿＿＿（10 小時以下、10～20 小時、20 小時以上）

7. 教學經驗 ＿＿＿＿＿＿＿＿（ 年 月）

8. 曾參加的華語（漢語）師資培訓，請寫明地區、時間、項目：

＿＿＿＿＿＿＿＿＿＿＿＿＿＿＿＿＿＿＿＿＿＿＿＿＿＿＿＿＿

## 二、專業資訊

※請依據重要性在方框（□）內填寫數字：

5 很需要、4 需要、3 普通、2 不需要、1 完全不需要

※若選擇的項目為「其他」，請具體說明。

1. 教師本身需要加強的漢語能力

　　□聽力　□口語　□閱讀　□寫作　□其他：＿＿＿＿＿＿＿＿

2. 教師本身需要加強的漢語知識

　　□語音　□詞彙　□語法　□漢字　□其他：＿＿＿＿＿＿＿＿

3. 教師需要加強的第二語言教育知識

　　□教育心理學　□第二語言習得　□第二語言教學法

　　□其他：＿＿＿＿＿＿＿＿

4. 教師需要加強的<u>教學相關能力</u>

　　□教學規劃　□課堂經營與管理　□教材編寫　□語言測試

　　□活動設計　□備課　□教案編寫　□其他：＿＿＿＿＿＿＿

5. 教師需要加強的<u>教學項目</u>

　　□聽力教學　□發音教學　　□會話教學　　　□閱讀教學

　　□寫作教學　□古代漢語教學　□現代文學教學　□文化教學

　　□其他：＿＿＿＿＿＿＿

6. 教師需要加強<u>對何種年齡</u>的教學能力

　　□幼兒　□小學生　□中學生　□成人

7. 教師需要加強<u>對何種程度</u>的教學能力

　　□零程度　□初級　□中級　□高級

8. 教師需要加強<u>何種現代化教學</u>的能力

　　□上網找資料　□用多媒體輔助教學　□製作網路課程

　　□其他：＿＿＿＿＿＿＿

# 第四章

## 語法教學在華語文課程中的限制
## ——以「零代詞」教學為例

第一節　前言

第二節　零代詞與華語文教學

第三節　零代詞的教材處理

第四節　課堂教學的瓶頸

第五節　結論

（本章曾刊載於 2008 年出版之《中原華語文學報》第一期）

# 第一節　前言

在華語教學的領域中，常有人問這樣的問題：為什麼華語教師鮮少將語言學的研究成果用在課堂上？其中隱約透露了對教師工作態度的質疑。也有教學管理者，一發現教師教錯或是錯用了某個語言點，就說教師的基本功不夠。這些觀點可能都有道理，不過教學情境複雜，可能不是一句「基本功不夠」就足以涵蓋的。

華語教學與其他專業相比，算是發展得較晚的，雖然已有五十多年的教學實踐歷史，然其成為研究對象，卻是近二十年的事。此學科牽涉極廣，漢語言文化、第二語言習得、教育及心理學等均為其核心知識，因此更需要跨領域的視野。目前在此學門中，研究成果最豐碩的，莫過於漢語語言學的相關理論。雖然其間亦有強調教學實踐的論述，但當教師欲採用某個新理論，而詢問如何操作？過程中會碰到哪些問題？能得到的答案並不多。也就是說，此領域中的成果多來自分析研究，以及經由推測教學過程所得的專家意見，而缺少對教學實境的探討。因此本文嘗試從教學實境出發，藉由「零代詞」教與學過程中所碰到的障礙，來探討影響華語語法教學的相關因素。以零代詞教學而言，除了與學習者個人相關的程度、動機等因素外，還應包括教材對「零代詞」的教學指引、華語教師的專業素養、教學情境的限制、社會中零代詞的使用傾向等等。根據下圖箭頭所指，教師與教材所提供的語料，會成為學生知識的來源，此兩者也會彼此影響，教材能引導、規範新教師的教學內容，而資

深教師能編寫、修訂教材。課堂情境則是由特定的學習者、教師、教材、時空所營造出來的，其目的是要有效地達成教學目標。外圍的圈代表社會語言環境，即無論教材為何、教學過程中的語言規範為何，所有教與學活動仍受到社會語言的影響。

　　何以選擇「零代詞」為研究主題？從本體來看，在語言類型學（typological linguistics）分類中，學者將漢語訂為高度代詞脫落語言（prop-drop languages）[1]。非代詞脫落語言的母語者（如英語母語者）學習漢語時，由於漢語和母語分屬不同的語言類型，在學習上便會產生困難，而此亦已從教學中得到印證。

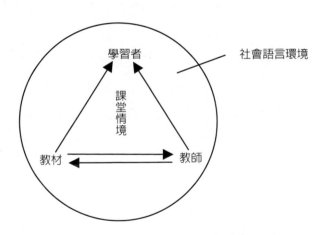

圖一　學習者、教材及教師在課堂情境及社會語言環境中的互動

---

[1]　跟據陳俊光（2007：238-239），代詞脫落語言有漢語〔漢藏語系〕；日語、土耳其語〔阿爾泰語系〕；阿拉伯語〔閃米特語族〕；波斯語、波蘭語、美式手語，以及西班牙語、義大利語、葡萄牙語、羅馬尼亞語〔印歐語系〕等。非代詞脫落語言有英語、德語、法語〔印歐語系〕等。

　　雖然「零代詞」的習得是中、高級華語學習者普遍的問題，但卻發現無論是教師還是教材編者，著力於此者並不多，此有違教學常態。一般而言，教師多會在學生的難點上加強練習，何以「零代詞」被忽略？為瞭解原因，本研究進行了以下的調查：1.2006 年夏天在北京觀察了多所大學的中、高級華語課堂教學，瞭解學習者誤用「零代詞」的情況及教師的反應。2.檢視臺灣、大陸中、高級教學的實況錄影，並轉錄成逐字稿，逐句檢視教師面對「零代詞」偏誤時，所遇到的客觀障礙，以及經常忽略「零代詞」的原因。3.查考臺灣、美國和大陸三本常用的初級教材，檢視教科書作者是如何引導教師，為初學者建構零代詞的觀念。4.臺灣、大陸兩地西化頗深，報章媒體大量使用西化語言形式，推估母語者對中文「零代詞」用法的判斷力業已降低，因此針對現職教師、應華系大學生做了判斷語句、改作文兩項測試，以探測社會上零代詞的使用傾向和母語者的語感。

# 第二節　零代詞與華語文教學

## 一、零代詞概說

　　零代詞是零形式代名詞的簡稱（以下以「∅」表示），若語境明確，在一般情況下，漢語可以省略主語、賓語，而由零代詞（zero pronouns）來指涉舊信息。如例(1)，因語境清楚，即使省略了你、我、你我（我們）等代詞，也不致產生誤解。此即 Li & Thompson

（1981）指出的漢語語法特點：「從語境中可以不言而喻的名詞片語無需表達出來。」陳俊光（2007：241）亦從語言類型的角度說明，漢語是高度代詞脫落的語言，除非有特別的理據或動因，通常都透過零代詞來指涉第二次提到的舊信息。

(1) 老王：$\underline{\varnothing y}$ 去哪？

　　老李：$\underline{\varnothing i}$ 去吃飯，$\underline{\varnothing y+i}$ 一塊去吧！

　　（$\underline{\varnothing y}$：你；$\varnothing i$：我；$\varnothing y+i$：你我）

徐烈炯（1999）認為此一機制並非語法手段，而是語用原則。只要說話者判斷聽話者可以根據上下文或語境把省略的部分補出來就不妨省略。由此可知，零代詞之所以廣泛地應用於日常溝通，主要是切合了語言互動所需的經濟原則。在溝通中，互動的主體與客體，不是非說出、聽見每個詞語，才能掌握住信息的意義。因此，當語境清楚時，便會盡可能地將某些承載舊信息的成分去除，以達到簡潔、明快、迅速的溝通效果。廖秋忠（1992）調查，零代詞在句中扮演的角色主要為主語，直接賓語次之，充當間接賓語、介詞賓語和兼語的相當少，據其篩選出的語料統計，出現的位置頻率為：主語占 86.2％，賓語占 12.6％，兼語占 1.2％。可知教學中主要處理的是位於主語、賓語位置的代詞省略問題。

# 二、華語學習者面臨的問題

　　人際互動中，若使用的語言能省去主語或賓語，而以零代詞來指涉舊信息，語言就會呈現出較簡潔的面貌，但此機制也迫使溝通中的聽者、閱讀中的讀者，得依靠本身對情境的認知、語用推衍能力、百科知識，自行推測出話語中隱去的信息。這對華語母語者不困難，但是要非代詞脫落母語者，以「無」推出「有」，便成了他們先天的學習障礙。在外語的習得過程中，學習者所面對的挑戰，不只是建構一套新的語言形式，其間還要能化解母語對新語言產生的負遷移，才能到達溝通的彼岸。

　　以英語母語者學華語為例，雖然英、漢語中都有零代詞，但是在漢語中出現的頻率卻高得多，情況也複雜得多。王楠楠（2007）的解釋是：漢語是主題顯著語言，主題與述題之間沒有語法的制約，因此常常採用零式指稱的形式；英語是主語顯著語言，主語受語法結構的限制較嚴，所以零式指稱的使用較少。不難想見，英語學習者在面對華語時，會產生兩種問題：一是詮釋語言的問題，即閱讀中易產生不知該零代詞所指為何的疑惑；二是語言表達的問題，書寫時會因為無法判斷哪個代詞該省略，而產生語句不連貫的現象。

## （一）詮釋語言

　　閱讀中，讀者須根據語言的線索去解讀內容，線索包括詞彙、漢字、語法等語言要素，而內容則有人（who）、時（when）、事（what）、

地（where）、物等項目，讀者若無法準確掌握事件或談論的主、客體，便會產生理解上的障礙。張黛琪（2004）：「從事實際的教學工作後，我們確實發現西方學生對漢語『零形式』代詞的使用感到相當困擾，更形成閱讀理解上的障礙。」並舉(2)的實例說明因不清楚零代詞所指的對象，而產生的理解障礙。面對(2)的敘述，學習者很難瞭解文中是「什麼」出了他們的範圍，同時，也不清楚「於是就……」的主語為何。

> (2) ……這一派語言學家的意思是：現代人說的話是他們研究的範圍，因為他們的研究是以語言為主，可是平常把語言記下來的時候所記的語音不夠詳細，不夠準確，所以不能用他們的方法研究，<u>於是就</u>出了他們的範圍了。

反觀漢語母語者，只要語境清楚，便不致誤解，所以說話時常會略去不言自明的成分；然而由於英語中省略代詞主語、賓語或定語非常態，甚至不合語法，使得英語母語者，在聽、讀以零代詞為常態的漢語時，易對篇章所指人、事、物產生混淆。

## （二）表達語言

詮釋語言之外，零代詞對表達語言亦有影響。非代詞脫落語言類型的母語者在學習漢語時，若不瞭解或不能區辨兩種語言類型的差異，便會在表達時使用了原本應為零形式的代詞，進而予人篇章不連貫、語句繁瑣的印象。有教師以為篇章不連貫是學習者邁入中

級之後才會有的問題，然其成因實應溯至初級階段，具體地說，是
學習者進入句段學習後，因零代詞偏誤而形成的篇章問題，才有浮
出檯面的機會。例(3)是一篇中級程度外籍生的作文，文中兼有語法、
篇章、標點符號等問題，單看代詞，就至少有四個可以刪掉。(a)中
第二個分句的「我」應刪除，屬於主語不變的承前省略。(b)中第二
個句子的「你」可省略，表示情況適用於所有人，而不單是「你」，
屬於泛指省，兩個句子間的句號應改為逗點。(c)的兩個分句中的「我
們」須刪除一個，屬於承前省或蒙後省。(d)的兩個句子間的句號應
改為逗點，然後將第二個「我們」刪除，屬於主語一致的承前省略。

(3) 我們昨天去了北埔和內灣，我們先去參觀新竹科學
    園區。(a)<u>我對這個地方滿有興趣，可是我覺得這個
    地方太小了。</u>之後我們去在一家很老的餐館吃中
    飯。(b)<u>從前這家餐館是一電影院.現在你吃飯的時候
    還可以看到老片。</u>(c)<u>我們吃完中飯以後，我們去觀
    北埔的老街，</u>北埔的小店賣很多不同的東西，像麻
    糬和黑糖糕。過了一個小時，我們去內灣擂茶。(d)
    <u>我們把芝麻，花生，和茶葉，磨成變粉，我們喝完
    茶以後，就回臺北了。</u>

批改作文沒有標準答案，不同的教師有不同的改法，此與教師
個人的語文素養以及教師對學習者能力的判斷有關，暫先擱置，之
後再討論。至於教師應如何幫學習者建立起零代詞觀念？建議教
師、教材編者在華語學習的初期，就提供學習者幾個好記、易掌握、

使用廣的原則。據廖秋忠的書面語料調查，漢語最常見的是主語省略，因此學習者應先掌握承前省、蒙後省的機制；口語會話中，常見的雖然仍是主語省略，但其強調的是雙方共知的成分，亦即當前省略。教師可以根據研究結果、日常使用頻率，再輔以對學習者、學習情境的瞭解，安排教學目標與程序。

## 三、以簡御繁的教學操作

有關零代詞的研究，學界的論述非常豐富，角度亦不相同。有學者，如 Huang（1984, 1987）立足於 Chomsky 的空語類來討論，也有學者（呂叔湘，1946、1986；廖秋忠，1992；劉月華、潘文娛、故韡，2000）以省略或從缺視之。第一線的華語文教師若想仔細梳理零代詞問題，便會發現其牽涉層面非常廣。因著教學情境、空間、對象的限制，教師不易一一傳遞其細節，而必須在知識的「真」、使用率的「高」、教學效果的「好」中做抉擇，為學習者建立適用的規則。適用的規則有幾個特性：首先，在認知上必須是可理解的、符合邏輯的；其次是要記憶的規則不能太多，最好控制在三個左右，以避免記憶負擔過重；再次，教師須提供典型、好記的例子。以表一為例，左方規則欄，是根據教學需要、學者的研究成果整理的，歸納成四條簡則，屬於教師內在知識。中間一欄是教師將知識轉化後提供給學生的記憶口訣，第三欄是例子。為使學習者能快速掌握抽象的語言規則，教師的任務，宛如嬰兒食品的製造者，在食物轉化過程中，不僅得留住應有的養分，還得方便使用者吸收。

表一　零代詞機制的記憶規則

| 規則 | 記憶口訣 | 例子 |
|------|----------|------|
| 承前省 | 前面說了，<br>後面不必說 | 王明今年十五歲，Øw 住在和平東路。<br>（Øw：王明） |
| 蒙後省 | 後面會說，<br>前面不必說 | Øw 離開父母之後，王明就沒有靠山了。<br>（Øw：王明） |
| 當前省、共知的 | 你知我知，<br>不說也清楚 | A：Øy 去哪？<br>B：Øi 去吃飯，Øy+i 一塊去吧！<br>（Øy：你；Øl：我；Øy+i：你我） |
| 泛指省、一般的 | 人人有分，<br>所以不說了 | 前有落石，Ø儘速通過。<br>（Ø：過路者） |

　　「零代詞」的教學難題不始於課堂，要解決難題自然也不能僅傳授規則。以下將從教材處理、教師素質、課堂情境、社會語言等因素來探討「零代詞」教學時碰到的問題。


# 第三節　零代詞的教材處理


　　教材是教學的媒介，編寫嚴謹的教材不僅是學生學習的憑藉，也是教師提升教學的指引。本研究考察了初級教材中零代詞的處理方式，選擇的教材分別為臺灣出版的《實用視聽華語（一）》、大陸出版的《新實用漢語課本（一）》、美國出版的《中文聽說讀寫（一）》，這三套教材的共同點是使用率高，為該地區的代表教科書，教學對

象皆為英語母語者。考察點有三：一是教材作者何時、如何介紹零代詞？二是由於漢語、英語分屬不同語言類型，教材中以英語翻譯漢語句子時，是否對零代詞做了相映的處理？三是教材的練習，包括語法點練習、互動練習等設計，是否符合漢語習慣？

## 一、教材中零代詞的解說

現有的華語教材普遍著重詞彙、語法點等語言要素的解說、練習，較少針對相異語言類型的外語特性做有系統的教學。以零代詞教學為例，本次所檢視的三冊教材其課文中皆頻繁使用了零代詞，但對零代詞的說明都不足，經統計後整理於表二[2]。拿解說的時機來比較，《新實用漢語課本（一）》在第一課已對零代詞的機制做了說明；《實用視聽華語（一）》於第三課才提出說明；《中文聽說讀寫（一）》則是整冊中皆無零代詞的解說。就零代詞解說的內容來看，《新實用漢語課本（一）》提出「在意義清楚的情況下，一般可省略主語。」及「在對話的答句中，答話者可用完整的句子或以省略主語及賓語的方式做答覆」，因其課文為對話體，其描述的規則為前述的「當前省」；《實用視聽華語（一）》的說明是「在中文對話中，當所提及的事物是雙方所共知的或是前文已提過的，則代詞賓語可予以省略。」此是前述四個規則中的「當前省」和「承前省」，不過兩冊書所使用的範圍，都超過其解說的內容。

---

[2] 教材對比工作，由中原應華系林相君同學協助完成，特此致謝。

表二　教材中出現零代詞及說明課數

| | 首次出現零代詞的課數 | 說明零代詞的課數 |
|---|---|---|
| 新實用漢語課本(一) | L1 | L1,L7 |
| 中文聽說讀寫(一) | L1 | 無零代詞說明 |
| 實用視聽華語(一) | L1 | L3 |

表三　說明零代詞前已使用零代詞的次數

| | 說明前已出現零代詞的次數 |
|---|---|
| 新實用漢語課本(一) | 0 次 |
| 中文聽說讀寫(一) | 107 次 |
| 實用視聽華語(一) | 8 次 |

　　另外，較特別的是，除《新實用漢語課本（一）》於第一課即出現零代詞之說明外，其他教材在正式教授零代詞之前，就已先使用了零代詞。由表三的數據可知，《實用視聽華語（一）》在介紹零代詞前，即已使用了 8 次；零代詞雖在《中文聽說讀寫（一）》中出現了 107 次，但編者卻未曾做任何說明或標記。若零代詞機制如各教科書所呈現的，在第一課就必須使用，那麼解說的方式、時機就須修正。

## 二、課文互譯的對比

　　研究中比對的三本教材，均是針對英語母語者所編寫的，因此都以英語做為媒介翻譯課文、解釋詞語和句型。《實用視聽華語

（一）》、《中文聽說讀寫（一）》裡有完整的課文英譯，詞語、句型也有英語解釋，《新實用漢語課本（一）》雖無完整的課文翻譯，但在詞語、語法說明及重要句型上均有清楚的英語說明。

　　華語、英語分屬於兩種語言類型，互譯時必然常有中、英不一致的情況，若能適時提醒學習者，經由對比的方式而瞭解兩個語言的差異，學習效果將會提高。就語料來看，華語、英語代詞的最大出入在於使用時機，以下將舉不同的例子說明：

　　第一種是在對話情境中，由於對象清楚，漢語常使用「當前省」的形式，如《中文聽說讀寫（一）》第四課 A 與 B 的對答：A：「你喜歡不喜歡看電影？」（Do you like to see the movies?），B 回答「喜歡」（Yes, I do.）即可，若回答「我喜歡看電影」，則顯得冗贅。

　　第二種是在篇章中，若保留了該省的代詞，就會讓篇章無法連貫。現將《中文聽說讀寫（一）》第八課語料的分句都加上與英譯相同的代詞來對比：「我八點半回家。Ø（我）睡覺以前，Ø（我）給王朋打了一個電話，Ø（我）告訴他明天要考試。」（I got home at eight thirty. Before I went to bed, I gave Wang Peng a call. I told him there'd be an exam tomorrow.）加上代詞的中文句子，每句都完整、合語法規範，但卻無法積句成篇。

　　第三種是表時間、距離或度量等概念，此時英語常用虛詞「it」做為主語，而漢語則多用零代詞，如《新實用漢語課本（一）》第九課語料：A：「你的生日是哪天？」（What day is your birthday?）B 回答：「十一月十二號」（It is on November 12.）；《新實用漢語課本（一）》第十三課的句子：「真巧，家美租房公司的經理是陸雨平的朋友。」

（It's very great. The manager of Jia-mai Rent Company is Lu yu-ping's friend.）這些差異都是編教材或教學時應提醒學習者的。

## 三、互動練習中的偏差指引

在檢視的教材中，除了發現對零代詞的解說不足外，其所設計的練習，亦多不利於初學者建立零代詞的觀念。以《新實用漢語課本（一）》第三課會話練習（四）聽述：「這是我朋友，他不是老師，他是醫生。」其中「他是醫生」的「他」應該省略，屬於「承前省」的範圍。另外，《中文聽說讀寫（一）》第三課的 Pattern Drills 1. Days of the week 練習：

（三月十五號）
(4) 甲：三月十五號是星期幾？
　　乙：三月十五號是星期三。

一般華語母語者聽到甲句後，最直接的回答該是「星期三」，但是練習中卻勉強學習者說出完整的句子：「三月十五號是星期三。」而忽略了華語能以「當前省」的方式處理舊信息。考察的結果是三本教材勉強學習者使用代詞課數的比例都不低，分別是 9 課、6 課、10 課，錄於表四。

練習中勉強學習者使用代詞，容易制約、誤導學習者，使其認為華語和主語顯著語言相近，而忽略了以零代詞來簡化信息、連貫篇章，此亦可從中、高級學習者的篇章語料中得到印證。

表四　勉強學習者使用代詞的課數

| | 全冊 | 勉強學習者使用代詞的課數 |
|---|---|---|
| 新實用漢語課本(一) | 14 課 | L3，L6，L7，L8，L9，L11，L12，L13，L14（共計 9 課） |
| 中文聽說讀寫(一) | 11 課 | L3，L5，L6，L7，L10，L11（共計 6 課） |
| 實用視聽華語(一) | 25 課 | L1，L2，L3，L4，L5，L7，L9，L10，L11，L17（共計 10 課） |

# 第四節　課堂教學的瓶頸

## 一、課堂情境的限制

### (一) 制度下的談話情境

有人說：「教華語還不容易，開口講話就行了。」事實上，由於學習者理解語言的能力有限，教師在課堂中的言語行為多是受限的，而這種侷限在各種課程、各層次的教學活動中都存在，其具體表現有語音受限、詞彙受限、結構受限（孫德金，2003）。除了上述的限制外，華語課堂中的語言還具有制度性談話的特性[3]。從表面上

---

[3]　制度性談話（institutional talk），是話語分析自六〇年代以來，又開出的新研究領域，指的是為完成某種職業任務而產生的談話，參與者中，至少要有一方是某個組織或正式機構的成員，根據這個定義，舉凡醫療情境中醫護人員跟病人的談話，課堂中教師與學生的談話、法庭上各成員間的對話等等，都可歸為此類。

看，制度性談話與日常談話不同，但有時又不容易截然二分，制度性談話不能完全拋開日常談話的規則，然而它又比日常談話多了以任務為主的特殊目標、規則。談話的雙方，無可避免會因為機構情境（如課堂、診療室）而使其言語受到不同程度的限制；特定的機構情境可能存有特定的框架，而此框架也成了談話者溝通的重要前提（Drew, P., 1992）。

　　什麼是華語課堂中特定的框架呢？第一，為了讓學習者的語言接近母語者，學生盡可能地模仿教師的語言形式；第二，為了讓學習者掌握完整的句子結構，在操練過程中，教師會要求學生使用完整的語句回答。長期以此框架練習，學生說出的句子自然越來越完整，也越來越長，但是如果教師疏於提醒：在語境中不言而喻的名詞片語，其實無需表達出來。學生說出的話，可能就會離一般母語者使用的語言越來越遠，以下是常見的初級課堂的互動形式：

(5)　老師：你吃飯了嗎？
　　　學生：我吃飯了。（吃了）

(6)　老師：今天的氣溫是幾度？
　　　學生：今天的氣溫是 25 度。（25）

　　若是兩個母語者在此情境下對談，(5)、(6)的答句應該僅是括號裡的兩個字，而不是冗長的句子。教學中為了讓學習者多說話，教師多鼓勵學習者以教師設定的框架回答完整的句子，然而在真實互動中，中文卻未必需要句句完整。升至中高級，這種談話的習慣依

然存在，同樣在(7)的答句中，學生說「籃球最刺激」，甚至說「籃球」就行了，而(8)的答句也只需說「超過一百塊錢的。」就行了。

(7) 老師：你認為哪種體育活動最刺激？

學生：我認為籃球這種體育活動最刺激。

(8) 老師：在你看來，什麼東西是奢侈品？

學生：在我看來，超過一百塊錢的東西是奢侈品。

## （二）處理偏誤的客觀限制

外語課堂中除了得依循談話框架練習之外，另一個與日常談話不同的是教師必須改正學習者的語言偏誤，一般也認為教師對語誤的回饋有助於學習者外語的推進。但是在調查中，我們卻沒看到任何一位教師在教室內改正學生零代詞的偏誤。在分析由錄影轉錄成文字的對話後，獲得初步的結論：其實課堂情境並不利於導正學習者的零代詞偏誤。原因如下：

第一，教學情境複雜，經常數種偏誤接續出現，能引起教師注意的多是明顯、易糾正、影響溝通的偏誤，如：音調、語法詞、詞語配搭等，與之相比，代詞使用的偏差，就不是問題了。真實的教學情境中，當偏誤密集出現時，教師就得當下抉擇要改什麼、不改什麼，能改什麼、不能改什麼，而無法推敲、更正每個錯誤。

(9) 教師：得糖尿病的人呢？能夠掉以輕心嗎？

學生：啊……得糖尿病的人不能掉以輕〔師：不能。（以手比聲調）〕<sup>4</sup>不能……啊……掉以輕心。〔師：嗯（點頭）〕他們<u>比許組以</u>〔師：必須〕必須，<u>組意他</u>〔師：注意〕主意〔師：注、注意（以手比聲調）。〕注意〔師：嗯（點頭）〕啊……他們吃的……東西。

　　(9)對話中，教師引導學習者練習詞彙「掉以輕心」，但在不到二十個字的段落裡，學生出現了三次發音、聲調的偏誤，在教師介入改錯，打斷完整的篇章後，代詞的銜接作用便消失了。教師要想進一步調整學生的語言，這段話應改成「得糖尿病的人不能掉以輕心，必須注意吃的東西。」事實上，由於人的注意力有限，教師無法顧及教學現場中所有的資訊。

　　第二，是人的短期記憶有限，超過記憶廣度的細節，便不容易記住，尤其是組織不全的篇章。中、高級課堂中，教師常要求學習者敘述段落，一旦敘述的內容教師不熟，或是雜有某些錯誤資料，教師便得多費心思去釐清，在注意力分散之後，對學習者的語言偏誤就容易疏忽了。例子(10)，學生將宋、遼的高粱河之戰，說成宋、金的高源河之戰，教師努力去解讀，但在一段對話結束後，竟什麼錯誤也沒改成。很明顯，最後兩行學習者大量使用代詞「我們」，幾乎到了影響聽者理解的程度，若此時教師介入，可將句子改成「他

---

<sup>4</sup>　〔　〕內的文字為教師介入的語言或動作。

們有很多軍隊，那些軍隊要來接應，可是來不及，所以失敗了。」
但在教學進行中，很難苛求教師一面要記住雜亂的句子，一面還得
把句子改好。

> (10) 學生：是那個北宋大戰，就是那個北宋軍隊和那個
> 　　　　　金（按：遼），對金（按：遼），金（按：遼）
> 　　　　　軍隊他們之間的戰爭，然後，他們到了那個
> 　　　　　縣，今日北京紫竹院於北京圖書館附近的一
> 　　　　　個地方，這叫高源（按：梁）河之戰，噢，
> 　　　　　這個戰爭叫高源（按：梁）河。然後他們在
> 　　　　　這個地方結束這個戰爭，結果是北宋失敗
> 　　　　　了。因為他們的，嘖，他們有很多軍隊，然
> 　　　　　後他們那些軍隊要來，呃，接引（按：應）
> 　　　　　他們可是他們呃來不及所以他們失敗了。
>
> 老師：對！從那以後呢？

　　由實例可知，課堂中教師要求學生做句段表述，其作用僅是提
供學習者重組既有語言知識的機會，過程中除非教師能改正學習者
的偏誤，使其瞭解並重新建構觀念，否則學習者的語段表達能力仍
難在當下提升。

　　中級階段的學習者，其語言庫存中已儲備了相當的詞彙、句型，
此時學習者需要的是多元情境刺激，以便排列組合語言庫存中的材
料，完成後，再對刺激做出回應。這一連串組句、表達進而獲得回
饋的過程，即是推測、驗證、再建構語言的過程。教師的回饋主要

是幫學習者強化、修正既有的語言知識，如果教師對學習者產出的語言偏誤沒有反應，就減少了學習者的學習機會。這是課堂情境的限制，也是人先天注意力、短期記憶廣度的限制。

## 二、教師的專業知能

　　除了情境的限制，是否有其他因素導致教師在課堂上不處理零代詞，也頗令人好奇，為此曾訪談多位教師。就教師知識背景而言，畢業於大陸漢語教學系、臺灣華語教學系所的教師，多具備了零代詞、承前省、蒙後省、前後照應、省略等相關觀念，這些教師之所以沒在課堂上處理零代詞的問題，是因為課堂中有比零代詞更明顯、重要的語言偏誤，此和筆者在上文所做的分析一致。另一類非科班出身的教師，則不能描述何謂零代詞、省略等觀念，但在舉例、解釋之後，教師多表示，學習者確實有此種偏誤，且在書寫作業中出現得更頻繁，而教師也會在改作業的時候給予指導。教師的說明與所調查的實況接近，學生的零代詞偏誤，會表現在詮釋、表達語言兩方面，而表達語言的方式有說、寫兩種，如果受限於情境，讓教師無法在課堂上改正，另一個機會就是在批改作業的時候了。

　　外語教學中，須並用教師的兩種知識——陳述性知識（declarative knowledge）和程序性知識（procedural knowledge）[5]。若將零代詞教

---

[5]　人的知識可分為陳述性知識（declarative knowledge）和程序性知識（procedural knowledge）兩類，陳述性知識是關於某個事實、規則的知識，主要說明事物是什麼、為什麼、怎麼樣，人可以有意識地回憶出來關於事物及其關係的

學置於此架構下，教師具備零代詞的陳述性知識，是指他瞭解零代詞的意義並能向學習者說明其使用規則；教師具備程序性知識，是指他能恰當地使用零代詞機制，並以語感判斷用法的對錯。在課堂上解說零代詞用法，偏向使用教師的陳述性知識，改作文則傾向使用教師的程序性知識。如前所述，若教師在課堂上無法解決零代詞甚至篇章的偏誤問題，就只能留待批改作業時再修正，由此觀之，華語教師的口語表達固然重要，但進入句段教學後，教師個人的寫作能力，對篇章的語感，對作品的鑑別力，也同樣重要。為此，研究中也做了改作文的測試，將一篇外國學生的作文分別給三個不同背景的老師批改，A 教師：應華系畢業的新任華語教師，教學經驗三個月。B 教師：資深華語文教師，教學經驗超過 15 年。C 教師：大學中國文學教師、作家，無華語文教學經驗。測試前並未告訴受試者批改的方法、重點，而是請大家以語感改出較滿意的文章。因此，每位老師改的結果並不完全一致，就零代詞而言，有些部分是相同的：1.「現在你吃飯的時候還可以看到老片」這個句子中，三位老師都將「你」刪去了，這是屬於「泛指」的省略。2.「我們吃完中飯以後，我們去觀北埔的老街。」兩個分句都有「我們」，A、B 兩位老師採「蒙後省」的機制，刪去了第一個我們，C 老師則是更動了句子，將篇章連成一氣，兩個「我們」都省去。

---

知識。例如歷史事實、數學原理等。程序性知識是關於「怎麼做」（know how）的知識，一般而言，人對於程序性知識缺乏有意識的提取線索，其存在僅能借助某種作業形式的間接推測。如：會計算數學題、會講某種語言、會騎自行車，這些都是程序性知識的體現，即俗稱的技能。

　　再從零代詞的數目來看，外籍學生文章中，全篇僅用了一次零代詞。A 教師改完後，多了三個，B 教師改完後，多了五個，C 教師改完後，多了十一個。雖然我們不好斷言零代詞越多，文章越好，但是檢視漢語的特色——漢語是高度代詞脫落的語言，除非有特別的理據或動因，通常都透過零代詞來指涉第二次提到的舊信息（陳俊光，2007：241），似乎零代詞的使用，也反映作者整體的語文素養，我們可由對比以下三篇批改後的文章證實。最明顯的地方是 A 教師忽略了語句的邏輯，有兩個句子改得不理想。第一，「北埔的小店賣很多不同的東西，像麻糬和黑糖糕。」，B、C 兩位教師和 A 教師不同處，是在麻糬和黑糖糕後面加了「什麼的」。從邏輯上來看，如果小店賣了很多不同的東西，就不會只有麻糬和黑糖糕而已，因此後面的「什麼的」是必須加上的。第二，「我們把芝麻，花生，和茶葉，磨成變粉。我們喝完茶以後，就回臺北了。」A 教師改成「我們把芝麻、花生和茶葉磨成粉。喝完茶以後，我們就回臺北了。」他改了學生「磨成變粉」的語法錯誤，卻忽略了「磨成粉」跟「喝完茶」在意義上無法銜接，而 B、C 兩位教師改的則是「我們把芝麻、花生和茶葉<u>磨成粉沖茶</u>，喝完茶以後，就回臺北了。」、「把芝麻、花生和<u>茶葉磨成粉，沖著喝</u>，喝完，一行人就返回臺北了。」都補上了缺漏的部分，A 與 B、C 兩位教師相比，似有不足。

　　寫作、批改作文是語文的整合能力，使用代詞機制能反映作者跨句銜接和安排篇章的能力。而 B、C 兩位老師的不同改法，實與其教學背景有關，資深華語文老師 B 遵守的是 i+1 的原則，不提供超過學習者程度太多的回饋。中國文學老師 C，就文章改文章，認為

既已出現的詞語，除非必要，否則不應重複，因此全篇中「我們」、「我」都只用了一次，其他地方則以零代詞或其他機制取代，最後甚至以「一行人」代替了非用不可的「我們」，整篇文章修改後層次明顯提高，無可否認，C 老師的改法，在某些地方已進入修辭的層次而不是外語學習者能在短期內達到的。若我們拿 A、B 兩位老師的批改方式去推測實境中的教學成果，應不難判斷若學習時間、作業量相當，B 老師的學生會有比較好的學習成果。回到本節一開始的討論，三位教師中僅 A 老師對零代詞具有陳述性知識，B、C 老師用的都是程序性知識。如之前所說的，進入句段教學後，教師個人的寫作能力、對篇章的語感、對作品的鑑別力也很重要。

【外籍生作文】

我們昨天去了北埔和內灣。我們先去參觀新竹科學園區。我對這個地方滿有興趣，可是我覺得這個地方太小了。之後我們去在一家很老的餐館吃中飯。從前這家餐館是一電影院。現在你吃飯的時候還可以看到老片。我們吃完中飯以後，我們去觀北埔的老街。北埔的小店賣很多不同的東西，像麻糬和黑糖糕。過了一個小時，我們去內灣擂茶。我們把芝麻，花生，和茶葉，磨成變粉。我們喝完茶以後，Øw 就回臺北了。

（Øw：我們）

【A 教師：新任華語教師】

昨天我們去了北埔和內灣。我們先去參觀新竹科學園

區。我對這個地方滿感興趣的，可是Øi覺得太小了。之後我們去一家很老的餐館吃中飯。這家餐館以前是電影院，現在Ø吃飯的時候還可以看到老片子。Øw吃完中飯以後，我們去參觀北埔的老街。<u>那裡的小店賣了很多不同的東西，像麻糬和黑糖糕。</u>一個小時之後，我們到內灣擂茶。<u>我們把芝麻、花生和茶葉磨成粉。</u>Øw 喝完茶以後，我們就回臺北了。

（Øi：我；Ø：人（泛指）；Øw：我們；）

【B 教師：資深華語教師】

昨天我們去了北埔和內灣，Øw 先去參觀新竹科學園區，我對這個地方蠻有興趣，可是Øi覺得太小了，後來我們去一家很老的餐館吃中飯。從前這家飯館是一個電影院，現在Ø吃飯的時候還可以看到老片子。Øw吃完中飯以後，我們去參觀了北埔的老街。<u>那裡的小店賣了很多不同的東西，像麻糬和黑糖糕什麼的。</u>過了一個小時，我們去內灣擂茶。<u>我們把芝麻、花生和茶葉磨成粉冲茶，</u><u>Øw喝完茶以後，Øw 就回臺北了。</u>

（Øw：我們；Øi：我；Ø：人（泛指））

【C 教師：中國文學教師】

昨天，我們去了北埔和內灣，Øw 先參觀新竹科學園區，我對那兒滿感興趣的，可是地方Øi 嫌小。中午，Øw 在一家老餐館吃飯，它的前身是電影院，所以現在Ø還能

邊吃飯邊看老片子。飯∅w吃完，接著∅w逛北埔老街，街上小店賣的東西很多，有麻糬、黑糖糕什麼的。∅w逗留了一個鐘頭，∅w又上內灣擂茶，∅w把芝麻、花生和茶葉磨成粉，∅w沖著喝，∅w喝完∅，一行人就返回臺北了。

（∅w：我們；∅i：我）

　　為確知陳述性知識對操作零代詞是否仍有助益，測試了 100 名應華系學生，讓他們批改同一篇作文，學生中包括 40 名修過語法課的大三學生和 60 名還沒修語法課的大二學生。改完後統計改出的零代詞數目，見表五：

表五　大學生批改作文結果

| 改出零代詞數目 | 大二（未修語法課） | 大三（修過語法課） |
|---|---|---|
| 0 個 | 42.42 | 10.00 |
| 1 個 | 36.36 | 65.00 |
| 2 個 | 12.12 | 17.50 |
| 3 個 | 9.10 | 7.50 |

　　修過語法課的學生，對零代詞的敏感度較未修過語法課的學生高，改出一個零代詞的學生比未受過語法訓練的學生高出近 28 個百分點。但經過語法訓練的學生其中 65％也只改出了一個零代詞。至於改出兩個或三個以上的，跟是否受過語法訓練，關係似乎不大，這樣的現象反映出知道、運用零代詞是兩回事。累積語法知識固然

能提升語文的判斷力，但效果有限。如果我們把眼光從零代詞移開，擴大到整個華語文的篇章教學，就不意外何以外籍生難以突破跨句的瓶頸了，書寫、批改是學習者嘗試與驗證語言的過程，教師的語文素養、批改作文的能力會影響學習者知識的建構。

## 三、社會的語言傾向

影響外語教學的相關因素，除上述教材、教師、課堂情境外，社會語言的傾向亦不容忽視。1979 年余光中發表了〈從西而不化到西而化之〉一文，文中提到知識份子寫的白話文，惡性西化的現象日益嚴重，其根源主要來自閱讀英文和看翻譯文章，此外，由於報紙、電視、廣播等大眾媒體也慣用譯文體，而使得一些中文基礎原本就薄弱的人，在耳濡目染下，受到了不良的影響。

余光中在文章中舉了數十個「西化」的例子，我們擷取其中 7 個第三人稱代詞誤用的句子來測試母語者的判斷力[6]，受試對象仍為一百名應華系學生，40 名大三同學已修畢華語語法課，60 名大二同學尚未開始語法課。測試時間是開學第一週，操作程序是提供 15 個句子給受試者，請他們根據自己的語感判斷，哪些句子可以接受？哪些需要改正，測試結果見表六。

---

[6] 測試卷請見附錄一，卷內有 15 題，全為余光中先生指出的西化句子，有七句屬第三人稱代詞的誤用。

表六　零代詞語感測試結果（接受的比例）

| | 語感測試句 | 大二<br>（未修語法課） | 大三<br>（修過語法課） |
|---|---|---|---|
| 1 | A：那張唱片買了沒有？<br>B：買了它了。 | 25.00 | 7.50 |
| 2 | A：它好不好聽？ | 78.33 | 67.50 |
| 3 | B：它不太好聽。 | 56.66 | 25.00 |
| 4 | 他這三項建議很有道理，我們不妨考慮它們。 | 43.44 | 30.00 |
| 5 | 你這件新衣真漂亮，我真喜歡它。 | 68.33 | 45.00 |
| 6 | 花蓮是臺灣東部的小城，它以海景壯美聞名。 | 75.00 | 55.00 |
| 7 | 舅舅的雙手已經喪失了它們的一部分的靈活性了。 | 43.33 | 20.00 |

　　測試結果顯示，即使某些語法規則在中、英語中大不相同，久而久之，華語母語者仍會受到影響，代詞的使用機制就是一個例子。余光中先生認為錯誤得離譜的句子，受試者也多能接受，其中較特殊的現象是超過半數的受試者，不認為以第三人稱代名詞「它」來指無生命實體的句子是誤句，如2、3、4、5、6，但是漢語的非人稱代詞「它」鮮少出現在賓語位置，而是以零代詞的方式出現，此規則已是學者的共識（陳俊光，2007：241；Chu〔屈承熹〕，1999；Iljic，2001；Li & Thompson，1981:128；Xing〔邢志群〕，2006）。Li & Thompson 曾指出「國語（漢語）代名詞主要指稱人，第三人稱代名詞很少用來指稱動物，更少用來指稱無生命的實體，雖然這種用法

因英語的影響確實存在，一般來說，第三人稱代名詞只有遇到代名詞或其他名詞片語不用時會使句子變成不合文法的場合才會用來指無生命的實體。」測試結果印證了非人稱代詞「它」的用法，「因英語的影響確實存在」，並為部分應華系學生接受。應華系學生未來將從事華語相關工作，其對華語正誤的鑑別力，應高於一般人，由此推估，其他華語母語人士，應更能包容代詞的泛用與誤用。如果社會上對零代詞的使用標準已經放寬，華語教學是該順應潮流，抑或是堅持標準？這不是教師、社團能決定的，但可以確定的是人的語感包括教師都會受社會語言傾向的影響。

## 第五節　結論

綜上所述，可知零代詞是學習者的難點，而不是教學的重點，其原因如下：第一，教材未盡完善，教材中雖頻頻出現零代詞的句子，卻少有詳細的解釋，翻譯也未站在學習者的立場做相應的處理，課後練習亦頻出現不符代詞使用機制的操練活動。第二，教師專業仍不足，部分教師缺乏陳述性知識，無法詳細解說零代詞，部分教師缺乏程序性知識，改作業時未能提供適當回饋。第三，課堂情境複雜，多重訊息密集出現，使教師不易聚焦處理跨句的語言偏誤，零代詞便是其中一項。第四，受限於課堂中制度性談話框架，要求學習者模仿並說出規範、完整的句子，降低了溝通的真實性。第五，臺灣社會中，華語西化傾向頗深，母語者亦有代詞偏誤問題，非代

詞脫落語言形式已融入其語感中。這些影響華語學習的因素，並不限於零代詞教學，只要學習者進入中級階段，開始發展句段能力，此類問題便會浮現。一些素質佳、有經驗、認真的教師或能排除部分教學障礙，但教材編寫、教學情境、生理極限、社會語言環境等客觀的限制依然存在。

　　若要改善「零代詞」教學，應先調整教材。教材編寫須考慮使用對象的語言背景，然後從其母語與漢語的語言類型差異處，建立對比的觀念，可考慮的對比項目有：型態類型、語序類型、主要分支方向與中心語參數、代詞脫落參數、主題與主語顯著語言、作格與受格語言等（陳俊光，2007：213），而此部分可採用學習者的母語來說明，讓學習者把新知識（漢語形式），建立在與舊的經驗（母語形式）對比上，避免在不知所以然的情況下，做大量的盲目操練。

　　就編寫教材的策略而言，課文中首次出現某種零代詞或省略的用法時，即應提醒學習者，如(11)用括弧說明省略成分，並在譯文上作標記，引導學習者了解中、英之異同。

　　(11)王先生：我姓王，您貴姓？

　　　　李先生：我姓李，(我的名字)叫大衛。

　　　　My last name is Li, and my first name is David.[7]

其次，教材應循序帶入不同的省略情況，如承前省、蒙後省、當前省等，並適時提供學習者母語的註解，還要謹慎編寫練習，避免因強調練習而遠離日常的對話形式，誤導學習者。

---

[7]　本例句擷自《實用視聽華語（一）》第一課。

在教師素質培養上，從上節兩項應華系學生的語感測試結果可知，修過語法課學生的測驗結果，普遍比沒修過語法的好。這是因為當社會語言偏離規範，母語者的語感受到影響後，受過語法訓練者仍能用客觀的知識來判斷語句的正誤。呂叔湘 1978（2002 年版）曾針對當時社會上不規範的語言形式，提出這樣的見解：「我們每天看書、看報、看雜誌，看的東西很多，而這裡面往往瑕瑜互見，撲朔迷離，叫人對於文章的好和壞、語句的正和誤，不容易有正確的認識……這就不得不有點語法和修辭學的知識，而這兩者之中，又應該先從語法入手。」

二十一世紀的今天，藉由網路的流通，語言更新的速度，相較於三十年前更有過之。語法除了是華語教師的教學先備知識外，未來或可仿照對岸，納入正式課程，做為母語教育的一部份。據表五、表六的結果，語法能提高語句的判斷力，但做為中、高級的華語教師，僅有語法知識，似仍不足，還須輔以篇章教學的訓練，此所指的篇章，實不同於傳統修辭學的謀篇佈局，而是強調句子形式上的銜接與內在語義的連貫，教師若缺了這一環節，仍難順利帶領學習者跨越由句到句段的瓶頸。

回顧前述的教學實況，可知在課堂上，針對零代詞的操作，除了知識的講解外，教師若欲以口語練習，提升學習者代詞使用的能力，有其執行困難，不過仍能設計一些活動，來協助學習者掌握代詞的理解、表達。設計代詞理解的練習，有以下考量，首先是選材，一般而言圍繞某個人、事、物的敘述文，為了敘述簡潔、語篇連貫多會頻繁使用零代詞機制，學習者閱讀此類篇章，可建立基本的語

感。若其中個別的語法點、詞彙學生都已掌握,便可進行以下三種
練習:(12)是先請學生讀內容,然後跟學生討論篇章中(a)、(b)、(c)
各零代詞所指為何,並請學生說明其理由。(13)是請學生閱讀後刪
去多餘的代詞,並說明刪除的原因或相關規則。(14)是根據當前省機
制,考慮是否放入代詞。

(12)陳先生陳太太搬家了,他們的新家在郊區,可是 (a)
Ø 買東西很方便,因為陳家附近有一個超級市場。
平常他們都走路去買東西。
他們給了我他們的新地址,歡迎我過去坐坐。我也
買了一些盤子、碗,要送給他們。我想這些都是每
天要用的東西。可是最近 (b)Ø 家裡的事很多,我
沒有空自己送去,所以我決定寄 (c) Ø 給他們。[8]

(13)我每天早上七點鐘起床,我七點一刻吃早飯,我吃
了飯,我看了報,我就開車到公司去。我們公司九
點上班,我們公司下午五點下班。我們中午休息一
個鐘頭。[9]

(14)A: ＿＿＿好久不見,＿＿＿聽說＿＿＿到歐洲去了。
B: 是啊,＿＿＿到歐洲去了八個多月。
A: ＿＿＿都到了哪些國家?

---

[8] 語料選自《實用視聽華語(一)》第十八課。
[9] 語料選自《實用視聽華語(一)》第十一課。

B：＿＿＿＿去了德國、英國，還有法國。

A：明年＿＿＿＿也想到德國去旅行，＿＿＿＿什麼時候去最好？

B：＿＿＿＿從六月到十月天氣都不錯。冬天太冷了。[10]

　　這類練習的目的是讓學習者在篇章中逐漸掌握漢語零代詞機制，以減少誤讀，之所以要在課堂上以師生討論的方式進行，是因為從互動中教師可以釐清學習者思考的盲點。此外，零代詞的有、無，有時無關對、錯，只是精鍊與冗贅的差別，第二語言學習者需要有機會揣摩母語者的思考方式，並和自己的做對比。

　　在表達語言訓練方面，有教師建議採用複述法，由教師敘述一個事件或一段故事，再由學習者根據自己的話將內容複述一遍，之後，教師再根據其所說的語段加以調整，這個方式與學生當場自創的語段相比，練習的焦點比較明確，但是同樣會碰到教師注意力不足，容易忽略跨句的偏誤等問題。一般也同意，複述教師語段、陳述個人想法在中、高級的教學中，是不可缺的口語表達練習，但是當學習者需要跨越「不中不西」語言形式時，則建議以下的步驟：1.以「二次翻譯法[11]」做句段練習，屬認知層次的訓練。2.複述教師的語段，此為模仿與比對的過程。3.書寫自創的語段，教師批改。這

---

[10] 語料選自《實用視聽華語（一）》第十二課。

[11] 二次翻譯法是極古老的外語練習方法。其做法是：第一步，教師提供學習者一篇符合其程度的標的語文章，請學習者翻譯成母語（第一次翻譯）。第二步，教師收回標的語文章，請學生根據自己翻成的母語再翻譯回標的語（第二次翻譯）。第三步，教師將原本的標的語文章發還給學生，讓其對比自己的第二次翻譯與標的語的差別並做修改。第四步，教師收回學習者的第二次翻譯，並歸納整理其語言偏誤。第五步，教師向學習者解說歸納後的偏誤，並將難點納入下一次的練習中。

是提供學習者創造語言的機會，之後學習者可根據教師的回饋驗證、再建構其語言知識。4.以口語表達自創的書面語段，此為新知識的鞏固過程。

　　進入中、高級的教學，教師不僅要教新的語言點，還要為之前的漏洞做補強工作，更重要的是能帶學生順利由單句邁入語段，課堂的練習形式須超越單個語言點，而以篇章的角度來考量，然而這些有利於學習的要求，不是第一線的教師能獨力完成的，其背後需要有語言學、教學法、認知心理的實務研究支持。教師忽略零代詞的教學，僅是冰山的一角，反映出在華語文教學中仍有太多的問題待釐清，太多的限制待突破。

# 附錄一　判斷句子練習

判斷句子

※判斷下列句子，如有不妥，請修改。

1. 老李：那張唱片買了沒有？
   老王：買了它了。
   老李：它好不好聽？
   老王：它不太好聽。
2. 關於這個人究竟有沒有罪的問題，誰也不敢判斷。
3. 一年有春、夏、秋和冬四季。
4. 他這三項建議很有道理，我們不妨考慮它們。
5. 同事們都認為他的設計昂貴和不切實際。
6. 作為一個丈夫的他是失敗的，但是作為一個市長的他卻很成功。
7. 你有關於老吳的消息嗎？
8. 你這件新衣真漂亮，我真喜歡它。
9. 我受了他的氣，如何能忍受和不追究？
10. 李太太的父親年老和常生病。
11. 花蓮是臺灣東部的小城，它以海景壯美聞名。
12. 舅舅的雙手已經喪失了它們的一部分的靈活性了。
13. 緹縈已經盡了一個作為女兒的責任了。
14. 關於王教授的為人，我們已經討論過了。
15. 作為一個中國人，我們怎能不愛中國？

# 第五章

## 華語文教學與多媒體的整合
## ——以「故事教學法」為例

第一節　前言

第二節　理論基礎

第三節　教學設計

第四節　教案評估

第五節　結論

# 第一節　前言

　　2005 年，中原大學首次辦理「印尼華語文教師短期培訓」，課程中介紹了多種第二語言教學法、教學策略。課後的經驗分享中，教師表示在印尼教華文常遇到的問題是學生缺乏學習動機，不過，只要老師不上正課改說故事，學生就會專心聆聽。因此在那年的培訓課程中，便多加了故事教學設計（宋如瑜，2005），期望能以說故事來提升學生的學習興趣，並在聽故事、討論故事的過程中，進一步發展華語的聽、說能力。此後連續三年的暑期「印尼華語文教師短期培訓」、大學部「華語文教材教法」課程，師生都會嘗試以不同的題材、目標、素材來製作各種故事教案，經過多次討論修正後，已慢慢摸索出故事結合華語文教學的教學順序與步驟。

　　從 2005 年到 2007 年，隨著電腦設備、資源的普及，印尼教師、應華系學生製作的故事輔助工具，漸由靜態的圖片、實物、故事書轉為動態的多媒體圖像、動畫。由教學角度觀之，教師藉助多媒體來說故事確實比唱獨腳戲，更能吸引學生的注意，而多媒體提供的豐富情境也能幫助聽者掌握故事情節，以及相關的語言要素。但從師資培訓的角度來看，這樣的教學形式對專業華語文教師在知能上的要求就更高了，亦即想成為稱職的華語文教師，除了須具備第二語言教學、認知心理、多媒體技術等單科知識外，還要能注意到多媒體技術與教學法的融合、多媒體教材和紙本教材的比重，以及多媒體與教師的角色配搭。在培訓教師製作故事教材的過程中，看到

了人對高科技教學技術的迷思，也許我們該回到根本，重新思考課堂中教師、教學法、教材、學習者的互動關係。

在製作故事教學多媒體的時候，教師最常使用的軟體是powerpoint，它能放入圖片、影片、動畫，既方便又好操作，讓原本單調的語言課堂，充滿了令人振奮的聲光效果，在聽到學生的驚嘆之後，熱心的教師就容易將大量的心力、時間轉而投注於媒體的製作，有時就忽略了語言教學的本務是師生的言語互動，教師應根據學生的程度，搭建教學鷹架，逐步提升其口語能力。當多媒體進入課堂後，有的教師竟退到一旁成了電腦控制員與報幕者，學習者的目光則集中於投影的布幕，如此，就算多媒體教材已接近科幻電影的水準，這仍不算是高效率的語言教學。

李艷惠（2007）面對不斷湧現的教學科技提出反省，認為必須看重「人」這個教與學的主體，教師的引領作用和學生對新科技的態度，是能成功實施電腦輔助教學的關鍵。此外，還須認清新科技並非語言教學的萬靈丹，唯有考慮周到、運用恰當，它才會在「教」、「學」中發揮作用。白建華（2007）亦提出類似的觀點，認為提升華語教學，須先在研究教與學的基本理論、課程設置、教學法、教學方式上著力，待基礎建立後，再考慮如何將現代科技有效地融入教學各環節。兩位學者不約而同在多數人為多媒體技術吸引之際，提出了回歸以教師、學生為本的教學思考。亦即在使用教學多媒體、培養華語數位教師時，皆須考慮如何使人與機器、多媒體技術與語言教學規律相輔相成。

　　以下，本文將敘述一個多媒體故事教學教案的發展過程。設定的學習者為印尼幼稚園大班到小學中年級的學童。教學目標是經由故事學會語法點「以前……後來……」，之後並能將此句型活用於情境中。教案的原始設計者是中原應華系第一屆學生羅晴雯，採用的故事為小紅帽。此教案的原始構想不錯，簡單有趣，但初稿忽略了語言練習的階梯，使用的素材為網路上擷取的照片，變化較少。一年後，此教案由應華系第三屆同學陳靖佳、劉雅婷重新繪圖、修改，過程中並根據認知學習、語言教學理論重新安排學習步驟，做出了較符合預期的故事教學教案。2008 年暑期的「印尼華語文教師短期培訓」中，將此教案介紹給教師，同時請其做評估，而後我們檢視教師的數據與文字敘述，再次反思並將建議紀錄於後。

## 第二節　　理論基礎

### 一、多媒體與教學的互動

　　多媒體如何有效地融入教學，白建華（2003，2007）根據實踐結果提出了三項原則：

　　　第一，現代教育技術再發達，也取代不了優秀的對外漢
　　　　　　語教師。

第二，運用高科技首先必須尊重教學規律，解決對外漢
語教學中的實際問題。

第三，不斷試驗、總結、推廣，對反饋資訊加以分析。

原則一說明多媒體雖能促進教學但也有其侷限。若從教學來
看，多媒體資源只是眾多教學媒介的一種，需要人的介入才能使其
發揮作用，該文同時指出「沒有優秀老師的參與，沒有教學前沿的
試驗，任何學習軟體都只是紙上談兵。」因此，在多媒體教學資源
的製作階段，就須有實踐經驗豐富的教師參與，經驗豐富的教師較
清楚學習者需求、限制，以及教材能發揮的功能。在多媒體教材完
成後，還須有操作能力強的教師實驗教學，如此才能訂出教學步驟，
使多媒體發揮最大的作用。教師使用多媒體時，容易陷入一種迷思，
認為有了合用的多媒體課件，就能輕鬆上課，備課時間也會相對減
少，但事實並非如此。教師在課堂上一面操控多媒體，一面要跟學
生互動，其難度遠較傳統的教學來得高。

其次，高科技必須遵循教學規律，無可諱言，有時在課上使用
多媒體，僅能滿足學習者喜新好奇的需求，卻未必能提高教學效率。
這和第二語言教學中的電影教學情況類似，教師要思考的是當電影
課結束後，學生到底是看了一場電影，還是練習了語言，其目標迥
異。以現在的教學設備來說，讓教室像電影院一點都不困難，難的
是學生在其中要能學會知識、技能。課堂內使用多媒體，是為了解
決語言教學中語境單一的問題。多媒體能提供豐富的情境，把大世
界的點滴帶入小教室，然而在技術上卻不必一味追求高超，往往簡

單的靜態圖像配合恰當的教學步驟，就能展現效果。使用多媒體要能抓住恰當的時機，且須符合教學規律。

　　在整個教育的歷史上，多媒體輔助教學仍屬新嘗試，當技術融入教學後，課堂的變數就增加了，再加上各地區的使用者有其不同的條件、環境、背景，無論製作團隊的教學經驗多豐富，仍難免有盲點，須靠著不斷地嘗試、實踐、分析、回饋、修正來累積經驗，進而提升。而本研究中的故事教學教案，在完成後也請了六十位幼稚園、小學教師提供意見，以做為改進的參考。

## 二、故事教學法

　　與聽說教學法（the audio-lingual method）、溝通教學法（communicative language teaching）相比，故事教學絕不是第二語言教學的主流。據 Brown（1994）所述，故事用於外語教學，溯自十八世紀 Gouin 的連續教學法（the series method）。在教學過程中，此教學法無須藉助學習者的母語翻譯，而全以標的語進行互動，學習者之所以能不依靠母語，直接由標的語去瞭解摻雜陌生詞彙的句子，是因為這些句子的概念是連續的，學習者可透過上下文和情境，掌握其中的意思。此與二十世紀心理學的「故事情節假說」（episode hypothesis）接近，如 Oller（1983）說的「任何篇章，只要安排得有條理，就容易記憶和理解。」故事情節假說應用於第二語言教學的有利之處：1.容易記憶。說故事時，隨著故事情節的發展，教師會以生動的語氣、語調營造氣氛，吸引學生的注意，能讓學生產生較深

刻的印象。2.提高動機。故事可以用口語、文字兩種形式來呈現，聽故事可以發展聽說的能力，看故事、創作故事則能讓學生提高閱讀和寫作的興趣。3.練習溝通。教師一邊說故事，一邊跟學生討論，可以提高學生的口語能力。4.練習表達。學生聽完故事後，敘述自己的想法，或是分組表演故事，可提高語言表述能力。5.激發創意。教師刻意創造一個沒有結局的故事，讓學生聽完後，分組設計故事結局並展示出來。

　　說故事、聽故事是令人愉快的事情，但若將說故事定位為教學法，就應檢視其教學上的意義與功能，而不只聽、說故事而已。在課堂使用故事教學法的時候，教師首先須思考說故事活動屬於哪一個教學環節？複習、展示、練習、應用，亦或是鞏固練習。若屬複習，教師須在故事裡納入足夠的、近期剛學過的語言點。若是展示故事，則要在合適的語境中，一再複現今日要學的新語言點。若是練習、應用，就可以設計未完成的、片段的故事。若屬鞏固練習，則要將近期學過的、今天新學的語言點一併納入故事中。過程中教師應會發現，為母語者說故事是容易的，若為第二語言學習者說故事，就得注意很多的細節和操作流程了。

# 三、語言教學策略

　　語言教學中教師必須考慮學習者的語言認知過程。靳洪剛（2005）闡釋認知心理學的研究，將語言學習分為三個階段：分析階段（analysis）、再分析或重組階段（restructure）、從機械使用到自

動使用的階段（from mechanical to automatic process）。據其描述，第一階段的學習者能注意到語言結構的規律，如語序、語法限定、搭配、語境等，第二階段的學習者能意識到自己的表達與標的語之間的差異，會開始做調整。第三階段的學習者開始有意識地使用所學的標的語結構，具體的表現是表達正確、語句增多、形式漸複雜、錯誤減少、流利度增加等，這是從學習者的角度出發的語言認知歷程。

徐子亮和吳仁甫（2005）從教學的角度將認知法分成三個階段，語言的理解階段、語言能力培養階段、語言運用階段。在語言理解階段，教師首先複習舊知識，再以舊知識導入新知識，讓學習者自己去發現、理解新知識的內涵，常採用的教學策略是利用情境、實物、動作、解說、翻譯等使學習者瞭解新知的內容。在語言能力培養階段，教師搭建合適的學習鷹架，透過有組織、有系統的操練，讓學習者逐步掌握新知，課堂操作方式有擴展、代換、組句、問答、連鎖訓練、複述課文等。在語言運用階段，教師須設計多元的、仿真的溝通機會，以訓練學習者在不同情境下的語言應變能力，採用的活動是討論、角色扮演、腦力激盪、座談會、訪問等。

根據上述的研究成果，我們試著訂出了此次展示形故事教學的流程（見圖一）。它僅是課堂教學的一個環節，而非整堂課的活動，圖中的粗線沒有起點與終點，是指還應連接其他的教學活動。粗線代表著由教師掌控的流程，右方是貫穿故事教學的三個基本程序：語言理解、語言練習、語言應用。語言理解是以多媒體畫面配合教師口說故事，讓學生理解內容，並熟悉其間一再出現的語法結構和用法；語言練習則是利用故事中的情境、句子，藉由師生互動，讓

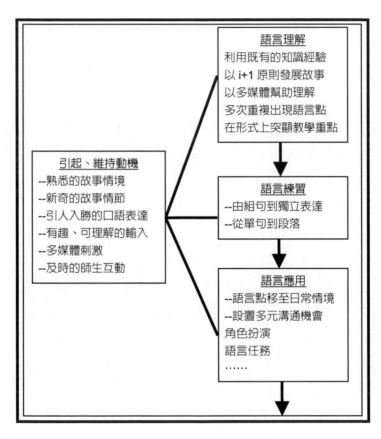

圖一　展示型故事教學法流程

學習者多次使用語法點，教師在引導學習者產出正確句子的同時，還要協助其改正語言偏誤；語言應用則是將語言點放入日常的溝通情境。左方的區塊是指引起、維持動機，進行每個教學程序時，都要考慮延續動機的問題，而動機也是整個流程中要仔細處理的部分。引起動機的方式，是選擇一個大家都有的經驗做為故事框架，但卻要有與

眾不同的發展線索（事件），為了維持動機，抓住學生的注意力，故事中還須安排出人意料的語句，或是加入與既有認知衝突的情節。

# 第三節 教學設計

　　以多媒體呈現故事時，除了要選擇適當的教學法，符合教學規律之外，還須考慮學生的認知過程，並以此來調整教師的教學操作。靳洪剛（2005）檢視研究者做的第二語言學習者語言行為的實驗分析，提出數個可以直接影響學習者語言處理的因素，其中與本研究有關的有：(1)語言結構的高頻反覆（frequency）；(2)大腦中新舊知識的聯繫性（prior knowledge）；(3)語言結構突出效應（saliency）；(4)結構意識（consciousness of structures），如讓學習者對語言結構的瞭解，由下意識的使用，上升為有意識的瞭解。

## 一、選擇教學法

　　此次教學的目標，是課程結束後，學習者能在情境中正確地使用「以前……後來……」。此語法點主要的語義是經過一段時間後，人、事或物的改變。敘述故事時，常會用到這樣的語法點，因此就以故事教學法來呈現。

## 二、選擇故事題材

語言中的「故事教學」和「說故事」不完全相同，故事教學須達到某個教學目標，為了達到此目標，在選擇主題後，還得修改故事情節。本次的主題是格林童話裡的「小紅帽」，一個全世界知名的故事，在母語的環境裡，學生對此故事早已耳熟能詳，亦即腦中已具有故事的框架（腳本）。教學的時候是在已知故事的基礎上，再添加一點新的東西，符合了新知識建立在舊知識基礎上的認知原則，反之若採用的故事是「美猴王」或「嫦娥奔月」，教與學的難度就會提高，美猴王雖是母語者熟悉的故事，但對第二語言學習者而言，其中的人物、情節、情境都是新的，學生很難在全新的故事框架裡，再學會新的語法點。

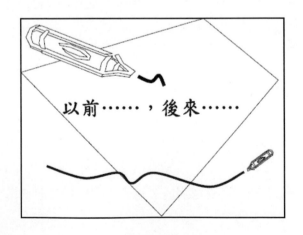

圖二之一

# 三、理解故事

　　故事教案中首先出現的是「小紅帽」(圖二之二)圖案，但旋即出現了新的故事發展「大紅帽」(圖二之三)，此與聽者既有的認知發生衝突，因此更能吸引人全神貫注。大紅帽的出現不單是為了創造新的情節，更重要的是要與小紅帽做對比，好讓語法點「以前……後來……」能重複出現。整個故事裡，出現了七個包括「以前……後來……」的句子，此為第二語言學習中的「結構的高頻反覆」(frequency)原則，教師在不同的上下文中，藉由大劑量的輸入(input flood)，讓學習者逐步掌握此結構的使用情境、限制。每次「以前……後來……」出現的時候，投影片上的字體要和句子的其他部分區隔，讓學習者注意故事情節發展之餘，也同時注意到畫面上突出的句子結構，此即結構突出效應(saliency)。以投影片展示的故事教學，可採用視覺加強(typographic enhancement)的操作方式，調整投影片上的語法點字體，使其變粗、變色或是加上底線，以引起學習者注意，同時，教師說故事的時候，為了強調語法結構，可以刻意放慢語速、變化音調，以加深聽者的印象。

　　教師對第二語言學習者敘述故事時，難免會碰到幾個非教學目標的生詞，此時教師可以設法為學習者掃除閱讀、聽力的障礙，而無須刻意操練，例如圖二之七，放上了鮮花與水果的圖片，是幫學習者掃除「鮮花」、「水果」這兩個詞彙的疑惑；圖二之十是用手臂的刺青、毒蛇圖案代表狠心的野狼，再用紅心代表善良的野狼；圖二之十三則是以盤裡的菜和小紅帽害怕的樣子，代表大野狼以前吃

人後來改吃素，括號裡的「不吃肉吃青菜」就是吃素的解釋，為便於教師講解「吃素」的意思，畫面上也畫了一盤菜和一盤肉。

圖二之二

圖二之三

圖二之四

圖二之五

以前大紅帽的奶奶身體很健康，
<u>後來</u>奶奶年紀大了，所以常常生病。

圖二之六

有一天，奶奶又生病了，大紅帽就帶
著很多的水果和鮮花去看奶奶。

圖二之七

但是她不知道奶奶家在哪裡，因為
奶奶<u>以前</u>住在山上，<u>後來</u>搬家了。

圖二之八

大紅帽只好去問奶奶的好朋友─

大野狼

圖二之九

以前大野狼是一隻狼心的野狼，
後來牠變成了一隻善良的野狼。

圖二之十

以前大紅帽很討厭大野狼，
後來大紅帽就不討厭牠了。

圖二之十一

大紅帽和大野狼到了奶奶家，他們
三個一起聊天、吃飯，非常開心。

圖二之十二

以前大野狼會吃人，後來大野狼吃素
（不吃肉吃青菜）
所以大紅帽和奶奶就不怕大野狼吃她
們了。

圖二之十三

圖二之十四

圖二之十五

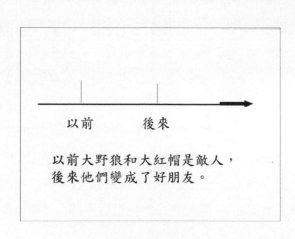

圖二之十六

在整個故事結束後，圖二之十六上出現了一個時間軸，且標出「以前」、「後來」的相對位置，是要讓教師幫助學習者加強結構意識（consciousness of structures），使其對此結構不只是能下意識地使用，且能有意識地瞭解。

## 四、練習語法點

在理解語言之後，接續做的是語言練習，讓學生在已知的故事情境中，練習語法點。圖二之十七，教師要求學生以「以前……後來……」回答投影片上的問題，此時播放投影片的方式，應是讓畫面配合教師發問，一行一行遞增呈現問題和提示，學生再根據提示組出正確的句子。提示對教學進行的流暢與否有決定性的影響，設想畫面上若無提示，學生聽到問題想回答時，大腦須完成兩件事：回憶故事的細節和以語法點組句並產出句子。語言互動時若要學生同時完成兩件事，教師較難預估所費的時間，而整個課程也易因此停滯，考慮學習者的能力、教學的效率與流暢後，教師重新評估回憶內容和組句兩者的輕重，決定只練習組句，因此就在投影片的問題下面加上了提示，藉以節省學習者的思考時間，增加不同學生的練習次數。每個問題，教師都根據學生所回答的句子，決定由一個人或是幾個人輪流回答，而此階段的練習仍須符合高頻反覆的原則。

練習：問與答

☐ 請用以前和後來回答下面的句子：
☐ 經過了十年，女孩的名字改變了嗎？
　　（小紅帽、大紅帽）
☐ 女孩的奶奶住在哪裡？（山上、山下）
☐ 女孩和奶奶怕大野狼嗎？（怕、不怕）
☐ 大野狼吃不吃人？（吃人、吃素）
☐ 女孩和大野狼的關係好不好？（敵人、朋友）

圖二之十七

# 五、應用語法點

在故事情境中練習完語言點後，下個步驟是語言應用，由教師設計常見的溝通情境來引導學生使用語言點。「以前……後來……」常出現的情況是描述人、事、物在經歷一段時間後發生的改變。要呈現這樣的概念，可以有不同的做法，一種是教師選擇一個地方或一個人不同時期的照片，讓學生描述其改變。另一種是設定一個討論情境，讓學生各自使用語法點如圖二之十八說一說「我的改變」。為使學生能積極參與，提示的詞彙除了須符合真實情境之外，也要能符合學生的程度，此外，提示的詞彙不能只有一兩組，以免某些學生對提示的詞彙全都不熟悉，而無法練習，教師也可以趁此機會讓學生複習舊詞彙，下方的刪節號，是鼓勵學生說出自己想說的其他內容。

```
活動：我的改變

請同學說出這幾年自己生活上的改變：
城市、鄉下          印尼、中國
吃肉、吃素          走路、開車
很有錢、很窮        靠別人、靠自己
喜歡英文、喜歡中文  房子很大、房子很小
頭髮很長、頭髮剪短了  ……
```

圖二之十八

# 第四節　教案評估

　　2008 年，我們在中原大學暑期海外教師培訓中，向印尼華語文教師介紹了「小紅帽」的多媒體教案以及教學策略。此教案的教學對象為幼稚園、小學兒童，因此請了六十位在幼稚園、小學任教的教師據其教學經驗評估此教案是否適用，並填寫問卷。整份問卷包括了十個項目，其中八項為選擇題，回答的選項為：非常不同意、不同意、同意、非常同意，分數由一到四分（見表一），另有兩道開放式問題：請寫下「小紅帽」多媒體教案的優點和缺點；請寫下不容易使用這種多媒體教案的原因。

　　結果顯示「我認為『小紅帽』多媒體教案能引起學生的學習興趣。」的平均分數最高為 3.60，此與教案預期的目標，以多媒體提高學習動機符合。其次是「我願意學習『小紅帽』這種多媒體教案的製作方法。」平均為 3.59，「我認為使用『小紅帽』多媒體教案的教學效果會比傳統的教學好。」平均為 3.44，此反映出在數位化時代，傳統的教學需要與時俱進，而教師也願意在此潮流下加強自己的多媒體製作能力。再其次是「我認為使用『小紅帽』多媒體教案能讓學生專心上課。」平均為 3.42，以及「我認為『小紅帽』多媒體教案能增加學生說話的機會。」平均為 3.31，即是採用此教案除了能引起動機之外，還能讓學習者專心，延續學習動機。在過程中藉由教師反覆輸入語言點及提問等教學操作，增加了學生練習口語的機會，而口語能力也是學華語的印尼學生最不易提升的部分。在這七個正向題中，平均分數最低的是「我願意在我的課堂上使用『小紅帽』這樣的多媒體教案教學。」僅 3.25，且有五位老師不同意在課堂上使用此類教案，其原因也在第九、十題的文字敘述中呈現出來。

　　此份問卷中有兩道反向題「我認為『小紅帽』多媒體教案不適合用在華語教學上。」平均為 1.92，以及「我認為使用『小紅帽』這樣的教案，上課的時間會不夠。」平均為 2.12。有九位老師認為此類多媒體教案不適合用在華語教學上，有十三位老師認為課堂上使用此類教案，會讓上課時間不夠。針對此點，在問卷調查後也做了訪談，主要的原因是不少教師任教於補習班，補習班裡的中文課多須配合當地學校的課程進度，最能反應補習班教師教學成效的是

紙筆測驗而非口語能力，因此補習時教師會讓學生做大量的書寫練習，以應付學校考試。雖然「小紅帽」內容有趣，但是和學生「補習」的初衷不符，故而教師不傾向大量使用，而此情況和臺灣的小學補習班、安親班做法類似。

表一 小紅帽多媒體教案評估結果

| | 4 非常同意 | 3. 同意 | 2. 不同意 | 1. 非常不同意 | 平均 |
|---|---|---|---|---|---|
| 1. 我認為「小紅帽」多媒體教案<u>不</u>適合用在華語教學上。 | 5 | 4 | 32 | 19 | 1.92 |
| 2. 我認為「小紅帽」多媒體教案能引起學生的學習興趣。 | 36 | 23 | 1 | 0 | 3.60 |
| 3. 我認為「小紅帽」多媒體教案能增加學生說話的機會。 | 22 | 34 | 4 | 0 | 3.31 |
| 4. 我認為使用「小紅帽」多媒體教案能讓學生專心上課。 | 29 | 28 | 3 | 0 | 3.42 |
| 5. 我認為使用「小紅帽」多媒體教案的教學效果會比傳統的教學好。 | 28 | 30 | 2 | 0 | 3.44 |
| 6. 我認為使用「小紅帽」這樣的教案，上課的時間會不夠。 | 1 | 12 | 40 | 7 | 2.12 |
| 7. 我願意在我的課堂上使用「小紅帽」這樣的多媒體教案教學。 | 20 | 35 | 5 | 0 | 3.25 |
| 8. 我願意學習「小紅帽」這種多媒體教案的製作方法。 | 35 | 25 | 0 | 0 | 3.59 |

第九題請寫下「小紅帽」多媒體教案的優點和缺點。教師認為此多媒體教案的優點有：增加學習華文的興趣、吸引學生注意力、內容有趣容易接受、能增加說話機會、能用簡單圖片瞭解內容、是循序漸進的學習、節省教師寫句子的時間、能加深記憶力、故事語言不死板、讓學生正確運用生詞及語法點等等。至於缺點，教師的文字表述中則有一較特別的現象，不少教師所寫的教案缺點，並不屬於教學內容、教學操作，而是擔心教師本身能力不足、資源設備缺乏等相關問題（見附錄）。其認為的缺點有：教師耗費過多的備課時間、學校設備支援不足、須改進媒體設計、教師操作能力不足、須修正教學設計、其他。有 15 位教師認為此教案的缺點是教師要花費很多的時間去準備材料、做投影片、編教案。有 9 位教師認為設備支援不足，是使用多媒體教案的缺點，學校沒有電腦、教室設備不齊全、停電都會影響課程。有七位教師認為此教案的缺點是在多媒體的設計，如：圖畫不生動、動畫不活潑、沒有漢語拼音、進行太快缺乏讓學生思考的時間等。有 6 位教師認為教師的電腦操作能力不足，不是全部的老師都會使用多媒體設備、很難控制機器、很難同時控制機器和學生、教師需要會使用 powerpoint 和 word 等軟體、教學多媒體還不能普及運用，製作方面有一定困難。有 5 位老師認為教學設計上有缺點，小紅帽未必是所有人都知道的故事、比較少聽寫與聽說的學習、會變成單向的教學過程、學生就喜歡玩而不喜歡寫字。另有兩項教師提出的缺點是經費不足，與需要花更多的時間上課。

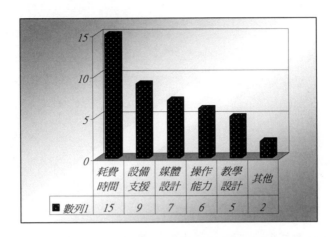

| 數列1 | 耗費時間 | 設備支援 | 媒體設計 | 操作能力 | 教學設計 | 其他 |
|---|---|---|---|---|---|---|
| ■ | 15 | 9 | 7 | 6 | 5 | 2 |

圖三　「小紅帽」多媒體教案的缺點

在這些教師關注的缺點中，除了教學設計、媒體設計得到了預期的回饋外，教師在乎的耗費備課時間、缺乏設備支援、教師操作能力不足等，亦提供了重要的訊息：1.未來的華語老師真的得會製作多媒體教案嗎？教師的時間應如何有效運用？2.使用、修改、製作多媒體所需的能力不同，培養教師的數位能力須分階段。至於教學與媒體設計的缺點：教師反應書寫訓練不足、缺乏漢語拼音、動畫不活潑等，則是未來須改進的。

第十題是「請寫下不容易使用這種多媒體教案的原因。」從文字描述中，同樣可將教師不易使用多媒體教案的原因分為幾項：硬體設備不足、教師能力欠缺、備課耗費時間、多媒體不利於教學、不易取得多媒體素材等。有些教師寫了不只一項原因，經過分類可知設備不足是影響教學使用多媒體的最大阻力，包括學校無法提供所需的電腦，不易供給電腦周邊設備、軟體，網路過慢、常停電等。其次是教

師能力不足，而此與印尼師資結構高齡化有關（宋如瑜，2007），同時也和當地的資訊教育發展的速度有關。備課費時是指教師若須親自製作多媒體教案，耗費的時間難以計數。教師本身能力不足指的是：不會操作電腦、不會做多媒體教案、不會使用相關軟體、需要的素材不易取得等。就教學而論，也有教師擔心使用多媒體教案會讓上課時間不足，而教案上的練習不夠，將使得認讀、對答時間相對減少。

　　若以研究者本位的思考來檢視教師的文字敘述，或會認為部分敘述內容幾近答非所問，不過教師的回饋正點出了原先所設定的研究問題的不足，亦即除了多媒體教案本身的品質之外，多媒體是否能有效地融入教學，還關乎到社會環境、教學支援、教師素質等其他因素，而無論在哪裡教學，這些都是不能忽略的問題。

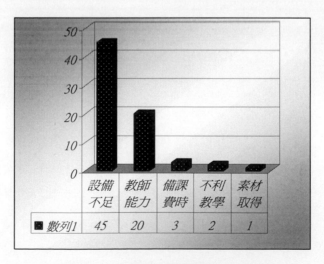

圖四　不易使用多媒體教案的原因

# 第五節　結論

美國《中小學（K-12）中文教師專業標準》（Chinese Language Teachers Association of Secondary-Elementary Schools [CLASS], 2001），12 項標準中的第 11 項載明：不斷接受新技術，運用先進的科技方式支持各種學習需求。期許教師為了協助學生學習，要吸收新的科技知識。中國大陸公布的《國際漢語教師標準》（國家漢語國際推廣領導小組辦公室，2007），其標準 9 即為現代教育技術及運用，其分項說明有二：1.教師應熟悉計算機的基本組成部件及相關電子設備，熟悉與漢語教學相關的常用計算機軟件和多媒體教學設備，並能應用於實踐。2.教師應瞭解並掌握基本的計算機網絡知識，並能合理利用各種網絡資源服務於教學。「多媒體與華語文教學」是臺灣華語教學相關系、所、學程的必修課，其畢業生也多能使用電腦及相關軟體製作所需的教學輔助工具。然而從海外教師的回饋中可知，大部分地區的華語教師還不能達到上述的標準，印尼就是明顯的例子。

從應華系學生發展「小紅帽」教案，到印尼教師對此教案提出的意見，可看出明日臺灣華語文教師的優勢就在多媒體融入華語教學這一區塊。我們根據課堂對多媒體的使用需求，或可將教師的數位能力分為初、中、高三級。初級教師是能使用電腦硬體設備，以及多媒體成品進行教學；中級教師是能依學習者的需要增刪、修改多媒體教材，使其能與教學目標相符；高級教師能設計、製作符合學習者、課程需要，且不違教學規律的多媒體材料。目前專業系所

畢業的年輕華語文教師多已具備中級的程度，只要稍加訓練就可以達到高級，成為一個能做多媒體教案、課件的華語文教師，然而很多臺灣以外地區的教師仍需要從初級培訓起。

　　多媒體教案和紙本教材一樣，使用的人多，而有心力、能力製作的人少。全球的華語文教師上課都需要教材，但大多數的教師並不具備編寫教材的能力，因此多寄望教學發達地區、單位，編寫合用的教材。當教學媒介由書本擴大到多媒體，同樣地，教師也需要有符合教學規律、認知原則且容易上手的多媒體教案，而臺灣科技島的社會環境、人力資源正是發展教學多媒體的絕佳地區。

# 附錄一

多媒體教學評估問卷

壹、基本資料

一、地區＿＿＿＿＿＿＿＿二、性別＿＿＿　　　　三、年齡＿＿＿＿＿

四、學歷＿＿＿＿＿＿＿＿（初中畢業、高中畢業、大學畢業、碩士）

五、教學對象＿＿＿＿＿＿＿（大學生、中學生、小學生、幼兒）

六、教學經驗＿＿＿＿＿（　　年　　月）

貳、多媒體評估

一、我認為「小紅帽」多媒體教案不適合用在華語教學上。

（　　）4.非常同意、3.同意、2.不同意、1.非常不同意

二、我認為「小紅帽」多媒體教案能引起學生的學習興趣。

（　　）4.非常同意、3.同意、2.不同意、1.非常不同意

三、我認為「小紅帽」多媒體教案能增加學生說話的機會。

（　　）4.非常同意、3.同意、2.不同意、1.非常不同意

四、我認為使用「小紅帽」多媒體教案能讓學生專心上課。

（　　）4.非常同意、3.同意、2.不同意、1.非常不同意

五、我認為使用「小紅帽」多媒體教案的教學效果會比傳統的教學好。

（　　）4.非常同意、3.同意、2.不同意、1.非常不同意

六、我認為使用「小紅帽」這樣的教案，上課的時間會不夠。

（　　）4.非常同意、3.同意、2.不同意、1.非常不同意

七、我願意在我的課堂上使用「小紅帽」這樣的多媒體教案教學。

（　　）4.非常同意、3.同意、2.不同意、1.非常不同意

八、我願意學習「小紅帽」這種多媒體教案的製作方法。

（　　）4.非常同意、3.同意、2.不同意、1.非常不同意

九、請寫下「小紅帽」多媒體教案的優點和缺點。

十、請寫下不容易使用這種多媒體教案的原因。

# 附錄二

## 九、請寫下「小紅帽」多媒體教案的優點和缺點。

| | |
|---|---|
| 1. | 優：能夠做很多有趣和生動的圖片使學生感興趣。 |
| | 缺：很難控制機器。 |
| 2. | 優：能使孩子更安靜的聽、看和說。 |
| | 缺：中途停電，電腦出問題。 |
| 3. | 優：能引起學生的學習興趣。讓學生專心上課。多媒體教案的教學效果會比傳統的教學好。 |
| 4. | 優：使學生很快學到東西，能吸引學生。 |
| | 缺：學生就喜歡玩而不喜歡寫字。 |
| 5. | 優：小紅帽是很出名的故事，每一個學生非常喜歡的故事，故事也不太難，小孩容易接受！ |
| 6. | 優：讓小朋友專心，從故事中多學生詞及語法，因我們能控制氣氛，並多給他們練習，使他們能正確的運用。 |
| 7. | 優：學生會集中注意力，有更多的時間用來練習會話和解釋。 |
| | 缺：教室的設備要齊全，不時常停電，教師一定要多費時間做多媒體教案（當然也一定要會使要電腦 ppt，word 等等）。 |
| 8. | 優：學生會感到很有趣地去學習。 |
| | 缺：學生沒機會寫字（沒學到寫字）。 |
| 9. | 優：1.使用小紅帽圖及句子讓學生們更了解故事內容。<br>2.能夠增加及引起學習興趣。 |
| | 缺：學生們只有專心上課，但無法增加學生們說話機會 |

| 10. | 優：用媒體教案能引起學生的興趣，尤其如果我們用與他們的年齡適合的故事。 |
| --- | --- |
| | 缺：老師做多媒體教案教學時要花很多時間。 |
| 11. | 優：教學很方便，學生很容易能引學生的興趣。 |
| | 缺：老師要很會用多媒體，做多媒體很花時間。 |
| 12. | 優：可以讓學生更理解故事的內容。 |
| | 缺：如果學校停電，沒有發電機就不能用。 |
| 13. | 優：可以簡單的用圖片讓學生了解意思。 |
| 14. | 優：提高學生的學習能力和興趣。 |
| | 缺：我覺得太好了，就沒什麼缺點。 |
| 15. | 優：學生會很專心上課。 |
| | 缺：要有機器。 |
| 16. | 優：能讓學生學習得更高興、更愉快、更精彩。 |
| | 缺：比較少聽寫與聽說的學習機會。 |
| 17. | 優：學生不會覺得悶，學生比較容易明白我們要教的教案。 |
| 18. | 優：這個故事不太難，幫助小孩更容易記住。 |
| | 缺：老師準備花很多時間。 |
| 19. | 優：學生能夠分別以前……後來。 |
| | 缺：我想比較適合給中級以上的學生。 |
| 20. | 優：能引起學生的學習興趣，能增加學生說話的機會，能讓學生專心上課。 |
| 21. | 優：容易給小朋友看和聽，然後小朋友會看懂和了解裡面的故事，會互動。 |
| 22. | 優：引起學生的興趣，可以找到很多圖片讓學生更了解故事的內容。我們可以自己造故事，不靠故事書。 |
| | 缺：很難一起控制機器和學生。 |

| 23. | 優：圖畫很清楚，用圖畫教書比沒有更引起學生的學習興趣。 |
| | 缺：老師要花很多時間做教案設計，同樣的設計教案不能在同樣的班來重複一遍（學生會覺得悶）。 |
| 24. | 優：用的詞比較簡單。 |
| | 缺：不是所有人知道這個故事。 |
| 25. | 優：這樣的方法能引起小朋友的興趣。 |
| | 缺：老師準備材料時，要花很多時間。 |
| 26. | 優：我們可以放圖片，看到圖片學生會更有興趣聽課。 |
| 27. | 優：能吸引孩子的注意。學生看了就比較了解老師講的課。 |
| | 缺：老師要花多時間去做 power point，找圖片。 |
| 28. | 優：能給深刻的印象。故事的語言不死板。故事的內容很簡單。 |
| | 缺：該花很多時間。 |
| 29. | 優：可以吸引學生對教師、教材的興趣。 |
| | 缺：學校沒有電腦的設備就無法用這種方法來教書。 |
| 30. | 優：能引起小朋友的興趣。 |
| | 缺：時間不夠，小朋友會一直看。 |
| 31. | 優：小紅帽的故事會讓小孩更有興趣學。 |
| | 缺：多媒體，不夠專業。 |
| 32. | 優：能引起學生的學習興趣，加深記憶力。 |
| 33. | 優：孩子從多媒體教案學到教學的實際和圖案的引入更能理會而有趣興的學習。 |
| 34. | 優：使學生學的更有興趣。 |
| | 缺：圖畫不太生動。 |
| 35. | 優：引起學習者的興趣，能讓學生增加說話的機會。多媒體教學效果比較好。 |
| | 缺：還不能普及運用，製作方面有一定困難。 |

| 36. | 優：引發學生愛學習的興趣，發揮他們思考能力，而且帶有循序漸進的學習。 |
|---|---|
| 37. | 優：能使教學更生動活潑，直觀，更能引起學生的學習興趣。 |
| 38. | 優：小紅帽多媒教案很好，只不過我們補習班設備不夠，只有一間能夠使用多媒體教學的教室。 |
| 39. | 優：小朋友會覺得很有趣，更專心上課，不一直只聽老師獨自講課，還可以放音樂。 |
| 40. | 優：學生更有興趣、更專心上課，更多說話機會。 |
| | 缺：電腦如有問題，如沒電。 |
| 41. | 優：a. 引起學生的注意力。b. 給學生新鮮的學習過程。<br>　　c. 減少學生寫字或抄寫的時間。 |
| | 缺：a. 可能到一定的地步就變成單向的教學過程。<br>　　b. 長期：非人格化的過程會出現師生被異化的關係。 |
| 42. | 優：我認為小紅帽多媒體教案能引起學生學習的興趣，也能增加學習更多的生詞。 |
| 43. | 優：使課堂教學時學生可以專心聽，而且課程有趣學生容易加入互動中；對中文的學習不再覺得是很難的事。 |
| | 缺：學校需要更多的經費。 |
| 44. | 優：上課時間可以掌握，學生看得更清楚，比較有趣。 |
| | 缺：老師要準備的時間更長。 |
| 45. | 優：以故事的方式吸引學生的興趣；學生容易了解並更容易舉一反三。 |
| | 缺：老師的備課時間增加。 |
| 46. | 優：讓學生更快了解課文。 |
| 47. | 優：省紙、比較有趣，也比較有老師和學生的對話。 |
| | 缺：要有一定的設備、準備的時間會比較長，要反覆的反省、內容根據學生的程度。 |

| 48. | 優：有趣、多樣化，用簡單的方式來教使學生比較容易記得住。 |
|---|---|
| 49. | 優：以不同的教學方式來呈現會讓學生較專注。因著可看圖片學生也許也會較有興趣。 |
| | 缺：對小學生程度的學生來說，必須要先學會單字、生詞，才能讓學生了解故事情節（所以要多花時間，好幾堂課）。 |
| 50. | 優：很新鮮，所以讓學生讓很好奇。 |
| | 缺：因為一直想，學生很累，而且學得很多，那老師也花了不少時間，所以不能一天教很多課。也是不能很多的程度。 |
| 51. | 優：更加學生的注意力，比較會省時間，老師不要寫很多句子。 |
| | 缺：太快；有時學生沒有自己的空間來思考，這是用多媒體教案的缺點。 |
| 52. | 優：可增加學生對學華文的興趣。 |
| | 缺：準備的時間須花很多時間。 |
| 53. | 優：可以引起學生的注意力以便教學。 |
| | 缺：需要較多的時間上課（不是每天都有中文課）。 |
| 54. | 優：以這種方式更能吸引學生。 |
| | 缺：準備時間較長。 |
| 55. | 優：利用很多圖片來吸引學生，故事內容符合語法點，學生練習的機會比較多。 |
| | 缺：教案裡的內容完全沒有使用漢拼，這也這對認字率比較低的學生會帶來一些困難。 |
| 56. | 優：能引起學生對學漢語的興趣。 |
| | 缺：準備時有點費時間，動畫須要更活潑一點。 |
| 57. | 優：學生會更加喜歡上華文課。 |
| | 缺：不是全部老師都會使用多媒體設備。 |
| 58. | 優：用多媒體教案小學生能集中注意力。比起一直聽老師講課，多數的學生更喜歡一邊聽老師講課一邊看圖畫。 |

# 十、請寫下不容易使用這種多媒體教案的原因。

| | |
|---|---|
| 1. | 因為我還不會用電腦，也沒有那種設備，我希望我回印尼後要學習電腦，並希望學校會有這種多媒體的設備。 |
| 2. | 因為學校的設備不完善和我不會用電腦。 |
| 3. | 要會使用電腦，要有題材、故事。 |
| 4. | 因為我們學校每一個教室沒有電腦。 |
| 5. | 教具不容易，因我們還沒能流利的運用多媒體，但願這以後會讓我們不得不更用心學習新事物。 |
| 6. | 因為學校有很多班，只能使用媒體教案的是高年級的學生。 |
| 7. | 現在在本校還沒有使用多媒體教案，老師本身還沒深入使用多媒體教案的教學。 |
| 8. | 我教書的地方還沒有足夠的設備和可以使用那些設備的人才。 |
| 9. | 我不會用電腦但我會學的，學校沒有多媒體設備。 |
| 10. | 因為學校的視聽室只有一間，學校裡沒有這種工具能讓老師用媒體教案。 |
| 11. | 時間準備很長，時間不夠，花很多時間。機器很貴。 |
| 12. | 我們開補習班，在家裡沒用電腦，我們用電腦的能力還不夠。 |
| 13. | 因為學校還沒有這種設備。 |
| 14. | 我希望能夠使用這種多媒體教案。 |
| 15. | 在我教書的地方沒有足夠的設備。 |
| 16. | 因為在印尼很不方便打中文字，自己也沒有筆記電腦。如果要上網也很難又很慢。 |
| 17. | 我們的學校沒電腦。 |
| 18. | 印尼的學校沒有電腦。 |

| 19. | 印尼的學校很少有這樣的設備。學校對華語還沒那麼重視，更重視英語。 |
| --- | --- |
| 20. | 不是沒（按：每）個教書的有這樣的教語言的技巧。會使用與做多媒體教室的人才不是很多（在印尼很少）。 |
| 21. | 不太懂怎樣用 power point；找合適的圖片會花多時間。 |
| 22. | 因為我不是很了解怎麼用，做多媒體教案。我的學校裡也沒有多媒體的設備。 |
| 23. | 班裡沒有電腦，我也不會用電腦。 |
| 24. | 教室裡沒有電腦，沒有電視。 |
| 25. | 我沒有媒體的技能。 |
| 26. | 我教書的地方還沒有足夠的設備。 |
| 27. | 不能使用這種多媒體教案是因為學校沒有電腦的設備。如果我自己一個學校，然後給予電腦的設備才能使用這種方法。謝謝。 |
| 28. | 我的教室沒有電腦，所以不能用多媒體。 |
| 29. | 因為在印尼很少用這個軟體。 |
| 30. | 因為對電腦的使用不熟。 |
| 31. | 教案練習少，認讀時間不夠，沒互相對答不足等。 |
| 32. | 因為沒有中原大學所擁有的先進設備。 |
| 33. | 因為不太熟練使用電腦。 |
| 34. | 目前沒有這樣的教學設備，完成多媒體教案可能教材的準備不完善。 |
| 35. | 不容易使用這種多媒體教案的原因是因為我的學校到目前為止，還沒有裝置這媒體的設備，也許大城市的一些貴族學校有設備。 |
| 36. | 學校方面還沒有這種設備，和自己還得學一點兒多媒體電腦的使用方法。 |
| 37. | 不是每一位老師都能作媒體教案。 |
| 38. | 當地學校沒有這種設備。 |
| 39. | 學校設備不夠。 |

| 40. | 掌握電腦及其操作的方法需要很多能力。 |
|---|---|
| 41. | 沒有設備。 |
| 42. | 沒有設備。 |
| 43. | 學校不一定能配合提供多媒體的輔助器材。 |
| 44. | 沒有足夠的設備。 |
| 45. | 要會操作電腦，也要會一些設計或審美觀要好。要投資或購買適合的設備（資金方面問題）。 |
| 46. | 設備問題，常常停電，對電腦、多媒體的知識不多。 |
| 47. | 學校、補習班設備不足。 |
| 48. | 時間上或許會不夠，要分好幾堂來上。 |
| 49. | 沒有設備。 |
| 50. | 學校和補習班沒有提供那種設備。 |
| 51. | 不是每個學校有這種設備。 |
| 52. | 如果學校有這個設備但數量並不多，所要使用的話也較難。 |
| 53. | 沒有設備、不會操作。 |
| 54. | 學校設備不足。 |
| 55. | 因為學校或者補習班目前還沒有那樣設備。 |
| 56. | 學校沒有提供這樣的設備。 |
| 57. | 要花很長的時間準備教案。 |
| 58. | 學校的設備有限。 |
| 59. | 印尼的網絡很慢。 |

# 第六章

## 「反思性模擬教學」在華語文領域的運用
## ——貫通理論和實踐的師資培訓策略

第一節　前言

第二節　理論基礎

第三節　教學活動設計

第四節　教師成長的途徑

第五節　反思性模擬教學的評估

第六節　結論

（本文曾刊載於 2008 年出版之《中原華語文學報》第二期）

# 第一節　前言

　　「反思性模擬教學」是實踐取向的華語文師資培育策略，此策略是以「反思型師資教育」理念為基礎，運用「模擬教學」所設計出的教學程序。其目的是讓實習教師在特定的情境下，進行有計畫、有組織的教學，再透過同儕觀察、師生互動以及自我省思等步驟，讓理論知識與經驗知識重新建構，以加速專業成長。

　　全球華語學習熱潮興起，華語文師資教育受到前所未有的關注。上世紀末兩岸多所大學設置了華語教學（對外漢語教學）系、所。近十年，臺灣公私立語言中心、推廣教育部門也紛紛開設華語師資班，兩者的目標都是培育華語師資，但科目比重、訓練方法則有不同。按學界的分類，外語教師的養成機制有三種：師資培訓（teacher training）、師資教育（teacher education）與教師發展（teacher development）(Waters, 2005)。非學歷教育的華語師資班、華語教學第二專長班、海外華文教師回台研習班屬師資培訓（宋如瑜，2005），課程內容以外語教學基本理論與技能訓練為主，教學時間短；大學的華語文教學系、所、學程則屬師資教育，修業時間達數年，學習的內容多為語言學理論知識、教學應用知識、文學文化知識與通識學科等；第三類的師資發展指的是正式教師在教學情境中，經由種種管道獲取新知，自我提升。本文探討的培育模式，適用於高等教育下的華語文師資教育。

　　從華語文教師在實際教學中所需的知識結構與操作能力著眼，以大學為中心（university-based）的師資培育規劃，常有重理論講述輕實踐操作的傾向，亦即以理論為主幹課程，操作為輔助課程，兩者課時比例懸殊。此與學院內教師的學術背景有關，也與教學資源的限制有關。理論與實踐的失衡，對此專業的發展，容易產生不良的影響。虞莉（2007）分析美國大學中文教師培養模式時，提醒培育單位要重視實踐能力：「漢語教師第一線的責任是課堂教學，而成功的課堂教學需要豐富的實踐經驗，如果培訓專案只談理論而不注重實際技能的發展，到頭來終歸是『紙上談兵』。」對岸茅海燕與唐敦摯（2007）也對近期大陸出現擁有教師資格證，卻不會教也不能教學的情況，提出重視新教師實踐能力的呼籲。之所以有此現象，是因為大陸為擴大合格對外漢語教師的人數，於 2004 年「漢語做為外語教學能力認定」的考試中，取消了教師須有 320 小時教學經驗才能報考的條件，而此條件在 2003 年之前適用的「對外漢語教師能力考核」中是必備的。反觀臺灣 2006 年開辦的「對外華語教學能力認證」考試，其測試內容亦屬靜態的知識，缺少操作能力的評估。靜態知識固然重要，但和情境中的動態經驗相比，兩者的建構方式、對實際教學的影響則大不相同。

　　重視實踐是近年師資教育關注的焦點，Goodlad（1990）曾做過一個研究，他請實習生分別為各學習領域的價值評分，最高分為 7，結果教育基礎理論（如教育史與教育哲學）的平均分為 3.8，教育心理學 4.9，教學方法 5.2 至 5.7，而臨場經驗或實習得分高達 6.0 至 6.7，推知臨場經驗的學習價值在實習生的心中超過了其他各科目，

實不應視為附屬課程。張興（1998）也舉 J. Rothenberg 和 J. Hammer 的調查為例，說明實習後實習教師對教學的想法更豐富，也更能將教學與學生的學習相連結。

羅列上述實例，旨在說明教學實務，如：教師的口語表達、操練技巧、課堂管理、發問策略、糾正錯誤、教學反饋等技能，都不能僅靠唸書、聽課、考試而習得。實踐的能力應在實境中建構，再經由嘗試、互動、反思、修正等過程使其純熟，如同學開車，瞭解方法是不夠的，還須靠不同的路況來磨練技術。為了讓實習教師能在真實的情境中認識教學、反思教學，進而掌握教學，設計了以下的「反思性模擬教學」師培策略。

# 第二節　理論基礎

## 一、模擬教學

據 Joyce、Weil and Calhoun (2000)所述，在教育的領域中，模擬的意思是教師或教練將現實世界中待掌握的情況、技能，經由簡化的程序，以一種能在教室裡呈現，且符合教學目標的訓練形式提供給學生。這樣的設計，為的是讓教學盡可能地接近現實，使學生學習後，容易將所學的概念、操作技能、所獲得的結論應用於真實世界。進行模擬訓練時，學生不是靠著聽、講獲取新知，而是由自身

的行動結果來建構知識、修正技能，例如：飛行員職前的模擬駕駛艙訓練、職前教師的課堂模擬教學，皆屬此類。

華語教學單位採用「模擬教學」已有很長的歷史了，除了如上述的訓練功能外，也常用於教師的甄選。在模擬教學過程中，設計者多會根據預設的目標來調整相關教學事件，藉以磨練教師的臨場反應和操作能力。既稱之「模擬」，其與真實教學就有差異，一般的情況是：真教室、真教材、假學生。模擬教學能否達成目標，得看相關因素是否控制得宜，而「假學生」的「演技」尤其不能忽視。訓練新教師時，最合適的教學對象是華文程度與教學內容難度相當的外籍生，但並非每個地方都能找到合適的外籍生，因此，亦可由經驗豐富的華語老師扮演學生，這些老師多會在自己的教學經驗中選出可模仿的樣本，另有一種較不理想但普遍為人採用的做法，是由同儕互相扮演學生，若須採取此種方式，模擬教學前就必須加入一道程序，即大家一起觀看真實的教學錄影，以瞭解第二語言學習者的課堂反應、說話形式，之後再由同儕扮演學生。一般而言，雖然增加了這道程序，沒有教學經驗的「假學生」，也僅能放慢語速，模仿出幾個非母語者的音調，仍難表現出語法、詞彙的錯誤。

在師資培育的過程中，模擬教學不可能一勞永逸，而是要經過多次反覆的練習。培訓教師須依據師資生、實習教師的專業程度，設計不同形式的模擬教學。初期、中期多採同儕扮演學生的方式進行，最後一次模擬教學的內容、學習對象則應跟正式課堂接近。模擬教學可分為三個階段進行，第一階段是訓練教師的語言操練技術，接受訓練的是教學能力初階的師資生，內容為語言操練技巧，

如：領說、擴展練習、代換練習、問答、連鎖訓練、改錯等。第二
階段是教學環節訓練，亦即將一堂語言課的教學活動劃分為不同的
環節，如：導入主題、句型操練、生詞講練、課文討論、課後練習
等，每次只訓練一個部分。以上兩類模擬教學的特點是能針對特定
的技巧、環節做反覆練習，該作法與六十年代史丹福大學發展出的
微格教學（microteaching）（孟憲愷，1996）類似，模擬教學進行的
同時，若能採用錄影、錄音設備做紀錄，之後再反覆觀看、討論、
修正，其效果會更顯著。第三階段則是針對特定課型做訓練，用於
實習教師進入真實課堂之前的模擬教學，內容有：綜合課程教學、
口語教學、閱讀教學等，此時的訓練目標為：教學流程設計、時間
掌控，以及處理突發事件的能力。而本次的模擬教學屬於第三階段
的模擬口語教學。

## 二、反思型教師培訓

　　教師若想在專業上持續提升，不能缺的是偵測教學問題、解決教學
問題的反思能力。而反思能力也是此次模擬教學的另一項訓練重點。

　　二十世紀八〇年代，反思型教師與師資教育運動於北美興起，其
基礎可溯自杜威（1933）提出的反思型思維，即「對任何信念或假定
形式的知識，根據其支持理由和傾向得出的進一步結論，進行積極主
動、堅持不懈和細緻縝密的思考」。G. J. Ponsner 更將反思與師資教育
連結，提出了教師成長公式：經驗+反思=成長（皮連生，1997），將
反思視為教師成長、發展的重要觸媒。而 Wallace（1991）的專業

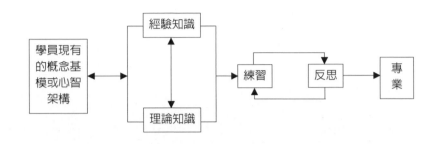

圖一　專業發展的反思模式（Wallace, 1991）

發展反思模式圖，不僅將教師成長公式描繪得更完整，也列出了專業發展的步驟，亦即在培育第二語言教師時，單單解說教學理論、教學法甚至教學經驗，並不能讓教師掌握教學能力，必須透過練習、反思、再練習、再反思的持續循環過程，經驗知識、理論知識才能逐步轉化為專業能力。

　　「反思型教學」概念盛行後，發展出數種各有特色的教學模式。Valli（1997）分析相關文獻和教師教育計畫後，歸納出五種反思型教師教育的模式，分別是：1.關注於課堂教學與管理的「技術性反思模式」（Technical Reflection），其目標是經由反思、改進教學技巧，讓教學更有效率；2.關注課堂中發生的所有事件，並即時調整自己教學的「行中思和行後思模式」（Reflection - in and on - action），相較於前者，此更強調課堂的背景因素與教學實踐的關係，該模式亦要求教學者撰寫教學日誌反思教學；3.關注整個教學領域的「縝密性反思模式」（Deliberative Reflection），其目的是讓實習教師仔細評估、權衡各種對立的理論、觀點、信息，以找尋最佳解決問題的方案；

4.建構並確立個人實踐理論和評鑑系統的「人格性反思模式」（Personalistic Reflection），此模式是幫助實習教師考察能影響其個人成為優秀教師的主觀、客觀因素；5.將學校和學校知識視為政治建構的「批判性反思模式」(Critical Reflection)，其目的是鼓勵畢業生成為社會的改革者與行動者。雖然此五種反思模式各有其理論根源，但師資培育計畫也可能因著不同的目的、階段而兼採數種反思模式。

本研究中的「反思性模擬教學」較傾向「行中思和行後思模式」，藉由真實情境，讓實習教師瞭解課堂內所發生的相關事件，並在教學、觀察、討論後，反思自己與同儕在面對教學問題時，是如何整合理論知識與實踐經驗，其間又有哪些操作技巧、應變方式待修正，此過程對教師教學觀的建構與發展又有何種影響。

# 第三節　教學活動設計

此次的「反思性模擬教學」，是由「華語文教材教法」和「多媒體與華語教學」兩門課的任課教師共同參與的協同教學，教學內容、教學流程、活動方式由兩位教師合作規劃，學習者的成果也是兩門課期末評量的一部份，以下將敘述教學背景與活動流程。

# 一、教學背景

　　參與模擬教學的十位實習教師，均為應用華語文研究所的研究生，其中八名有華語教學經驗，但仍處於初任教師階段，另兩位沒有華語教學經驗，其中一位是外籍生，中文為其第二語言。實習教師的專業背景，有五位為應華系畢業生，有三位主修中文，一位主修外語，一位主修語文教育。本學期十位實習教師都修了「華語文教材教法」，其中八位同時選修「多媒體與華語教學」。

　　參與模擬教學的外籍學生有 20 位，分成 A、B 兩班。兩班學生程度接近，根據美國外語教學學會能力指標的分級，華語文皆為初級中階程度，其母語分別為西班牙語、法語、英語、阿拉伯語等，因為職業需要而學中文，來台已三個月。A、B 兩班最大的差別為年齡，A 班 18 到 22 歲，B 班 40 到 60 歲。學習者修習的課程為密集華語文課程，一週五天有 35 小時的中文課，每日上午有三小時的合班課和一小時的一對一口語練習，此兩種課程採全中文教學，教材為《實用視聽華語》第一冊。下午有三小時的課業輔導及專業中文課，以中、英雙語進行教學，採用教師自編的教材。

　　上課前，實習教師與學生不熟，但約略能掌握其中文程度，其中八位（8/10）實習教師曾於一個月前試教過同批學生一小時。教室內有數位設備，教師可選擇適用的媒體教學。由於學生每天已有固定的華語課，因此在外加的課堂上，是否能維持積極的學習態度，是實習教師最大的挑戰。其次是師生年齡、生活經驗差距的問題，

其中一班是由四十歲以上事業有成的學習者所組成，其人生經歷較教師更豐富，面對此種情況時，實習教師較易膽怯。

## 二、活動流程

　　模擬教學的課程類別為初級口語教學。就培訓角度觀之，實習教師的學習過程可分為以下十項：知識輸入、教學觀摩、課程規劃、教材設計、教案編寫、課堂教學、同儕觀察、師生討論、看教學錄影、寫反思報告。

### （一）知識輸入

　　實習教師在「華語文教材教法」的課堂上，已學習的知識、能力有：1.十種以上常用的第二語言教學法，並根據各教學法設計了相應的教案。2.瞭解一堂課的教學程序及操練方法，並以同儕為教學對象，進行了模擬教學。3.瞭解 5C 的架構，並根據其原則編寫十課教材大綱及一課完整的教材。在「多媒體與華語教學」的課堂上，學過的相關軟體、工具為：Word、PowerPoint、Movie maker、audacity、Camtasia、snagit 抓圖軟體、dvd shrink、audio converter、vedio converter、podcast、i-tune、windows player。實習教師也有經營 blog、設計網頁的能力。從學習過的內容來看，實習教師應能整合兩門課的知識，設計教學所需的書面教材與多媒體教具。

## （二）教學觀摩

　　教學觀摩一般有兩種形式，觀摩真實課堂和看教學錄影帶。本次模擬教學採用的是後者，使用的課堂錄影為《漢語課堂教學示範‧初級口語課教學》，由北京語言大學電子音像出版社出版，影片中的學生人數、程度、教室情境、設備、課型、內容都與模擬教學情境接近。觀摩教學錄影的程序是先將此次觀摩教學的課文發給實習教師，請其完成以下的練習：1.訂出教學目標。2.標出應學習的重點，如：生詞、語法點、句型等。3.設計導入活動，引起動機。4.選擇使用的教具、媒體。5.設計師生互動的話題，藉由話題連結新、舊經驗，並在溝通中學習溝通。6.思考如何解釋、練習、協助學生使用新詞。7.思考如何搭建教學鷹架，協助學生掌握新句型。8.思考如何幫助學生，將新學的內容遷移到日常生活。9.採用何種方式來評估教學，其目標是否達成。

　　課堂上先討論各自做的練習，再看錄影，過程中輔導老師和實習教師邊看邊討論示範教師的教學語言、手勢儀態、教學流程、改錯時機、解釋方法、練習步驟、媒體使用、課堂管理等細節。

## （三）課程規劃

　　首先根據學習者的興趣設定了教學主題「旅遊」。十位實習教師須在此範圍內，各自選擇相關的話題，規劃一小時的課程，有：去哪旅行、電話訂房、登記住宿、點菜、找失物、買紀念品、幫我拍

照、換錢、講價等,之後依內容訂出教師的教學順序,十小時的課程分成兩班進行,每班五小時,這是學習者正課以外的輔助課程,因此不必事先預習,也不布置課後作業,所有教學活動限一小時在課堂內完成。

## (四)編寫教材

　　實習老師須根據學生的程度編寫教材。雖然學生的母語為西班牙語、阿拉伯語等四種語言,但限於教師的外語能力,僅能以中、英雙語呈現,漢字採用正體字,拼音採漢語拼音。編寫的教材必須包括課文、生詞、句型(或語法)、例句、拼音等項目,如有需要可附加圖片、關鍵句、詞語配搭、補充詞彙、課後練習等。

## (五)設計教案

　　教案是教學的藍圖,因此建議實習教師尋以下方式準備:1.熟讀教學內容,設定目標,規劃各部分的教學比重、時間。2.設計導入活動。製作、收集與課程內容相關的影片、圖片,或其他多媒體教具,並設計適合學生程度的討論題。3.設計課文、詞彙的練習方式。如:準備有助於理解生詞的圖片、實物、動作,設計使用生詞所需的對話情境,以及能練習生詞的語言活動。4.設計語法練習。參考語法書、語料庫等相關資料,以釐清語法點的語義,再根據所採用的教學法,設計情境、編寫練習、設計語法活動。5.找補充材料。收集與教材內

容相關且能輔助學習的資料，如：文化禮俗、語言禁忌等。6.其他：預估課堂上會出現的突發狀況；準備學生可能會提出的語法、近義詞問題，以及因為無法準確掌控時間而採的備用策略。

## （六）課堂教學

師生初次見面，先自我介紹，互相問好。因為並不要求學生課前預習，因此導入活動就需兼有引起動機和介紹主題的作用，此部分可由話題、短片、圖片展開。介紹課文時，仍可以影片來展示對話，看完影片後，詢問學生有關影片內容的理解性問題，以確定其學習起點。再逐步由複習舊生詞、練習新生詞、練習課文、討論課文，練習語法點、鞏固記憶等過程熟悉教材，最後兩兩上台做角色扮演，將教材內容應用於生活情境中，此時教師亦可評估預定的教學目標是否已達成。

## （七）同儕觀察（peer observation）

「同儕觀察」指的是教師進入其他教師的課堂裡觀看、傾聽教室中的師生互動行為，其目的在於提升專業，而非監督或評估教學。本次模擬教學的設計是當某位實習教師教學時，其他實習教師也須在教室內觀察、紀錄，不同於一般「同儕觀察」的是兩位實習輔導教師也在教室內做評估並錄影，可知此壓力已超過一般的同儕觀察，而其優點是輔導教師全程觀察、參與討論，使教學者在同儕提供的意見之外，也能有不同層次的回饋。

## （八）師生討論

　　每次模擬教學後，兩位輔導老師便和全體實習教師一起討論教學的細節。討論程序多是由輔導教師開場，先詢問教學者當天的心得，然後請其他實習教師報告觀察所得，並針對不理解的教學活動提出疑問，多次討論後，再由輔導老師點出教學設計、操作上應改善之處，如有需要，輔導教師可再次示範需要修正的操練步驟。

## （九）看教學錄影

　　近年錄影已普遍用於師資養成訓練中。看自己的教學錄影，對許多教師而言，仍有難以突破的心理障礙，但也能讓教師以比較客觀的眼光來評估自己，尤其是在教師自認為教學效果不差的課上，錄影機仍會忠實地錄下教師未察覺的「小毛病」，如：不當的教學流程、教學語言、行為態度等。因此，模擬教學後，每位教學者都要反覆地觀看自己的錄影，然後寫下反思報告，讓原本稍縱即逝的行為片段，變成可觀察、分析、反省、修正的教學成長個案。

## （十）寫反思報告

　　反思報告、日誌，原本不應有固定的形式，但由於這是第一次的「反思性模擬教學」活動，希望實習教師能清楚地去觀察每一個教學環節、教學事件，因此，在本次的反思報告作業中，預設了十

個開放性的問題，引導實習教師思考、作答：1.你在備課時對教學情況的預估和實際教學有何差異？2.請描述自己教學時用了哪些教學法？3.反思自己使用的教學策略，有哪些待改進的地方？這些不理想的教學操作對學生的學習是否有影響？你看到了哪些影響？4.針對此次模擬教學的課程，寫下你願意繼續使用並建議別人使用的教學法。5.「教學相長」寫下你在課堂上從學習者、教學情境中學到了什麼？6.「見賢思齊」寫下你在觀摩同儕教學中得到了什麼？7.「集思廣益」寫下你在教學後的師生討論中得到了什麼？8.請評估這樣的模擬教學對你的意義為何？9.為了幫助實習教師提升教學，你覺得在預備教學、課堂教學、課後討論等過程中，還可以增加哪些程序？10.你認為這樣的模擬教學該如何評分？各項目的比重為何？可包括的項目有：教學程序、操練技術、教材編寫、多媒體設計、教師語言態度……。請以百分比標示出來。


# 第四節　教師成長的途徑


　　十次模擬訓練結束後，從實習教師的反思報告中，可知此教學活動產生了頗正面的影響。與以往的課堂講授相較，不同的是實習教師角色，已由知識的吸收者變為教學活動的主體，他們在真實的情境中運用理論、交換經驗、重新建構知識，逐步提升實踐能力，輔導教師的角色則由傳統的知識傳輸者轉為知識的分享者。檢視反

思報告,可將教師成長的因素分為以下數項:與情境對話、與理論對話、學生的反饋、同儕觀摩、互動討論、檢視錄影、寫反思報告。

## 一、與情境對話

　　一般的教師在上課前多會做好各項準備,但無論準備得多周全,教學中總有意外,例如:學生的反應和教師預期的不同,使得教師須臨時變更教案(一之一),或是學生提出了老師無法立即回答的問題,使得課堂氣氛凝結。有經驗的教師,較能快速、簡單地處理突發事件,或是根據情況調整教案,但是實習教師碰到這類問題,心情就會大受影響,進而影響教學(一之二)。固然每堂課都有其獨特之處,教師也很難套用先前的理論來解決眼前的問題,不過無論教師如何選擇應對策略,靠的都是「行動中的反思能力」(reflection in action)。教師在教學情境中的實踐、反思越多,就越能在短時間內做出明智的決策。而這樣的能力離開了教學實境,便無從培養。

　　一之一

　　備課和實際教學一定會有差異,即使是覺得自己準備好了,等到實際教學時,還是會有一些突發狀況產生。首先是時間上的掌握,本來我預期可以把所有步驟清楚地帶完,結果因為時間限制,導致後面的角色扮演,沒有達到預期的效果,我急於要求學生把新學的對話背起來,還想讓他們自行替換新的詞句,結果學生不能跟上

這樣的教學步調，還是得看著稿子念課文，使得教學活動未能完全發揮效用，失去了我原本設計活動的用意。其次是課堂的應變能力，學生有時會說出一些令人意想不到的句子，教師必須有能力回答學生的各種問題，事先預想學生可能會問的問題。（宛）

一之二

預估與實際教學的差距很大，主要原因是我跟學生沒能馬上建立起默契，再加上教學時間不夠，無法多做變化，而課堂一開始就出現了一些問題，我的心情也受到了影響，所以，有點無法控制接下來的課程。（芝）

## 二、與理論對話

實習教師在模擬教學前已學過常用的外語教學法，也針對外籍學習者的華語文程度、年齡、學習背景，選擇了各自認為合適的數種教學法。模擬教學時有 10 位採聽說教學法（the audio-lingual method），6 位用直接教學法（the direct method），2 位用溝通教學法（communicative language teaching），2 位用認知教學法（cognitive approach），1 位用自然教學法（the natural approach），1 位用文法翻譯法（the grammar translation method），2 位用全身肢體回應（total physical response），2 位用整體語言教學法（whole language approach），1 位用默示教學法（the silent way）。實習教師以自己對

教學理論的理解設計教案，並在實境中印證理論的效用。雖然在溝通教學法當紅的今日，已少有人會鼓吹聽說法和直接教學法了，但是實習教師仍大量使用此兩種方法，其原因是學生的母語不同，且多為教師陌生的語言，聽說法與直接法則是可以完全不藉助學習者的母語，全程以標的語進行互動的教學法（二之一、二之二），因此十位實習教師做了一致的選擇。

　　教學結束後，根據這堂課的經驗，我請實習教師寫下在同樣情境中，會繼續使用或推薦別人使用的教學法（見圖二），結果仍有 10 位推薦聽說教學法，3 位推薦直接教學法，比模擬教學時減少了 3 位，有 4 位推薦溝通教學法，比模擬教學時增加了兩位，文法翻譯法、整體語言教學法、默示教學法則無人推薦，可知在模擬教學、互動討論後，實習教師修正了對教學法的認知，雖然教科書上寫著全身肢體回應法（TPR）適用於初級學習者，但從實際教學中學到的教訓是：面對年齡較長的初級學習者，使用全身肢體回應法時，要格外謹慎，否則教師的操作易被當作是幼稚的團康活動（二之一）。文法翻譯法則是在教學後的討論中受到質疑的教學法（二之三），外籍生的母語都不同，而教師採用的翻譯語言是英語，雖然有些學生能聽懂，但實習教師普遍認為與其用第三種語言翻譯，不如用直接法、聽說法配合 i+1 的原則，讓學生增加聽標的語的機會。另一種看法是，教師之所以需要翻譯，是因為教學中引入了超過 i+1 的內容，如果能調整教師語言、教材難度，就可以減少對外語的依賴。

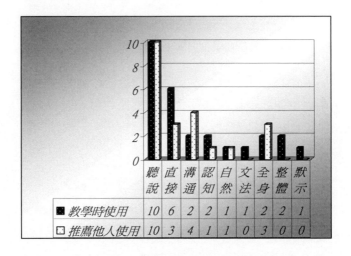

| | 聽說 | 直接 | 溝通 | 認知 | 自然 | 文法 | 全身 | 整體 | 默示 |
|---|---|---|---|---|---|---|---|---|---|
| ■ 教學時使用 | 10 | 6 | 2 | 2 | 1 | 1 | 2 | 2 | 1 |
| □ 推薦他人使用 | 10 | 3 | 4 | 1 | 1 | 0 | 3 | 0 | 0 |

圖二　選用教學法的反思

二之一

我覺得學生的程度都還在初級階段，因此「聽說法」很適合他們，藉由各式各樣的的複習、操練，不斷地重複強化他們的中文，是奠定基礎的好方法。還有溝通教學法，給任務讓他們去完成，也會提升他們的興趣及應用能力……在做動詞配合語法點教學時，我使用了TPR，期望能藉由動作讓學生理解這個詞彙加上語法的意思，並加深他們的印象。但可能是因為年齡的關係，有的學生似乎不是很情願執行TPR的指令，一直不願意做出動作……。（徵）

二之二

我大量使用直接法與聽說教學法，由於此次試教的生詞多為名詞，所以就以真實的圖片呈現，將重點放在操練上，而非解釋生詞的意義。另外，在導入活動中，透過與主題相關的圖片，讓學生依照自己的感官所得回答我的問題，進而引導他們進入教學情境。在操練的過程中，我使用的多為聽說法，利用一些替換練習、展示性問題的操作方式，加強學生對會話內容的理解與說話的流暢。（婷）

二之三

我認為應該減少學生對英語的依賴，所以大量的口說練習是相當必要的，而且他們在臺灣學習，下課後有很好的語言環境，如果肯學，進步會相當快。他們的動機強烈，又是軍人，所以對於過多的操練比較不會抱怨，但是，為了保持學生的學習興趣，課堂的操練還是要變換多種模式，比較有新鮮感。（宛）

## 三、在學生的回饋中反思

外籍生跟教師學語言，教師也從外籍生的回饋中，再次反思自己的教學觀、教學法、教學技巧。以下三之一、三之二的例子，都反映了教師備課與臨場教學的差距。若以前述 Wallace 專業發展反思

模式來看，備課的過程屬於個人經驗知識與理論知識的整合階段，而課堂模擬教學則是將教師帶入了練習與反思的循環，學習者的反應則能督促教師在行動中不斷地去反思，釐清教學情境中的諸多細節，進而設法調整既定的教學策略。

三之一

從學生的反應中，訓練自己的臨場判斷力，如：課堂中依學生上課的反應，臨時增加或刪減原本備課時預計的內容，若學生聽不懂，則須臨時修正自己的講解方式……等。學生的反應與回答並非一成不變，他們的答案往往出乎意料之外，故備課時應該盡量面面俱到，從各種角度去思考教學的內容、素材、方式和技巧。（樺）

三之二

我認為「以學生為中心」很重要，不但要考慮學生的中文程度，還要思考怎樣的學習內容是學習者感興趣的，這些是我在備課時會考慮到的，但經過這一次試教後，我發現在課堂上需要顧慮到的事情不僅於此，還包括學生的學習狀況（尤其是精神狀態），教室課堂座椅安排，學生的文化差異現象等，這些是經過實際的教學過程後，才會發現的，或許下次備課時要多加思索，預先想好每一環節，才能營造出良好的學習環境。（婷）

　　就華語的初學者而言，其中文能力雖不足以表達他的想法，但其神情、態度、肢體語言卻會說明一切。經由學習者的反應，教師進入了反思的第一步——發現問題。如：學生無法完成任務（三之三）、沒有說話動機、上課不專心等（三之四）；接著，受過基本教學訓練的教師會展開第二步——釐清教學問題，反思自己的教學策略，可能是教學的速度太快、解釋時用的句子太難，或是教師的語言不夠清楚等等；第三步是在瞭解問題後，設法解決問題。三之三、三之四、三之五的教師雖發現了問題，也釐清了問題，但仍停留在想像、推測的層次，然卻未能找出具體的因應策略。

三之三

由學生的反應可知道自己的授課速度太快，學生至後來的角色扮演時，未能呈現出具體學習成效，顯示教學的學習階梯未搭好。（詩）

三之四

學生的注意力容易分散，如果一直用同一個方式練習，他們容易因為無聊、不耐煩而不想開口，所以操練的方式必須有變化，而且難度要提升，才不會讓他們覺得沒有挑戰性，而降低學習興趣。在課堂中營造教學情境相當重要，如果情境不夠清楚、明確，學生不能憑空想像一個景象，也就沒辦法把對話直接與情境連結。（萱）

三之五

我從學習者的回應，如：回答、臉部表情、肢體語言，還有對主題感興趣的程度中，可以知道他們的學習狀況。例如他們會問一些很想知道但跟課堂內容無關的東西；我可以根據這些訊息，調整自己的教學步驟，改變自己的方式。（徽）

此次模擬教學中，較特殊的是有一班的學習者，年齡均在 40 歲以上，有較高的社會地位。三之六的教師考慮了成年人學習心理的問題，而三之七的教師則根據學習者的學能，重新檢討了自己的教學方式。這兩位教師都曾教過初級華語，只不過之前的學習對象多為二十歲左右的年輕人，兩段文字敘述了教師面對不同學習者的教學調整過程，同樣也呈現了教師本身的心理調適過程。

三之六

我覺得年齡較長的學習者需要充分的尊重，雖然，他們對實習老師很尊敬、有禮貌，但因為學生的自尊心高，心裡應該不想一直配合老師練中文。所以，對於這樣的初學者，老師應該多給予鼓勵；課堂要從容進行或時有談笑聲出現，保持學生的學習動機。（芝）

三之七

有些要操練的句子，我忽略了從易到難、從限制性問題到開放性問題，鷹架搭得不夠好，所以學生花在理解句子意思的時間較多。又由於年紀較大的學習者的記憶力

有限，所以必須用 i+1 的方式，從不斷的操練中，建立
起他們對句子的印象及了解，就像長的句子，必須用梯
形練習逐漸把完整的句型帶完……。（萱）

## 四、在同儕觀摩中反思

「教學相長」是實習教師從學生的回饋中反思教學。「見賢思齊」
則是從觀摩同儕教學中反思教學，其不同在於從學生的反應中，實
習教師較容易發現自己教學上的問題，但未必能找到合適的解決方
案，但在教學觀摩中，實習教師則能從背景知識、教學能力相當的
同儕教學中，看到值得學習的技巧、須修正的策略，以及自己從未
注意到的細節（四之一、四之二）。

四之一

幾位同學在 PowerPoint 及影片上發揮了創意，在教學上
加了很多分，是我這一次學到的寶貴經驗。……對比了
同學使用的教學法，發現自己準備的開放性問答不夠，
內容也不夠有挑戰，期許下次自己備課時能朝這方面多
準備。另外，在教學流程方面，幾位同學的呈現都不相
同，做法雖不一樣，但成效都很好，像是利用以舊帶新
的方式，帶領學生進入教學主題，確實發揮了很大的效
果，這點提醒了我，備課時若能換個角度思考，在考慮

到學生認知發展的情況下，調整一下教學程序，不但能有更好的教學成效，而且學生也會有新鮮感。（婷）

四之二

這次的觀摩，我學到了很多，我發現了許多以前從沒想過的細節，例如：課堂問題的設計、教師的語言動作、每一個詞彙的使用、帶活動的方式，讓我大開眼界。……我們從旁觀的角度，觀察教師、學生的互動，能發現更多關於「教」與「學」的歷程知識，這都是光看教科書無法獲得的經驗。在一個課堂教學中，其背後運用到的原理、教學法，是我平時想不到的。（徽）

　　四之三的敘述裡，特別提到教師的教學語言，一是肢體語言，如：善用手勢可以節省教師說話的時間，增加學生練習的次數。另一項是教師的教學語言。事實上，要求新教師根據學生的程度來調整教學語言，是很困難的，因為教師並不清楚學習者掌握的詞彙範圍，另外就教學語言的品質而論，這次參與實習的教師，語言不夠規範者超過半數。實習教師雖能聽出他人語言錯誤，也知道某些發音該怎麼說，但由於平時並未刻意自我糾正，因此在課堂上一緊張，不規範的語音、語法和過多的語氣詞、口頭禪就自然呈現出來，但旁觀者卻能看得一清二楚。

四之三

在這次的觀摩教學中，我從同學的教學之中學到了很多，包括上課使用的手勢、課堂語言、課堂操作等。從

手勢來說，教師應該要有一些手勢來輔助教學，尤其是初級的學生，在教室語言的部分如果超越他們的程度，此時我們可以運用手勢來幫忙他們理解，而適當的手勢運用也可以減少教師不必要的發言。像是點學生說話的部分。在同學的教學裡，我還學習到了教學語言，每個教師都有自己的特色，所以教學各異，但是不變的是，教師應該有一個大致的語言規範。（慶）

## 五、在互動討論中反思

觀摩同儕教學的時候，我們要求每個人都做筆記，因此模擬教學後的討論，除了集思廣益找出種種還應注意的細節外，也能讓參與者瞭解自己是否有足夠的判斷力去評估教學，或是在觀察時忽略了什麼重要的部分（五之一）。在反思報告中，實習教師也多次提到輔導教師在討論中的作用，由於此次採用的是協同教學模式，兩位專業背景不同的輔導教師一起參與活動計畫、執行，實習教師也因此能在過程中獲得來自不同專業的意見（五之二、五之三）。

五之一
互動討論能印證自己觀摩同學試教時，所做的判斷是否正確（是否看出同學的優點及缺點），也能發現自己備課及教學時的盲點，獲得許多教學重要的經驗和技巧。（樺）

五之二

每個人在教學中都會存在著一些自己看不見的盲點，老師或同學的建議，可以讓我更了解自己教學上的缺失，並加以改善。Z 老師的專長是多媒體輔助華語教學，所以他給予我許多多媒體應用的幫助，關於影片設計的部分，可以採用多個鏡頭拍攝和用錄音筆同時收音。S 老師則在教學步驟和教學方法上，給予我許多建議，像是搭教學鷹架時，鷹架不能搭得太快，也不能太高，要一步一步讓學習者跟得上。（宛）

五之三

在師生討論過程中，可以更了解學生的學習情況，例如：學生沒有什麼曖昧容忍力，需要外語的輔助學習才有安全感等。還有從別人身上看到自己可能會犯的錯，在試教時能避免，例如：不明確的暖身活動可能會導致學生產生困惑。值得一提的是，有些我從沒想過可能是問題的問題，這一次經過老師的提醒也發現了，例如：教生字的方式與流程、課程內容的難易度問題。另外，學到一些在教學上可能會遇到的問題及其應對方式，像是學生人數若為奇數時，老師可以與學生練習，或是利用手邊的人力資源，讓學生有機會跟母語者練習。總之，在這兩三禮拜中，聽到兩位老師對大家的建議與指導，我覺得自己成長了不少。（婷）

# 六、在檢視錄影中反思

「當局者迷,旁觀者清」是教師在「檢視教學錄影中反思」的最佳註腳,觀看自己錄影,教師脫離當局者的身份,而成為旁觀者,許多教學盲點在此時便能自然澄清。此外,人在一段時間內的注意力有限,新手教師處於複雜的教室情境中,實無法注意到所有發生的事情,若能在課後仔細、反覆檢視自己的教學錄影,便能以較客觀的立場去分析。教學中被忽略的問題很多,如六之一的操作決策錯誤,從錄影中教師反省到自己教學的步調太快,輸入的資訊不足,且未能為學生搭建合適的鷹架,而使得教學成效不明顯,之後,教師也根據所看到的錄影帶,提出了修正策略;此外,錄影中最容易看到的是教師的肢體動作與態度,例如:忽略學生、屢屢看手錶、態度嚴肅等問題(六之二、六之三、六之四)。也有教師從中察覺了自己的語言錯誤,如:同一個詞彙的前後發音不一致(六之三)等。

六之一

生詞「打 X 折」的部分,我只舉了一個例子之後就要學生類推,例子明顯不夠,容易讓學生一開始就受到挫折。應該多舉幾個「打 X 折」的例子,加上實際數字以呈現中文「打折」與英文「打折」的不同處,並以具體算式讓學生理解後,再讓學生試著類推中文「打折」的說法。……課文操練部分,只領讀過一次,練習次數太少,之後直接讓學生進行創造性的角色扮演,速度太快。應

可在課文領讀後，由我先扮演老闆，學生先扮演客人來進行操練，之後交換練習。完成後，請一半學生扮演老闆，一半學生扮演客人進行操練，之後再互換角色。藉著多次的課文操練，讓學生鞏固學習記憶後，再讓學生進行角色扮演活動。……整體授課速度太快，所以在角色扮演時，無法看出學生的學習成效。應可將最後的創造性角色扮演活動改為兩兩一組的課文填空，如此可讓學生至最後能看見自己的學習成效，對自己的學習增添信心。（詩）

六之二

我會不自覺地有一些肢體動作，看起來很奇怪。有一次問完學生問題後，我沒聽他講完就轉身回去弄電腦，可能會讓學生覺得我不重視他。……有些學生坐的比較遠，加上我對學生名字不熟悉，所以有些人沒叫到，使他們缺少了練習的機會。（徽）

六之三

「法」國的「法」有時念三聲，有時唸四聲，應多注意前後一致。……我上課的態度似乎比較嚴肅，容易造成學生的恐懼感或距離感。（樺）

六之四

……不應該常看手錶，看影片後才發現，我在課堂上看了 10 次以上的手錶。這樣態度真的不好。(真)

# 七、在反思報告中成長

寫反思報告前，實習教師須多次檢視自己的錄影，以找出教學的問題。從七之一的敘述中，可看出教師對自己改錯方式、備課以及個性的反思。七之二的教師則反省了因課堂時間掌握不當，影響了操作程序，使得教學重點不明確。七之三的教師為了情境需要，選擇「與其……不如……」做為練習的語法點，此已超過初級學習者的程度，違背了循序漸進的教學原則。七之四的教師反省了自己的教學語言，其結論是不僅語言形式須符合規範，教師的語言品質也很重要，例如：冗詞贅語要盡量減少、使用的語言要與上課情境相合、要選用有價值的語句進行操練。在反思中，每位實習教師都發現了自己的不足，然而發現不等於解決問題，之後仍需要不斷地練習、修正，才能逐步改善。

七之一

對我來說，在一節課教完我所要教授的上課內容，讓學生在課後至少還能記起一些內容，是很不容易的，所以必須快、狠、準。在操練的時候，不只要速度快、時間掌握得好，而且每個學生練習的次數都應接近；發現學

生的錯誤要狠心糾正，不能讓他們一錯再錯，不過糾錯
也要視情況而定，要讓學生犯了錯，也樂於改錯；為了
讓學生的語言夠標準，老師的語言必須是學生能模仿
的。操練的句子、練句型的方式在備課時也都必須下工
夫。一堂課要照顧到的事情相當多，教學的進度、學生
的反應、學生的錯誤等，都會影響整個課堂的感覺，教
師要做到鎮定、從容不迫，真的很不容易。（萱）

七之二

最大的問題還是時間的掌握，由於課堂時間的分配不
當，後半段的練習沒辦法讓學生一一地問與答，只能由
老師快速地點學生回答問題，加上後來顧及到課堂的整
體性，還略過了後面的句型練習，反而讓這一次的試教
顯得失去了重點，對學生而言，難度也不夠高。雖然試
教的對象並沒有明顯的不耐煩，但是我不曉得這樣的教
學內容及密集操練的方式，對他們而言，是否下了課就
忘記了？另外，此次試教我將重點放在學生的溝通互動
上，至於學生的發音問題則沒多加矯正，只要學生說出
的句子是對的、完整的，我就不再加以練習了，學生的
發音顯得不太標準。（婷）

七之三

我選擇教授的語法點偏難，應要適合學生的語言程度：
其實這節課我只想要他們認識「與其……不如……」的

用法，以後若他們在臺灣聽到別人這樣的說法，不至於
會聽不懂，如果有足夠的時間（2～3 節課），我想我會
再帶他們進入這個語法的情境，學習語法是必要但又不
可操之過急的，有其循序漸進的過程，若在一節課全部
教完其用法和情境，恐怕會事倍功半、得不償失。（榮）

七之四

這次的教學，因為準備了很久，所以很多問題其實已經
避免了，但在這次實際的教學裡，仍有很多小問題突顯
出來，例如：教師的語言有過多的贅詞、上課的語言應
正式、操練選用的句子要適當。……過多的贅詞對於初
級學習者來說，是飛過去的噪音。尤其是在課上，教師
若使用不適當的語句，可能會讓學習者不自覺地模仿，
教師必須謹慎思考每一個句子，是否合乎文法，是否都
值得學習者學習，甚至背下來使用。（慶）

# 第五節　反思性模擬教學的評估

模擬教學結束後，要如何評估這個活動？應包括兩部分：模擬
教學的操作評估，亦即教師於種種準備後，在課堂上呈現出的教學
能力，此或可以合理的百分比顯示，而各項所佔比例，則由參與模
擬教學的實習教師共同決定。另一部份則是實習教師在經歷教學、

觀摩、討論等過程後，專業的收穫為何？此雖是整個教學活動的重心，但很難量化，因此就僅能以反思報告來呈現。

# 一、如何評估課堂模擬教學

整個模擬教學活動結束後，請實習教師寫下他們認為應列入模擬教學評分的項目與比重，平均結果如圖三：

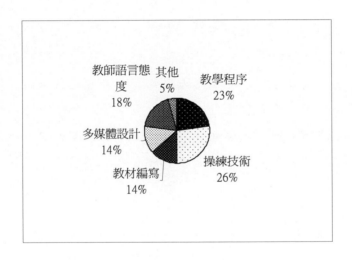

圖三　模擬教學的評估項目與比重

就平均結果來看，實習教師認為模擬教學中最重要的是操練技術，佔 26%，其次是教學程序佔 23%，再其次是教師語言態度佔 18%，而後是教材編寫和多媒體設計各佔 14%，其他一項是同儕間的互助

佔 5%。列出比例的同時，也請實習教師以文字說明此比例分配的原因，比較特別的是「教師語言」一項，分數比重不是最高的，但卻是大家著墨最多的，可知在觀摩他人與自己教學錄影後，教師的語言、態度讓實習教師留下了深刻的印象：

1. 教學程序：教學程序是整個教學的架構，必須事先規劃好順序，如果流程中遺漏了某個環節，整個教學就不會流暢，連帶的效率就降低了。

2. 操練技術：操練的技術不純熟或是指示不清楚，便會造成學生不安，讓他覺得學中文、以中文溝通是一件困難的事。

3. 教材編寫：須符合學習者的程度、年齡、國籍、需求，並遵循 i+1 原則設計。內容偏難或偏易，容易讓學生有挫折感或是缺乏成就感，而教材也是學生帶回家的參考資料，因此必須審慎製作。

4. 多媒體設計：多媒體在教學上是很好的工具，能讓學生有新鮮感，集中注意力，活絡整個課堂，因此，若是教學資源充足，教師可以設計大量的多媒體教具，輔助教學。

5. 教師語言態度：教師須專業、和善、有自信，且要有適度的威嚴，使學生能輕鬆卻認真地面對課程。教師是語言的模範，其語言、態度都會成為學生模仿的對象，教師的語言合規範，學生才能從輸入中得到正確的知識。教師語言的難度也決定了學生理解的多寡，所以教師必須慎選語言，如果學生無法理解教師語言，即使有再好的教材、流程，也無法傳遞給學生。另外，也要注意教師的言行對學生的影響。課堂上，不

只是教師觀察學生，學生也在觀察教師，教師的反應、面部
表情與肢體動作，都是學生注意的地方。

6. 同儕間互助的精神：單打獨鬥激不起集思廣益的創意，同儕
間應培養互助合作、不吝惜分享的態度。

## 二、對內在專業成長的評估

「模擬教學」原本是單純的培訓活動，但是要以錄影機拍下整
個過程，再加上輔導老師、同儕在場觀摩、紀錄，其壓力之大可想
而知，不過整個活動的設計，卻加速了教師的成長（之一）。就所投
注的心力觀之，實習教師為了這一個小時的教學，每個人都花了十
個小時以上的時間備課，仔細思考每一個上課使用的句子、例子，
並經歷由編教材、教案、教學到反思的真實過程，這些經驗的總結，
未來當能應用到真實的教學情境中（之二、之三、之四）。

之一

我覺得模擬教學的壓力很大，但是在壓力中反而使我成
長得更快，透過模擬教學，我更了解實際教學的情況，
也更了解自己，還能在觀摩和批評指教中得到很好的建
議。（宛）

之二

準備這個模擬教學，我得花十二到十五個小時，因為教

學的每個步驟都有方法，及須要注意的事項，而整個課
堂的氣氛要如何經營也是相當重要，老師即使教得再
好，可是課堂氣氛不活絡，整個教學就是失敗。（萱）

之三

這次的模擬教學，對我自己來說算是一個里程碑，認真
地準備一次課程，然後將它付諸實行，看看自己能做到
多少。雖然結果還是有缺點，但是我能確切地說自己進
步了。……教材教法這門課較為特殊，教學方法都是先
由「做」才會「得」，因此如果只瀏覽書本，我們就難以
去操作並且習得，這堂試教是期末的總結。（慶）

之四

可以獲得老師和同學「實質」且「立即」的回饋；發現
自己的盲點；訓練臨場反應與膽量……。（樺）

之五

從我個人的模擬教學來看，事前要準備的工作很多，包
括調查學生個性、習慣，還有他們的學習態度、內容、
到目前為止的詞彙程度……等，必須一直跟同學們請
益、討論，然後才能著手設計課程。在這個過程中，同
學毫不保留地給予意見，修正我的教學內容，這種共同
奮戰的感覺很好，讓彼此之間更加熟悉、瞭解。經由一
次次的切磋，使我的教學內容更加豐富、完整，還能刺
激出新的想法，我覺得自己成長了不少。在進行教學時，

因為有了充分的準備，可以較從容地面對學生。雖然我在臨場反應上仍嫌不足，進行操練的指令和操作尚未熟稔，可是我發覺自己已經用了許多以前沒用過、沒想過的新方法、新嘗試，並加入了這學期的所學，真的十分充實、有趣。（徽）

## 第六節　結論

「反思性模擬教學」模式不僅要鍛鍊實習教師的理性思維，也要從真實的教學問題中，發展教師解決問題的能力。此模式最大特點是簡化學習任務，避免讓新手一開始就面對超過能力負荷的情境，使其逐步掌握技能。另一個特點是在過程中，新手可以從自己的行為結果中獲得正向、負向的回饋，並有機會思考對策。然而教學的情境異常複雜，須有和自己知能相仿的同儕提供觀察意見，也要藉助專家教師的檢視，在綜觀全局後，為新手掃除盲點，訂定下一個專業發展目標，最後，實習教師還要反覆觀看自己的教學錄影，反思教學過程，好找出周哈里窗（Johari Window）（Joseph & Ingram, 1969）中自己知道、別人不知道的封閉自我，以及自己不知道、別人不知道的隱藏自我。

檢驗真理的標準就是實踐。要學會游泳，就得下水反覆練習；要學會開車，就得手握方向盤上路。學會教學和學習其他技能類似，離不開理論、實踐、反思的循環過程。只要培訓步驟設計得宜，實

習教師就不難從不同的模擬角色中，逐漸掌握教學的原則與技能。反思性模擬教學提供實習教師全方位的教與學體驗。回顧第一階段的模擬設計，實習教師須扮演學生，親身體驗教師種種課堂行為（如頻頻看錶、打呵欠）、情意關卡（affective filter），對語言學習的影響。在第二、三階段的模擬教學中，實習教師有機會體會師生角色的轉換、觀察同儕授課，並旁觀外籍生的學習行為，藉著不斷地換位思考、反思，就能理解不同理論在教學實踐中的功能與限制，並逐步建構起個人的教學觀，發展符合能力的教學策略。課前準備時的同儕互助、教學後的師生討論建立了知識交流的平臺。歷時三週的「反思性模擬教學」結束後，外籍學生、實習教師、輔導教師都有了滿意的收穫，而此收穫來自真實情境的磨練、師生的互動與個人深切的反思。

# 第七章

## 華語文教師內隱知識的開發
## ——課堂教學鷹架的檢視

第一節　前言

第二節　理論基礎

第三節　課堂教學鷹架分析

第四節　內隱知識的呈現

第五節　結論

# 第一節　前言

臣之所好者道也，進乎技矣。始臣之解牛之時，所見無非牛者；
三年之後，未嘗見全牛也；方今之時，臣以神遇而不以目視，
官知止而神欲行。依乎天理，批大郤，導大窾，因其固然。技
經肯綮之未嘗，而況大軱乎！良庖歲更刀，割也；族庖月更刀，
折也。今臣之刀十九年矣，所解數千牛矣，而刀刃若新發於硎。
彼節者有閒，而刀刃者無厚；以無厚入有閒，恢恢乎其於遊刃
必有餘地矣，是以十九年而刀刃若新發於硎。雖然，每至於族，
吾見其難為，怵然為戒，視為止，行為遲。動刀甚微，謋然已
解，如土委地。提刀而立，為之四顧，為之躊躇滿志，善刀而
藏之。

──《莊子・養生主》

　　莊子在〈養生主〉中，寫了一個令人讚嘆的故事──庖丁解牛。
一天庖丁為文惠君解牛，文惠君不解何以血腥的屠牛過程，可以達
到幾近藝術的境界，經過庖丁解說後，文惠君領悟了養生的道理。
養生之外，這段文字若拿來詮釋專業人才的培訓，則另有一番深意。
故事中，庖丁描述了自己專業發展的歷程，在新手階段，他眼中看
到的是整頭牛，宰牛時胡亂下刀；三年後，眼中已不見全牛，看到
的是牛的骨節筋脈，因此不再盲目地往大骨上亂砍；晉升至專家階
段，庖丁僅憑意念，無須依靠感官，就能順著牛身組織的間隙運刀，

連皮肉骨節相連的地方都不曾碰到，何況是大骨橫陳之處，所以即使一把刀用了十九年，宰了數千頭牛，刀刃卻像剛磨的一樣。無論何種專業，遇到難題，若可展現庖丁「動刀甚微，謋然已解」的身手，都讓人欽羨。

觀摩課堂的時候，看到許多教師一如庖丁，完美地將技術與藝術融於教學之中，不禁讚嘆；培訓教師的時候，看到不少新手在課堂的大海裡掙扎，尋找求生的浮木，令人同情。而世上確有一種知識「雖在父兄，不能以移子弟」，像庖丁解牛、像大師繪畫，也像名師教學，它屬於程序性的內隱知識（tacit knowledge）。因此有人說「教學法不是教出來的，而是悟出來的」但在面對新教師詢問教學法的時候，這樣的回答著實令人沮喪。如果有一種方法，能將能幹的教師（proficient teacher）和專家（expert）（李婉玲，2005）擁有的內隱知識，轉化為具體的、可見的、可言說的外顯知識（explicit knowledge）呈現出來，或可縮短新手摸索的時間。

教學不簡單，第二語言的教學似乎更難了。數學老師教書，有自己的學習經驗可資比對，教到四則運算，老師知道最難的是除法，必須謹慎處理。教華語就不同了，中文為母語的華語文老師對自己如何學會說話，曾經遇到過什麼困難，如何解決，幾乎沒有印象，因此當外籍生發不出韻母 yu（迂）的時候，除了讓學生注意嘴型、一再模仿外，幾乎就沒有別的辦法了，因為他自己、周圍的人沒有這樣的問題，而 yu（迂）僅是學華語、教華語的數百個難點之一。教師在教華語的初期，即所謂的門外漢（novice）、入門者（beginner）階段，常得面對不曾想過、見過的語言問題和語言偏誤，其結果自

然是無法招架，無言以對。由於外語學習者的背景多元，再加上無舊經驗可資比對，第二語言教師由新手到專家的過程也相對漫長。然而在全球華語學習持續增溫，教師需求殷切的今日，如何有效縮短師資養成時間，是培育工作者須思考的。

　　華語教學在臺灣發展了五十年，十多年來大專校院的華語教學相關單位已超過十個，就一般規劃的課程內容觀之，外顯知識的傳授遠大於內隱知識的培養。雖然「靠經驗教學」在學術界仍是個貶義詞，也少有研究探討實踐經驗的開發，然而華語文教學畢竟是一門應用性學科，由實踐所累積的經驗不容忽視。我們逐一檢視日常教學行為，便可知教師所憑藉的多屬「內隱知識」，亦即由經驗建構而成的自動化操作能力。教師能力的成長，是以教室為實驗室，經過長年反覆練習、修正，而後完成屬於個人的、有系統的內隱知識，雖然此知識來源不同於傳統的外顯知識，亦難客觀化、具體化，但因其與教學成敗息息相關，故值得吾人進一步去探索。基於以上的想法，本文嘗試以真實課堂的師生互動為研究對象，分析不同的教師如何搭建由中到高級的發問鷹架，再從教師的操作中找出有價值的內隱知識，盡可能以描述的方式轉化為可見的、易掌握的顯性原則，以期未來能用於新教師的培訓。

　　本文描述的教學情境、引用的影音資料來源有二：一是筆者2006、2007年暑期於北京，參觀普林斯頓北京班（PIB）、哈佛北京書院（HBA）、清華大學IUP中文中心、北京師範大學加州班、北師大二附中海外學年（SYA）等單位的課堂旁聽、教師訪談紀錄，以及部分單位提供的教學影音資料。二是中原大學學生的實習錄影。

所有的影音資料都先轉錄成文字，並根據事件分類，以利研究分析、檢索。

## 第二節　理論基礎

## 一、教學鷹架

　　教學鷹架概念源於二十世紀三○年代俄國心理學家 Vygotsky（1978）的「最近發展區」理論(zone of proximal development)，其定義為「學習者實際的發展水平與潛在發展水平之間的差距。前者是指能獨立解決問題的能力，後者則是在與成人（或其他有能力的同伴）合作下，能夠解決問題的能力。」數十年後，Vygotsky 的著作翻成英文，Wood, Bruner and Ross（1976）在其學說的基礎上提出了鷹架（scaffolding）教學理論，其含意為教師在協助學習者解決超越其個人能力的問題時所扮演的角色。設置鷹架，是要控制學習任務的難度、份量與內容，為學習者除去不必要的挫折與障礙，使其在注意力得以負荷的情境中，逐步提升。Greenfield（1984）認為鷹架技術應用於教育，有五項特徵：提供支援、做為一種工具、拓展工作者的範圍、使原本不可能的事成為可能、必要時必須選擇性地運用。置於語言教學，可補充說明如下：

1. 提供支援：教師以示範、暗示、改錯、補充、提示等方法提供語言材料。

2. 做為教學工具：教師採用鷹架逐步養成的概念進行擴展練習、引導對話使學習者能掌握語言。

3. 拓展工作者的範圍：教師藉由教學操作，協助學習者逐步擴大詞彙量、語句長度、內容複雜度、溝通範圍等。

4. 使原本不可能的成為可能：教師引導學生，逐步完成個人無法獨立達到的目標，如：由句提升到句段，由句段提升到篇章。

5. 必要時須選擇性地運用。

為滿足上述的教學需求，教師應具備以下的相映能力：

1. 能示範適當的語言行為：教師應具備較佳的口語、書面表達能力，而其語言能做為學習者的模範。

2. 作業結構化：能根據學習者程度、教學內容搭建適合的學習階梯與鷹架。

3. 每次學生只需專注於現有能力能完成的部分：教師須審慎評估學生能力，提供 i+1[1]的學習資訊。

4. 教師角色漸由引導者轉為提供支援的觀察者：教學是逐步放手的過程。當鷹架拆除之後，建築物仍能挺立，學習者須能在教師放手後獨立使用語言。

---

[1] 「i+1」此來自自然教學法的輸入假說（Input Hypothesis）。「i」指學習者目前的語言水平，「＋1」表示應習得的更高一級語言能力，亦即學習者通過理解稍微超出其目前語言水平的輸入而產生習得。（Krashen & Terrell, 1983）

## 二、學習者與語言程度

教授不同程度的學生，教師搭鷹架的方式、技巧也不盡相同。若粗略將第二語言的學習者分為初、中、高三級，中級以前的課堂教學，多是以教師為中心，採焦點式、受控式（Brown, 1994）的方式進行操練，具體的教學技巧有領說、代換、擴展練習（梯形練習）、控制性問答、連鎖訓練等，教師搭建鷹架的變化有限，新手教師也不難在短時間內掌握基本的教學流程。中級邁向高級程度的教學，則有別於前者，教師須根據不同的主題，設計適當、多元的溝通情境，搭建符合 i+1 原則的教學鷹架，以提供學習者自由組合語言成分的機會，此外，還須不斷引發、延續學習者的表達動機。相較於初級，中級課堂裡的形式（form）操練較少，而著重內容、意義（meaning）的互動練習增多，以協助學習者整合新、舊語言材料。由中級邁向高級的教學，其課堂中的變數增多，也較易展現不同層次教師的內隱知識，因此本研究鎖定此範圍來觀察、分析。

本文對學習者程度的界定，是依據美國外語教學學會能力指標（ACTFL Proficiency Guidelines）[2]。該指標對中級、高級學習者的口語特徵，大致的描述如下「中級（Intermediate）：學習者能將學過的語言成分重新排列組合，但主要是在應答的情況下。學習者能以簡單的方式開始、起碼地維持、結束一次基本的溝通任務，語言的表現是既能發問也能回答。高級(Advanced)：可以積極參與交談。能

---

[2] ACTFL Proficiency Guidelines. (1986). *American Council on Teaching Foreign Languages.*

主動開始、持續、結束範圍較廣的交談任務。即使情況複雜或偶有
意外轉折，也有能力運用語言技巧來傳達意思，學習者的語言能滿
足學校、工作環境中的需求，也能以一長段前後連貫的話來敘述或
描述事情。」根據此指標，為使中級學習者能順利達到高級程度，
教師在設計教學與搭建鷹架時，多有以下的思考：1.為引起學習者交
談的動機，要能持續提出學習者有興趣的話題。2.為擴大學習者討論
的範圍，談話主題需由淺而深、由具體而抽象、由單一邁向多元，
由形式中心轉為意義中心。3.培養學生應付變局的能力，教學重點應
由操練語言結構轉為仿真的語言互動。容許交談中出現小的語言錯
誤，處理錯誤的策略是以溝通差異來代替直接糾錯。4.語言的發展是
由句邁向句段。從單句表述一個概念，提升至由多個句子圍繞一個
主題進行相關的討論。因此控制性、封閉性等以記憶為主的互動練
習須減少，而理解性、分析性、評價性的練習要增加。


## 三、內隱知識

　　內隱知識的討論由來已久，最早可溯自 Aristotle 的知識分類，
他將知識分為三類：Episteme（宇宙的知識）、Techne（與事物相關
的特殊背景知識）和 Phronesis（以經驗為基礎，與感覺有關的知識，
屬於實踐的智慧，即 practical wisdom），第三類則接近內隱知識（tacit
knowledge）。進入二十世紀，Polanyi（1958），在 *Personal Knowledge:
Towards a Post-critical Philosophy* 一書中，提出「內隱知識」的概
念。外顯知識和內隱知識的區別在於：前者指可以形式化、制度化，

能用語言傳遞的知識，與傳統知識論的觀點相同，即人類是藉由觀察、分析外在的事物來獲取知識，知識的主、客體是分離的。而內隱知識則屬個人的、與特別情境有關的，較難以形式呈現、表達出來，人類是藉由介入情境和事物發生關連，在過程中默默地整合各種細節、特點，以創造概念或模式（基模）。Polanyi 解釋兩者，認為人類能主動創造、組合其自身的經驗以獲取知識，但很難以語言有系統地傳播，因此「我們所知的遠比我們能說的多（We can know more than we can tell）」。此觀點脫開了傳統的心和身、理性與感情、主體與客體、知者與被知者的二元思考，科學性的客觀呈現（如：文字、數字），並非知識的唯一來源，多數的知識，是產自人類為著某種目標奮力跟世界打交道所取得的成果。心理學者 Sternberg（1997）亦將知識區分為「正式學術知識」（formal academic knowledge）和「內隱知識」兩類，內隱知識的三種性質是：第一，是關於如何行動的知識，其本質是程序性的。第二，它與達成個人的目標有關，與學術知識不同。第三，人獲得這類知識時很少需要藉助他人的幫助。此與 Polanyi 的想法一致。內隱知識是目標取向的，能指導人的行動，是個人與外在事物互動後，所獲得的內在發展。

　　隨著知識經濟的熱潮，世界經濟合作與發展組織（Organisation for Economic Co-operation and Development）於 1998 年度報告《科學、技術和產業展望》中提出了「知識經濟」概念[3]，從知識經濟學的角度將知識分為四類：know-what，是有關於事實的知識；know-why，是有關自然原理和科學的知識；know-how，是做事情的

---

[3]　見 http://www.oecd.org/dataoecd/51/8/1913021.pdf

能力和技巧；know-who，是知道誰擁有所需的知識的訊息，而其中 know-how 與 know-who 屬於內隱知識，需要從實踐中學得（Learning by Doing）。若將這些概念放到華語文教學實境，不難發現內隱知識在教師日常工作中扮演了極重要的角色，甚至主導了整個教學行為，開發內隱知識，就是將教師已經自動化了的能力，轉化為可見的、可言說的外顯知識。

## 第三節　課堂教學鷹架分析

教學精熟的教師在操作內隱知識時，一如庖丁解牛「以神遇而不以目視」，憑意念、直覺而行，那麼該如何呈現、組織這些教師的內隱知識？我嘗試從不同的課堂、教學錄影中擷取近似的操作片段，轉錄成文字稿，而後進行分析比對。必須承認的是屬於教學藝術的部分，依然沒有捷徑，它得靠時間的淬鍊、經驗的累積與教師自我的深層反思，而後才能逐漸提升。然而屬於教學技術的部分，卻可以經由掌握原則、練習而逐步改進。以下將分析三則從中到高級的課堂討論，內容分別是文學、經濟與音樂。

## 一、鷹架分析：討論文學

本案例的討論內容是文學，教材選自《無所不談：現代漢語高級讀本》（Chih-p' ing Chou, Hua-Hui Wei, Kun An & Wei Wang, 2006）

的〈現當代的中國文學〉。在 38 分鐘的問答裡，教師提出了 20 個問題，平均兩分鐘引入一個新問題。互動的基本形式為教師提問、學生回答、同學補充、呈現歧見、提出正反理由、尋求共識、教師回饋。教師提問後，通常不只一個學生會提出意見，在呈現各自意見並充分溝通後，教師提醒該注意的語言偏誤，而後由同學做簡短的結論。從語料分析中可知該教師的發問特點有：

1. 隱性問題多，顯性問題少[4]。隱性問題有利於刺激學生思考。教師的提問中僅有開始的(1)T1[5]、(2)T1 屬顯性問題，亦即學生須熟讀課本內容才能回答，其餘的全為啟動思考、分析、推理等心智活動的隱性問題。此種發問方式能刺激學生自由運用語言，而不僅是記憶課文的內容。

2. 發問中包含不同認知水平的題目[6]。以 Bloom(1956)訂定的認知領域行為目標檢視，可知教師的提問包括了各種認知水平的問題，且分佈平均（見表一）。其中知識類的題目最少，僅佔 5%，推知教師並不把記憶課文細節當做學習的重點；理解類的題目最多，佔 30%，顯示教師在意學生是否瞭解課文，以及能否轉述或重新組織內容。

3. 採用不同的關鍵詞語發問。教師交替使用「有何不同」、「哪些」、「為什麼」、「說明理由」、「你怎麼看」、「你覺得」、「你

---

[4] 隱性與顯性問題的區別是：學習者在課文中能找到答案，直接回答的屬顯性問題，反之，須經過思考、分析、推理、綜合才能回答的則為隱性問題（楊惠元，2007）。

[5] (1)T1 的意思為：(1)表示問題的順序，T1 指第一個案例的教師。

[6] 根據 Bloom(1956)認知領域的行為目標分類，認知水平由低到高依次為知識、理解、應用、分析、綜合、評價。

認為」、「說說你的看法」等詞語，讓學生熟悉人際互動中的
不同發問形式，並盡量以開放式、假設性的問題鍛鍊學生分
析、解決問題的能力。

4. 引導方式明確，使學生容易理解教師發問的主旨。以(16)T1
到(20)T1 為例，教師提出的問題已由課本主題延伸至個人經
驗。從課堂觀察中，看到學生在某些難度較高的問題上，依
然能對答如流，推知提問前，教師已針對學習者的能力做了
相關的評估。例如：某話題能否引起學生的興趣、學生的生
活經驗是否足以支持、延續討論。就教師語言分析，描述問
題時，該教師能自如地控制詞彙、句式難度，以簡單易懂的
語句陳述情境，使學生能迅速掌握問題重心，進而積極、主
動地參與討論。

5. 問題豐富多元，脈絡清楚，由中心向外圍逐漸展開。教師先
針對課文中的文學本質發問，以探測學生是否熟讀課文。隨
之將話題轉至個人的閱讀經驗，這是鼓勵每個人表達意見的
開放式問題，學生發言十分踴躍，其中一位提到對魯迅作品
的看法，說：「魯迅用文學，就像醫生治病一樣，救中國的社
會，他想改變人的思想。」教師繼而延續學生的話題，提出(4)T1
到(6)T1 文學與政治，以及兩者的影響等問題。接著由現代文
學談到古代文學、文學與電影，中間還加入了課文提到的嚴
肅話題(10)T1、(11)T1，討論了「文學的形式和內容哪個重
要？」顯然對此話題感興趣的只是「小眾」，因此在一兩位深
有體會的學生發言後，教師就巧妙地把問題轉到個人的寫作

經驗上,「小眾」的話題又成了大家都能討論的事了。教師所設計的問題,兼顧了教材內容與生活經驗,也注意到全體與個別學習者的興趣,談論的主題雖是文學,但是也自然連結了與學生生活相關的電影、網路文學、諾貝爾獎等熱門話題。

課程結束,我請教授課教師,如何能設計得這樣巧妙?他說:「因為學期快結束了,學生比較疲累,對課本內容的興趣不高,備課寫下來的很多問題,根本沒機會用上。課上大家興致勃勃討論的話題,其實是根據學生當場的反應,臨時抓的。」從教師的回答中,看到了教學現場中不可控的變數,而因應此變數的是教師教學的技術與藝術。藝術部分與教師的教學經驗、文化素養、知識廣度、個人特質有關,是漫長的陶冶過程。技術的部分是指教學的一般操作原則,例如:選擇問題類型、使用恰當的發問詞語、規範的教師語言等。許多新教師都擔心課堂上的「變數」,然而課堂的「變」實為教學的「常」,例子中的教師 T1 因為學生在課堂上的反應與預期不同,而當下決定調整原先的教學計畫,然其教學操作卻仍能不違鷹架搭建的原則,亦能符合學習者的程度,這是成熟內隱知識的展現。

表一　T1 教師的問題類別

| 類別 | 知識 | 理解 | 應用 | 分析 | 綜合 | 評價 |
|------|------|------|------|------|------|------|
| 題號 | (2) | (3)(4)(5)(6)(10)(13) | (18)(19)(20) | (1)(12)(15)(17) | (7)(9)(8) | (11)(14)(16) |
| 數目 | 1 | 6 | 3 | 4 | 3 | 3 |
| 百分比 | 5 | 30 | 15 | 20 | 15 | 15 |

(1) T1：文學作為一種表達形式，這和其他的表達形式
　　　有何不同？（分析）

(2) T1：文學作為一種表達形式，有哪些特質？（知識）

(3) T1：你覺得現代哪些作家的作品有意思？為什麼有
　　　意思？（理解）

（回答中學生引出魯迅）

(4) T1：是的，魯迅想用他的文學作品來醫治中國，你
　　　們認為用文學改變中國人的思想，是不是一個
　　　有效的辦法？為什麼？（理解）

(5) T1：文學和政治有沒有關係？能舉出例子嗎？
　　　（理解）

(6) T1：為什麼毛澤東覺得文學應該為工農兵服務？
　　　（理解）

(7) T1：說完了現代，你們對古代文學有什麼印象？
　　　（綜合）

（學生提到了西遊記）

(8) T1：還有別的印象嗎？（綜合）

(9) T1：西遊記，有人說指環王[7]這部電影像西遊記，你
　　　覺得呢？（綜合）

---

[7]　「指環王」即「魔戒」，大陸和臺灣的譯名不同。

(10)T1：古代有許多知識份子，認為文學是為了宣揚儒
家思想，所謂文以載道，**依你看來**，文學的形
式和內容哪個重要？**為什麼**？（理解）

(11)T1：毛澤東認為形式決定內容，而不是內容決定形
式，**你怎麼看**？（評價）

(12)T1：在你寫文章的時候，你會注重語言漂亮還是思
想深刻？**請說明理由**。（分析）

(13)T1：我們讀的現代作家的作品當中，好多都是批評
中國文化的，**為什麼**那個時代的作家有那個特
點？（理解）

(14)T1：他們的批判過份了嗎？**說說你的理由**。（評價）

(15)T1：現在我們社會上關心中國文學是否能走向世
界，讓中國文學世界化，這可能嗎？（分析）

(16)T1：有人說高行健能得諾貝爾獎，是因為他敢反對
中國政府，這件事**你怎麼看**？（評價）

(17)T1：高行健早年在中國，他把法國話劇改編成中國
的，並沒有受到中國人民的歡迎，但是他卻得
了諾貝爾獎，**為什麼**會有這樣的不同？（分析）

(18)T1：我們再談談互聯網[8]上的寫作，有人說大家在互
聯網上寫東西像上廁所，排泄是為了讓自己舒
服一點，根本不值得看，**你認為呢**？或者這也
是一種正在發展的文學形式？（應用）

---

8　Internet 大陸譯為「互聯網」。

(19)T1：有人說中國的民主不需要別的，用互聯網就行
　　　　了。中國的民主可以從互聯網開始，互聯網的
　　　　使用者有一億，**你覺得這是一個好的手段嗎？**
　　　　（應用）

(20)T1：我的美國朋友說，七〇年代寫東西給老闆都很正
　　　　式，現在用了電子郵件，都可以馬馬虎虎，你認
　　　　為這種變化是好的嗎？**說說你的看法。**（應用）

## 二、鷹架分析：討論經濟

　　本案例討論的是經濟，內容為《中國文化叢談》的〈中國近代
的商業經濟和財政政策〉（Vivian, 1997）。8 分鐘的時間裡，教師提
出了 14 個問題，平均 35 秒換一個問題，問答的形式為教師發問，
學生回答，再由教師糾正學生的語誤。經過分析，有以下數點可討論：

1. 93%以上的問題是顯性問題，教師期待學生說出人、時、事、
地、物等與內容相關的知識，能在課本裡找到標準答案，屬
封閉式問題。教師發問的目的是讓學生熟記教材內容。以(1)
T2、(5) T2、(7) T2 來看，頗像歷史課的填充題，學生只須在
教師的問題裡填上所要的資訊，而無須重新組合語言材料，
就能完成任務，此種操作方式或可用於初到中級的學生，但
不適用於中到高級的學生。

2. 以認知水平來區分問題，其中有 93%詢問的是內容知識，而甚少啟動高層認知，唯一例外的是(14) T2 的分析類的題目。教師備課的方式，似乎只是依教材，將其中的肯定句變成可發問的問句，而沒能設計出幫助思考、推理及整合語言的問題。例如教材中寫著「他（張老師）的參考書，多半兒是關於近代經濟史的，比方說，有一本是中國戰後的貨幣制度，有一本是戰時的外匯政策。」這段話中的生詞為「貨幣」、「外匯」，老師設計的問題是(5) T2：「其中這本關於貨幣制度的書，是什麼時候的？」學生只須回答「戰後」就行了。可是學生不記得，老師便追問(6) T2：「抗日戰爭以前的還是以後的？」以「還是」發問的選擇問句，學生只要根據所提供的選項猜一個就行了，而無須整合語言或是運用思考，於是學生回答：「戰爭以後的。」老師接著問(7) T2：「還有一本關於外匯的書，那這本參考書是關於什麼時候的外匯政策？」教師希望得到的回答是：「戰時的。」學生仍然不記得，只能說「好像也是戰後的。」結果他猜錯了，老師再問別人。檢視這些問題，可推知課堂上訓練的是學生的記憶力，而不是組織、表達語言的能力。

3. 教師使用的關鍵詞語多為：「什麼」、「什麼時候」、「還是」、「……嗎」等。回答「還是」、「……嗎」一類的提問，僅需選擇問題的部分內容作答即可。這樣的操作，偶而出現在中到高級的課堂裡，尚能接受，若頻繁出現，對學習者的挑戰就不足了。整段中教師沒提出「你認為」、「你覺得」、「你怎

表二 T2 教師的問題類別

| 類別 | 知識 | 理解 | 應用 | 分析 | 綜合 | 評價 |
|------|------|------|------|------|------|------|
| 題號 | (1)～(13) | 0 | 0 | (14) | 0 | 0 |
| 數目 | 13 | 0 | 0 | 1 | 0 | 0 |
| 百分比 | 93 | 0 | 0 | 7 | 0 | 0 |

　麼看」、「說說你的理由」一類能用句段表達己見的問題，自然學生也就沒有自由談話的機會了。

4. 教師的提問，完全按照課文進行，學生沒有討論相關主題的空間，每個問題，平均只用了 35 秒，除去教師發問、改錯的時間，學生說的話不多。

5. 教師口語表達清晰，語言自然，但仍有口頭禪，14 個問題中有一半是以「那」為發語詞。

(1) T2：第一個問題，關於張老師的課，司約翰用了**多長時間**準備？（知識）

(2) T2：那根據張老師的說法，他要講的是中國的商業史？還是某一個時期的商業情況？（知識）

(3) T2：那這個是張老師說的，**還是司約翰猜出來**的？（知識）

(4) T2：他根據什麼猜的？（知識）

(5) T2：其中這本關於貨幣制度的書，是**什麼時候**的？（知識）

(6) T2：抗日戰爭以前的還是以後的？（知識）

(7) T2：還有一本關於外匯的書，那這本參考書是關於什麼時候的外匯政策？

(8) T2：根據兩本參考書，司約翰猜的。一本是關於戰後貨幣政策的參考書，另一本是關於戰時外匯政策的參考書。那關於這些問題，高新民研究過嗎？（知識）

(9) T2：那司約翰看了這些參考書之後，他想到了一些什麼？（知識）

(10)T2：那在這樣的情況下，老百姓的生活，是怎麼樣的？（知識）

(11)T2：那當時有哪些特別不好的現象？（知識）

(12)T2：那個時候，市場上的物資多不多？貨幣的信用怎麼樣？（知識）

(13)T2：那在當時中國的市場上，由中國自己製造的日用品是多還是少？（知識）

(14)T2：造成了什麼結果？（分析）


# 三、鷹架分析：討論音樂

本案例討論的是音樂，選用的教材是《樂在溝通》的〈音樂欣賞〉（Jianhua Bai, Juyu Sung & Janet Xing, 1996）。6 分 25 秒的時間裡，教師提出了 20 個問題，平均 19 秒換一個問題。推知在互動中，

學生回答的多為短句，師生幾乎沒做延伸討論。教師的發問，有以下數點可討論：

1. 85%以上的問題屬於顯性問題，即針對課文細節發問。中級以上的語言教材，課文越來越長，也越來越複雜，其間還有不少的書面語，教師可以針對內容提問，但須考慮學習者記憶力的負荷，問題太細瑣、語意不明確，容易讓學生產生不必要的挫折感。

2. 以認知水平區分教師的提問，可知其多屬知識類，僅有 10%為理解，5%為分析類型的題目，較少啟動高層次的認知。

3. 教師的發問缺乏變化。教師頻繁使用關鍵詞「什麼」，20 個問題中，用了 22 次，其中探詢資訊的短語「什麼樣的」高達八次。就提問分析，(3)T3、(8)T3、(14)T3 均採相同的句式「什麼樣的人喜歡 X 音樂？」，而(5)T3、(9)T3 問的是某種音樂給人的感覺。教師以相同的問題在不同的音樂類型（古典音樂、爵士樂、搖滾音樂、民歌）上打轉，未能擴大、加深討論的範圍，也缺乏多樣的語言示範。其實，(1)T3 的發問便已觸及了這段對談的核心「說說看你對你所知道的音樂各有什麼感受？」但是問題太廣，學生無從回答，於是教師追問(2)T3「你想到什麼種類就講什麼種類，那個種類給你什麼樣的感受？」由於語句凌亂，學生一時之間仍然說不出什麼，接著教師就逐一討論不同的音樂。推測教師發問的目的，是要讓學生描述某種類型的音樂，以及對該音樂的感受，但是幾個回合之後，仍然沒能達成目標。

4. 教師忽略示範與引導。在(2)T3 的問題之後，學生若說不出預期
的答案，教師想到的應是學習者的能力不足，無法組織好想描
述的內容，此時，教師可以技巧地示範語言，以清晰、易懂的
句子陳述自己喜歡的音樂，以及欣賞該音樂後的感受，然後再
請學生描述。然而，這位教師在課堂上緊跟著教案依序發問，
忽略了要為學生搭建輔助的鷹架，因而從開始到結束，學生談
話的內容始終未有進展，僅在原地踏步。談音樂屬於抽象話題，
討論此類話題對中級程度的學生是一大挑戰，形容樂音、描述
欣賞音樂的感受須用特殊的詞彙與說法，即使課文中提到了古
典音樂、爵士樂、搖滾音樂、民歌等音樂類型，並舉例說明其
特色，然而學生還是很難從抽象的文字中學會詮釋音樂的說法。

5. 教師設計教案，考慮的不只是語言形式的問題，也要預測學
生對這些音樂有多少知識，而其知識能否讓他討論相關的內
容？較周全的操作方式是，教師先預備幾種課本提到的音樂
唱片、錄音帶，當學生表示對該種音樂不熟，或想描述卻不
知如何開口的時候，就播放音樂片段和學生一起討論聽這種
音樂的感受，藉由情境中的樂音和教師的語言示範，讓學生
逐步學會描述聽音樂的感受。這是根據學習者的程度、教學
內容搭建的學習鷹架。有時單靠課本的詞彙翻譯、課文解說
是不夠的。課文中的一個句子寫著「古典音樂給人一種高雅、
浪漫、雄壯、渾然忘我的感覺。」若學習者從來沒聽過古典
音樂，他該如何想像？同樣地，教師若沒有基本的音樂素養，
也就無法為學生搭建合用的鷹架，引導討論了。

6. 教師的表達不夠規範、清楚。對於教學語言，楊惠元（2007：
   171 ）提出「教師的課堂教學語言帶有示範性，要求教師的
   語言必須正確規範、準確無誤。教師不能給學生傳遞錯誤的
   語言信息，否則會造成教學的『硬傷』。」檢視教師發問的句
   子(2)T3「你想到什麼種類就講什麼種類，那個種類給你什麼
   樣的感受？」這是母語者的生活語言，卻不適合做為教學語
   言，如果將句子改成「音樂的種類很多，請選擇一種，說一
   說你聽這種音樂的感受？」互動的情況就會改善。此外,(18)T3
   的問題：「朋友之間有什麼樣的感情可以表達？」這個句子語
   意不清，教師問完後發現學生沒聽懂，又重複了一次「朋友
   之間有什麼樣的感情可以表達？」學生仍然不懂，教師又問
   了(20)T3「那家人呢？」說完三個句子，卻仍沒達到教學目的。
   事實上，教師第一次提問而學生沒聽懂時，就應該換一種說
   法。教師想問的應該是「我們可以用哪個詞來表示朋友之間
   的感情？」答案是「友情」，下一個問題「那家人呢？」答案
   是「親情」。但是因為教師說得不清楚，且未能及時修補溝通
   失誤，使得這段討論沒能達到預期的效果。

表三　T3 教師的問題類別

| 類別 | 知識 | 理解 | 應用 | 分析 | 綜合 | 評價 |
|---|---|---|---|---|---|---|
| 題號 | (1) (2) (4) (5) (6) (7) (9) (11) (12) (13) (14) (15) (16) (17) (18) (19) (20) | (3) (8) | (10) | | | |
| 數目 | 17 | 2 | 1 | 0 | 0 | 0 |
| 百分比 | 85 | 10 | 5 | 0 | 0 | 0 |

(1) T3：好！音樂的種類有很多，**對不對**？說說看你對
你所知道的音樂各有**什麼**感受？（知識）

(2) T3：慢慢講啊！你想到**什麼**種類就講什麼種類，那
個種類給你**什麼樣的**感受？（知識）

(3) T3：**那你覺得什麼樣的**人可能會喜歡古典音樂？
（理解）

(4) T3：**那除了古典音樂**，你還知道**什麼**音樂？（知識）

(5) T3：爵士音樂給你**什麼樣的**感覺？（知識）

(6) T3：那爵士音樂和古典音樂有**什麼**不同？（知識）

(7) T3：所以你對爵士樂也沒**什麼**感覺，對嗎？（知識）

(8) T3：**那你覺得什麼樣的**人會喜歡爵士樂？（理解）

(9) T3：你對搖滾音樂有**什麼**感覺？（知識）

(10) T3：那這個搖滾音樂對你的生活有**什麼**影響嗎？
（應用）

(11) T3：所以你也不會有**什麼**時間去聽搖滾音樂？
（知識）

(12) T3：那其他的呢？古典的、爵士的、搖滾的還有**什**
**麼**？（知識）

(13) T3：你覺得民歌大概都在說**什麼**？它大概在說**什**
**麼**？（知識）

(14) T3：**那什麼樣的**人可能會喜歡聽民歌？（知識）

(15) T3：**那年輕的**人都聽**什麼樣的**音樂？（知識）

(16) T3：流行歌大部分都講**什麼**？（知識）

(17)T3：你覺得除了愛情，音樂還可以表達什麼？
（知識）

(18)T3：朋友之間有什麼樣的感情可以表達？（知識）

(19)T3：朋友之間有什麼樣的感情可以表達？（知識）

(20)T3：那家人呢？（知識）

# 第四節　內隱知識的呈現

## 一、發問鷹架的內隱知識

分析教師呈現的內隱知識，可知發問行為涉及教師的知識、能力，而實際操作時亦有須注意的原則：

1. 顯性問題與隱性問題的比例。教師須思考發問的目的為何？希望學生能重現課文內容，抑或是要求學生在課文外，提出個人的看法？提問的類型與學習者的程度、教學目標有關，教師何時該提出隱性問題？何時該提出顯性問題？兩者的比重應如何？一般而言，顯性問題偏多的課堂，師生關注的焦點多在內容細節，較不容易產生溝通的樂趣與分享經驗的喜悅。

2. 知識、理解、應用、分析、綜合、評價等不同認知層次問題的分佈。知識性的問題，多是要求學生說出課文所提供的資訊，認知的方式是記憶，提問的關鍵詞為：什麼地方、誰、什麼時候、什麼事等等。理解性的問題，主要是探知學生對

內容的瞭解，並考察其能否轉述或重新組織教材內容。提問
的關鍵詞語為：為什麼、什麼意思、請說明等等。應用性的
問題，是要學生將所學的語言成分，遷移至新的語境、上下
文。發問時教師多會設計幾個與教材內容相關但不完全相同
的情境、話題讓學生練習。分析性的問題，要求學生對教材
細節的脈絡、關連提出個人的看法、推論，提問的關鍵詞語
為：你認為、你覺得、為什麼 A 和 B……等等。綜合性的問
題，要學生整合所學的語言知識（語音、語法、詞彙、語意、
語用）、文化知識，來組織自己的觀點，提問的關鍵詞語有：
比較、推測、如果……你會……等等。評價性的問題，則要
求學生按某個標準，對思想、人物、事件做出價值判斷，提
問的關鍵詞語如：你怎麼看。各類問題啟動的認知能力均不
相同，提問類型多元啟動的認知能力也廣。

3. 教師的語言。第二語言教學中，教師的語言是課堂裡唯一的
語言模範，因此只要是面對學生，教師說出的話都該是正確、
有邏輯且值得學生記憶、模仿的。課堂上教師使用的詞彙、
句式與其日常語言並不完全相同。課堂上的教師語言，是根
據教學需要而控制的結果，一方面它須符合學生的語言程
度，使之容易理解，另一方面在學生理解的範圍內，句子要
多變化，使學生能接觸、複習到不同的句式。

4. 引導的方式。無論學生的程度為何，教師都須在恰當的時機
輸入正確的語料，並示範合於情境的表達技巧。提問時教師
仔細描述問題，是有意識地輸入學生容易模仿的語言材料，

其本身就是語言示範，好讓學生能根據教師的說明組織討論其內容。互動討論時，教師還會以暗示、補充等策略，協助學生發現、修正其語言錯誤，補足不完整的內容。

分析三個教學案例，回顧之前的概念：「內隱知識為目標取向，能指導人的行動，是個人與外在事物互動後，所獲得的內在發展。」可知三位教師各有其不同的內隱知識。T1 教師能在充滿變數的課堂裡，快速調整教學，而後達成符合學習者語言發展的練習目標；T2 教師跟著課文提問，讓學習者熟記知識，但卻忽略了提供學生排列、組織語言成分的機會，以致於未能達到中級到高級的語言練習目標。T3 的教師是在課堂的大海裡，不斷找尋浮木的求生者，不僅練習目標沒達成，還對學生輸入了一些不當的句子。無庸置疑 T1 教師的內隱知識是值得客觀化且可用於教師培訓的。

檢視三位教師的背景，T1 是有二十多年華語文教學經驗的資深教師，T2 是教了一年華語的初任教師，T3 是僅有 40 小時華語文教學經驗的實習教師。即使有許多研究支持資深教師的教學較初任教師有效率，但也不宜武斷地說經驗一定和教學能力成正比，一般而言，資深教師長年以教室為實驗室、以學生為實驗對象，其所建構完成的實踐知識是不容忽視的。再從例子中可量化的發問的認知類型來看，即使如資深教師所言，他的提問是「根據學生當場的反應，臨時抓的。」但仍能兼顧各認知層次，反之，初任教師與實習教師的發問，雖是緊貼教案進行，卻有大量探詢記憶的問題（見圖一）。再看三位教師語言的差異，資深教師不僅將自己的語言控制在學生可理解的範圍內，而且還不失其豐富多元。初任教師的語言雖合乎規

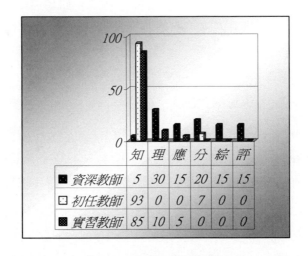

圖一　教師發問類型比較

範，學生也能理解，但其形式則嫌單一。實習教師的語言實為不合
格的課堂語言，形式不夠規範，語意不夠清楚，且因此影響到課堂
的互動。

## 二、課堂內的技術型知識

　　由三位教師連續的提問中，分析出了新手教師可模仿的基本原
則。然而語言教學是互動的，學生的反應能影響課程的進行，特別
是以聽說為主的練習，即使教師按照上述原則準備好所有要練習的
句子，寫下每一個步驟、每一句話，仍然不能確保教學順利。這種
教學的性質不像游泳、跳遠，而比較像打網球、桌球，任何動作都
是根據對手的反應所做出的抉擇。

　　以下將試著從教學的互動中，分析教師教成語的鷹架。教材是《思想與社會》，學習的成語是「鳳毛麟角」。之所以以成語為例，是因為成語對第一語言和第二語言學習者都不容易。成語有字面意思，亦有其引申義，此外它還涉及語意的褒貶、對話雙方的關係，以及在話語中的位置。由於學習成語者，多為中級、高級的學生，為求表達精確，教師還須為其分辨意義相近的詞彙。總結成語教學的任務有三：一是使學生能瞭解成語的意思；二是使學生能在情境中正確地使用；三是使學生能分辨相近詞彙的細微差異。教學實況如下：

(1) T4：鳳毛麟角是什麼意思？你會怎麼用？

(2) S：　對不起，我忘了……

(3) T4：鳳和麟是兩種傳說的動物，鳳的毛和麟的角都是很難得到的好東西。

(4) T4：我們可以說，現在有知識又有道德的人是鳳毛麟角。或者說，既會賺錢又會做家事的男人是鳳毛麟角。

(5) T4：在清華既嚴格又幽默的老師是鳳毛麟角嗎？

(6) S：　我不敢說。

(7) T4：那你說別的大學。

(8) S：　在我的大學裡，既嚴格又幽默的老師是鳳毛麟角。

(9) T4：在你的大學裡，既聰明又用功的學生是鳳毛麟角嗎？

(10)S：　在所有的大學裡，既聰明又用功的學生都是鳳
　　　　毛麟角。

(11)T4：有人說，現在敢說實話的人是鳳毛麟角，你同
　　　　意嗎？

(12)S：　我同意。

(13)T4：你同意什麼？

(14)S：　現在敢說實話的人是鳳毛麟角。

(15)T4：我聽說，現在為研究而研究的教授是鳳毛麟
　　　　角，你認為呢？

(16)S：　在清華有不少為研究而研究的教授，所以不是
　　　　鳳毛麟角。

(17)T4：你說得很好。

(18)T4：我能不能說，不愛孩子的父母是鳳毛麟角？

(19)S：　不能。

(20)T4：為什麼？

(21)S：　鳳毛麟角是好的。

(22)T4：該怎麼說？我們學過了。

(23)S：　不愛孩子的父母少之又少。

(24)T4：你說得真好，我想「不在乎學生的老師也是少
　　　　之又少」。

(25)T4：告訴我，在美國哪種人是鳳毛麟角，哪種人少
　　　　之又少？

(26)S： 在美國，會做中國菜的美國人是鳳毛麟角，不
喜歡吃中國菜的美國人少之又少。

(27)T4：非常好。

分析以上的互動實況，約可歸納出以下的教學程序，提供新教師參考：

1. 探測學習起點。一開始教師以(1)T4：「鳳毛麟角是什麼意思？
你會怎麼用？」來探測學習者的起點和課前預備的情況。學
生說(2)S：「對不起，我忘了……」這種情況在課堂上屢見不
鮮，教師無需感到不悅，但要清楚此訊息的意義是學生對這
個成語幾乎沒有背景知識，因此需要搭建較細密的鷹架。

2. 解釋學習目標。教師解釋該成語的字面意思(3)T4：「鳳和麟是
兩種傳說的動物，鳳毛和麟角都是不容易得到的好東西。」
教師解說的語言要簡單，不能帶入新詞。以(3)T4為例，教師
解說的目標只是讓學生理解「鳳毛麟角是難得的好東西」而
已。對外語學習者解說成語和對母語者不同，教師不能一次
輸入所有的語文知識，而是要根據學生當下的理解程度分階
段進行。部分新教師在教成語的時候，花了很多時間解說歷
史源流，這樣做輸入的資訊量太大，學生一時吸收不了。師
生互動中學生需要學會的是成語的用法，即母語者在情境中
如何正確地使用此成語。

3. 展示目標，輸入語料。教師展示學習目標並示範(4)T4：「我們
可以說，現在有知識又有道德的人是鳳毛麟角。或者說，既

會賺錢，又會做家事的男人是鳳毛麟角。」聽了兩個例子之後，學生若掌握了該詞彙的意義，就會試著說句子，教師可鼓勵但不必勉強，如果學生沒有主動練習的意願，教師的理解是學生對此成語仍然陌生，應繼續搭建以下的鷹架。

4. 帶入情境練習語言。教師利用身邊的例子，在簡單的語言框架下引導學習者練習，問(5)T4：「在清華既嚴格又幽默的老師是鳳毛麟角嗎？」學生回答(6)S：「我不敢說。」學生開了個展現個人幽默的小玩笑，同時也要看看教師會如何反應，有的新手教師便會在此打住，改變話題，例子中的老師很穩地說(7)T4：「那你說別的大學。」這樣的處理，是以最短的時間把學生帶回到練習的主軸上。學生回答(8)S：「在我的大學裡，既嚴格又幽默的老師是鳳毛麟角。」老師追加練習，將情境由老師遷移至學生，問(9)T4：「在你的大學裡，既聰明又用功的學生是鳳毛麟角嗎？」學生也再次練習(10)S：「在所有的大學裡，既聰明又用功的學生都是鳳毛麟角。」這段對話的目的是讓學生將成語自然地放入教師提供的句子中。對中高級學生而言，這段練習的難度不高，但是教師卻巧妙地在練習中回顧了「知識、道德、嚴格、幽默」等最近學過的詞彙。

5. 協助學生鞏固記憶。教師為加深成語在學生記憶中的印象，試著脫開以形式為主的練習，而將注意焦點集中於意義的溝通。教師問(11)T4：「有人說，現在敢說實話的人是鳳毛麟角，你同意嗎？」學生說(12)S：「我同意。」學生的回答在日常溝通情境中完全正確，但是因為教師的目的是練習詞語，所以

接著問(13)T4：「你同意什麼？」好讓學生說出完整的句子，學生回答(14)S：「現在敢說實話的人是鳳毛麟角。」教師又問(15)T4：「我聽說，現在為研究而研究的教授是鳳毛麟角，你認為呢？」學生回答(16)S：「在清華有不少為研究而研究的教授，所以不是鳳毛麟角。」至此教師應確定學生理解且能使用鳳毛麟角這個成語了，然後提出正向回饋(17)T：「你說得很好」。

6. 新、舊知識整合。教師提出相近的成語，讓學生思考、分辨，問(18)T4：「我能不能說，不愛孩子的父母是鳳毛麟角？」學生回答(19)S：「不能。」教師說(20)T4：「為什麼？」教師想確定學生的認知是否正確，學生說(21)S：「鳳毛麟角是好的。」教師說(22)T4：「該怎麼說？我們好像學過了。」設法讓學生回憶之前的詞彙，學生說(23)S：「不愛孩子的父母少之又少。」由此可知，在練習之初教師所輸入的資訊「鳳毛麟角是難得的好東西」是有效的，因為這個概念對學生能否分辨「鳳毛麟角」、「少之又少」很重要。接著老師再次回饋，並促其鞏固記憶說(24)T4：「你說得真好，我想『不在乎學生的老師也是少之又少』。」

7. 難題索解，促進遷移。教師操練詞彙的時候，通常不會要求學生在毫無線索的情況下造句，也不會採用「請用鳳毛麟角、少之又少各造一個句子」的方式練習。教師多會將情境設定好，問(25)T4：「告訴我，在美國哪種人是鳳毛麟角，哪種人少之又少？」這個問題主要是探測學生能否分辨「鳳毛麟角」

和「少之又少」在使用時的差異，如果學生能舉出正確的例子，就表示他學會了，反之則要繼續練習。學生說(26)S：「在美國，會做中國菜的美國人是鳳毛麟角，不喜歡吃中國菜的美國人少之又少。」此回答很好，因此教師回饋(27)T：「非常好。」這個看似簡單的過程，其實並不容易，當教師問出(25)T4時，很可能出現的情況是學生說我想不起來，此時教師就得進一步提供資訊「你用吃中國菜和做中國菜做例子。」有的新手教師在備課的時候，只準備問題，而忽略了當學生回答不了的時候，該如何提供鷹架，輔助其跨越障礙。如果教師發問後，自己也想不出恰當的例子，情況就尷尬了，而這種事也常發生。從中級進入高級教學，許多練習的詞語已經不是日常的口語了，教師備課若不周延，情急之下不僅容易舉錯例子，而且還有可能誤導學生。

以上的分析似已理出成語教學的基本操作步驟，由於此例子源於真實的互動情境，新手教師掌握後，也不難應用到教學中。

## 三、課堂內的藝術型知識

新任教師能學習的是技術原則，而較難攀上可因應教學變數的藝術境界，它與「雖在父兄，不能以移子弟」的內在能力有關，而此內在能力包括文化素養、教學經驗、反思能力、人格特質（EQ），是新手教師不易掌握的部分。常聽人說某位華語老師教得好，若從局內人的課堂觀察來看，「教得好」應具備以下的特點：

1. 能準確預測學習者的難點。能幹的教師（proficient teacher）在備課的時候，就能預估學生的難點如：內容、詞彙、語法點等，事先準備合宜的教具、例句，並設計好易懂的情境、階梯，以掃除學習者認知上的障礙，而新手教師往往只能依據課本的內容備課，較難想像學習者的困難以及在學習互動中的反應。

2. 迅速解決問題。能幹的教師可以根據學生的程度調整教學，以學生能理解的知識、語言、例子讓原本需要長時間討論的語法、近義詞難題，在幾句話之後消弭於無形。新手教師在解答學生疑問時，有時為了澄清學生問題就得上花一段時間，講解時也會因為用了學生沒學過的詞彙，而讓學生的疑問從一個變成數個。

3. 有效練習。能幹的教師在搭建教學鷹架的時候，能夠掌握 i+1 的原則，知道何時該提供協助，提供何種協助，以及何時該放手。新手教師則會因為誤判學生程度，而在學生已精熟的部分過度練習，卻以三言兩語將學生不熟的內容輕鬆帶過。有效練習的操作原則極簡單，即在學生的「最近發展區」（zone of proximal development）加強練習，便能獲致最大的教學效果，然而如何確知學生的「最近發展區」卻是新手教師的難題。

4. 有效利用時間。能幹的教師能判斷何種互動屬於無意義的交談，何種課堂活動屬於無意義的練習，當教學因某些因素而逐漸離開既定目標時，教師能運用策略適時、自然地將互動帶回原先規劃的主軸，使上課時間發揮最大的效用。新手教

師容易產生的無效教學情況有：課堂上不控制學生母語的使用量、在學生語言程度以下的話題上打轉、討論學生語言能力尚不及的內容，以及不知如何扭轉不利於教學的課堂互動、氣氛。

# 第五節　結論

本研究的主旨是開發教師的內隱知識，因為源於經驗的內隱知識在華語教學領域中並未受到應有的重視。然而無可否認從人類整個知識結構來看，外顯知識仍有其不可替代的地位，也是重要的基礎。若獨尊內隱知識，認為所有的知識都須經由個人親身經歷才能獲得，人類的進步就有限了。在兩者不可偏廢的前提下，須思考該如何有效轉換、應用此兩類知識，使其發揮最大的效能，進而提升臺灣華語教學的競爭力。就內隱知識與外顯知識的轉化，以及如何在組織裡共享兩類知識等問題，野中郁次郎與竹內弘高（1997，2004）提出的 SECI 知識轉換四大模式（見圖二），以及知識創新的螺旋或值得參考。四大模式指的是由內隱知識向內隱知識的轉化、內隱知識向外顯知識的轉化、外顯知識向外顯知識的轉化、外顯知識向內隱知識的轉化，此四種形式不斷地轉化，而後形成知識成長的螺旋，打破了理論與實踐、外顯與內隱截然二分的思考。現將此模式置於華語教學中，再次詮釋：

1. 共同化/社會化（Socialization），內隱知識向內隱知識的轉化。
在教學情境中教師通過觀察、模仿和親身實踐等形式，使個
人的內隱知識得以傳遞，傳統的師徒學習型態就是個人間分
享內隱知識的典型。至今，有部分華語教學中心仍有資深教
師輔導新進教師的制度，而新手教師進入教學機構，在潛移
默化中學會的專業態度、師生互動、待人接物等亦屬此類。

2. 外顯化（Externalization），內隱知識向外顯知識的轉化。將個
人的內隱知識以他人容易理解的形式呈現出來，常見的轉化
方式有類比、隱喻和假設、傾聽和深度會談等。語言中心裡
常見的是，教師總結個人的經驗，將自己認為有效的教學技
巧以文字或口語陳述出來，以供其他教師參考。

3. 結合（Combination），外顯知識向外顯知識的轉化。是將個別
觀念系統化而形成知識體系的過程，亦即整併組織零碎的、
片段的知識使其成為完整的系統，或是將既有的知識重新分
類以產生新的知識，再以專業的語言表述出來。教師研習、
教學工作坊、專題研討等活動均屬此類。

4. 內化（Internalization），指外顯知識向內隱知識的轉化。類似
「邊做邊學」的過程，亦即教師在工作情境中吸收新知，而
後納入個人的知識體系。例如：教師在教學會議中，學到了
糾正學生語誤的方法，隨後將其應用於日常教學，最終此種
知識便跟教師的其他教學經驗融為一體，成為教師內隱知識
的一部分。

　　藉由 SECI 的知識螺旋，讓內隱知識、外顯知識持續互動，以組織、創造出更合於工作團體的知識，此觀念已普遍為企業所採用。華語教學機構雖不是企業，但是以臺灣普遍存在的語言中心經營模式觀之，實有企業的特質，且同樣處於全球競爭之下。華語師資培育不僅須質量並重，還要在學院專業教育外，納入就業後的在職教育與專業成長，而此成長憑藉的是來自理論的外顯知識、開發自經驗結晶的教師內隱知識，更重要的是讓此兩種知識在教學實境中形成知識成長的螺旋，進而提升教師個人、教學組織的整體競爭力。

| | 內隱知識 | 外顯知識 |
|---|---|---|
| 內隱知識 | S 共同化<br>（共鳴的知識） | E 外顯化<br>（概念性知識） |
| 外顯知識 | I 內化<br>（操作性知識） | C 結合<br>（系統化知識） |

圖二　SECI 知識轉換的四大模式

# 參考文獻

## 第一章

宋如瑜（2005，6 月）。從「學習者」到「教學者」──大學僑生華語文師資培育研究。載於臺灣師範大學主辦之「二十一世紀華語機構營運策略與教學」國際研討會論文集（頁 101-108），臺北。

侯定凱、梁爽、陳瓊瓊（譯）（2008）。D. Bok 著。回歸大學之道：對美國大學本科教育的反思與展望(頁 6)。上海：華東師範大學出版社。

陳蘋琪(譯)（2007）。K. M. Bailey, A. Curtis & D. Nunan 著。教師專業生涯發展：以自己為泉源（頁 15）。臺北：寂天文化事業股份有限公司。

CLASS（全美中小學中文教師協會）、國家東亞語言資源中心俄亥俄州立大學分部 2001 合作專案。中小學(K－12)中文教師專業標準。2008 年 9 月 30 日，取自 http://www.classk12.org/ts.htm

Jackson, J. (1997). Cases in TESOL teacher education: Creating a forum for reflection. *TESL Canada Journal*, *14*(2), 1-16.

Lange, D. E. (1990). A blueprint for teacher development. In J. C. Richards & D. Nunan (Eds.), *Second Language Teacher Education* (p. 250). New York: Cambridge University Press.

Nunan, D. (1992). *Research methods in language learning* (p. 75). Cambridge: Cambridge University Press.

Shulman, L. S. (1992). Toward a pedagogy of cases: Case methods in teacher education. In J. H. Shulman (Ed.), *Case methods in teacher education* (pp. 1-30). NY: Teachers College, Columbia University Press.

## 第二章

卞覺非（1997）。21 世紀：時代對對外漢語老師的素質提出更高的要求。**語言文字應用**，1997 年增刊。

宋如瑜（1998）。**由新手邁向專家之途──北京清華大學 IUP 對外漢語教師培訓行動研究**。國立東華大學教育研究所碩士論文，未出版，台灣花蓮。

宋如瑜（2007）。教學與實習的雙贏規劃──中原大學海外師資培訓。載於**台灣華語文教學**，(1)，54-60。

崔永華（1997）。對外漢語教學學科概說。**中國文化研究**，春之卷(1)，108-114。

崔希亮（2007）。談漢語二語教學的學科建設。**世界漢語教學**，(3)，6-8。

陸儉明（2005）。漢語教員應有的意識。**世界漢語教學**，(1)，60-63。

虞莉（2007）。美國大學中文教師師資培養模式分析。**世界漢語教學**，(1)，114-123。

趙金銘（2001）。對外漢語研究的基本框架。**世界漢語教學**，(3)，3-11。

劉珣（2000）。**對外漢語教育學引論**（頁 13-15）。北京：北京語言大學出版社。

朱純（主編）（1994）。**外語教學心理學**（頁 349-358）。上海：外語教育出版社。

余應源（主編）（1996）。**語文教育學**（頁 371-383）。江西：江西教育出版社。

Chou, C. P. (2006). Letters from readers. *Journal of the Chinese Language Teachers Association, 41*(1), i – vi-ii.

Kliebard, H. (1975). Reappraisal: The tyler rationale. In W. Pinar (Ed.), *Curriculum theorizing* (pp. 70-83). Berkeley, CA: McCutchan.

Tyler, R. W. (1949). *Basic principles of curriculum and instruction.* Chicago: University of Chicago Press.

## 第三章

宋如瑜（2005）。學習者為中心的師資培訓課程設計——以 94 年度印尼地區華文教師研習班為例。**94 年度印尼地區華文教師研習班結案報告**，未出版。

宋如瑜（2006）。印尼華文教育的反思——以教師素質為中心的探討。**印尼華文教育與教學**（頁 71-93）。臺北，秀威資訊出版。

李秀坤（2003）。印尼坤甸等六市華文教育現狀調查研究。**廣東外語外貿大學學報**，**14**(2)，79-81。

李璐（2006）。印尼華文教育的現狀問題及對策研究綜述。**當代經理人科教論壇**，(12)，194。

周聿峨、陳雷（2003）。淺析印尼華文教育的復甦與前景。**比較教育研究**，(9)，82-90。

宗世海、王妍丹（2006）。當前印尼華文師資瓶頸問題解決對策。**暨南大學華文學院學報**，(2)，1-9。

宗世海、李靜（2004）。印尼華文教育的現狀、問題及對策。**暨南大學華文學院學報**，(3)，1-14。

宗世海、劉文輝（2007）。印尼華文教育政策的歷史演變及其走向預測。**暨南大學華文學院學報**，(3)，1-9，18。

郁漢良（1998）。**華僑教育發展史**（頁 780）。台北臺北：國立編譯館。

孫天仁（2007，9 月 28 日）。記者孔子誕辰日見證印尼首家孔子學院誕生。**人民網**。2008 年 9 月 30 日，取自 http://world.people.com.cn/GB/41214/6329460.html

馬躍、溫北炎（2003）。印尼華文師資的現狀、問題與對策——從社會問卷調查看印尼華文教育的狀況。**東南亞縱橫**，(9)，50-56。

曹云華（1999）。**戰後東南亞華人社會變遷**(頁 21)。北京：中國華僑出版社。

陳亮光（2005）。創意教學為主體的師資培訓課程設計——以 94 年度印尼地區華文教師第二期研習班為例。**94 年度印尼地區華文教師研習班結案報告**，未出版。

黃昆章（2002，7 月 4 日）。印尼華文教育呈現復甦勢頭。**人民日報海外版**，5 版。

新華網（2007，8月4日）。中國和印尼合作建立海外首所華文師範學院。**新華網**。2007年9月30日，取自 http://big5.xinhuanet.com/gate/big5/news.xinhuanet.com/newscenter/2007-08/04/content_6471111.htm

溫北炎（2001）。印尼華文教育的過去、現狀和前景。**暨南學報**（哲學社會科學），**23**(4)，73-77。

溫北炎（2002）。試析印尼華文教育的幾個問題。**暨南大學華文學院學報**，(2)，1-5。

福建僑聯網（2002）。**近年來印尼華文教育呈現良好發展勢頭**。2002年7月5日，取自 http://www.fjql.org/fjrzhw/a404.htm

蔡賢榜（2005）。印尼華文教師隊伍現狀及培養對策。**海外華文教育**，(4)，63-70。

蔡賢榜（2006）。印尼華文師資隊伍現狀及其培訓市場的拓展。**教育現代化**，(5)，138-141。

嚴美華（2005）。走向世界的對外漢語教學。**神州學人**，(2)，34-35。

## 第四章

王楠楠（2007）。零式指稱翻譯探究。**聊城大學學報**（社會科學版），(2)，266-267。

余光中（1994）。從西而不化到西而化之。**分水嶺上**(頁 135-137)。臺北：九歌出版社。

呂叔湘（1946）。從主語、賓語的分別談國語句子的分析。**呂叔湘自選集**（頁 445-480）。上海：上海教育出版社。

呂叔湘（1986）。漢語句法的靈活性。**中國語文**，(194)，1-9。

呂叔湘（1992）。**中國文法要略**（頁 28-32）。臺北：文史哲出版社，2000 年版。

汪愫葦（2006）。漢譯英中零代詞的幾種處理方法。**安徽科技學院學報**，(4)，52-53。

孫德金（2003）。漢語教學語言研究芻議。**語言文字應用**，(3)，100。

徐烈炯（1999）。從句中的空位主語。**共性與個性——漢語語言學中的爭議**（頁 159-175）。北京：北京語言文化大學出版社。

國立臺灣師範大學國語教學中心（2006）。**實用視聽華語（一）**。臺北：正中書局。

張黛琪（2004）。**零代詞的診斷式測驗與評量**。臺灣師範大學華語文教學研究所碩士論文，未出版，臺北。

陳俊光（2007）。**對比分析與教學應用**（頁 241-242、412）。臺北：文鶴出版有限公司。

黃宣範(譯)（2006）。Li & Thompson 著。**漢語語法**（頁 456-466）。臺北：文鶴出版有限公司。

廖秋忠(1992)。現代漢語中動詞的支配成分的省略。**廖秋忠文集**（頁 20）。北京：北京語言學院出版社。

劉月華、潘文娛、故韡（2000）。**實用現代漢語語法**。臺北：師大書苑。

劉珣（2001）。**新實用漢語課本（一）**。北京：北京語言大學出版社。

Chu〔屈承熹〕, C. C. (1999). *Discourse grammar of mandarin Chinese* (p. 254). New York:Peter Lang Publishing.

Drew, P., & Heritage, J. (Ed.). (1992). *Talk at work: interaction in institutional settings* (pp. 1-22). Mass: Cambridge University Press.

Huang, C.-T. J. (1984). On the distribution and reference of empty pronouns. *Linguistic Inquiry*, *15*, 531-574.

Huang, C.-T. J. (1987). Remarks on empty categories in Chinese. *Linguistic Inquiry*, *18*, 321-337.

Ijic, R. (2001). The problem of the suffix-men in chinese grammar. *Journal of Chinese Linguistics, 29*(1), 11-68.

Tao-chung Y., Yuehua L., Liangyan G., Yea-fen C., Nyan-ping B., & Xiaojun W. (1997). *中文聽說讀寫 Level 1*. Boston: Cheng & Tsui Company.

Xing, Z.〔邢志群〕(2006). *Teaching and learning chinese as a foreign language: A pedagogical grammar* (p. 180). Hong Kong:Hong Kong University Press.

## 第五章

白建華(2007)。高科技手段與高效率教學──淺談高科技手段在對外漢語教學中的有效融入。載於崔希亮（主編），**漢語教學：海內外的互動與互補**（頁 327-343）。北京：商務印書館。

宋如瑜（2005）。**實踐導向的華語文教育研究**（頁 143-144）。臺北：秀威資訊科技出版。

宋如瑜（2007）。變遷與因應：培訓印尼華文師資的實務經驗及反思。**華語文教學研究**，(2)，153-154。

李艷惠（2007）。漢語教學與科技融合——何去何從。載於崔希亮（主編），**漢語教學：海內外的互動與互補**（頁321）。北京：商務印書館。

靳洪剛（2005，6月）。**第二語言習得與語言形式為中心的結構教學探討**。載於臺灣師範大學主辦之「二十一世紀華語機構營運策略與教學」國際研討會論文集（頁24-34），臺北。

徐子亮、吳仁甫（2005）。**實用對外漢語教學法**（頁30）。北京：北京大學出版社。

國家漢語國際推廣領導小組辦公室（2007）。**國際漢語教師標準**（頁59）。北京：外語教學與研究出版社。

CLASS（全美中小學中文教師協會）、國家東亞語言資源中心俄亥俄州立大學分部2001合作專案。**中小學(K - 12)中文教師專業標準**。2008年9月30日，取自 http://www.classk12.org/ts.htm

Bai, J. (2003). Making multimedia an integral part of curricular innovation. *Journal of Chinese Language Teachers Association, 38* (2), 1-16.

Brown, H. D. (1994). *Teaching by principles: An interactive approach to language pedagogy* (pp. 225-230). N.J. : Prentice Hall Regents.

Oller, J. W. (1983). *Issues in language testing research* (p. 12 ). Rowley, MA: Newbury House.

# 第六章

毛海燕、唐敦摯（2007）。對外漢語教師及其培養模式探索。**高等教育管理**，**1**(2)，80-84。

皮連生（1997）。**學與教的心理學**（頁20）。上海：華東師範大學出版社。

宋如瑜（2005）。**實踐導向的華語文教育研究**（頁129-166）。臺北：秀威資訊科技出版。

孟憲愷（1996）。**微格教學基本教程**（頁1-6）。北京：北京師範大學出版社。

宮振勝（2008）。反思型教師教育理論的實踐典範──美國伊利諾大學的教育實習安排及啟示。**青島大學師範學院學報**，**25**(2)，117-121。

張興（1998）。從實證研究看加強高師教育實習的重要性。**高等師範教育研究**，(3)。

虞莉（2007）。美國大學中文教師師資培養模式分析。**世界漢語教學**，(1)，114-123。

Dewey, J. (1933). *How We Think* (p. 9). Chicago: Henry Regnery.

Goodlad, J. I. (1990). *Teachers for our nation's schools* (p. 34). San Francisco: Jossey- Bass.

Joseph, L., & Ingrain, H. (1969). *Of human interaction.* New York: National Press Book.

Joyce, B., Weil, M., & Calhoun, E. (2000). *Models of teaching (6th ed.),* (pp. 349-352). Boston, MA: Allyn & Bacon.

Valli, L. (1997). Listening to other voices: A description of teacher reflection in the united states. *Peabody Journal of Education, 72* (1), 67-88.

Wallace, M. J. (1991). *Training foreign language teachers: A reflective approach* (p. 54) . Cambridge University Press.

Waters, A. (2005). Expertise in teacher education: Helping teachers to learn. In Keith Johnson (Ed.), *Expertise in Second Language Learning and Teaching* (pp. 167-189). New York: Palgrave Macmillan.

## 第七章

李婉玲（2005）。**教師發展──理論與實踐**（頁 13）。臺北：五南圖書出版股份有限公司。

楊惠元（2007）。**課堂教學理論與實踐**（頁 136-137）。北京：北京語言大學出版社。

野中郁次郎、竹內弘高（1997）。**創新求勝──智價企業論**（頁 77-97）。臺北：遠流出版事業股份有限公司出版。

野中郁次郎、竹內弘高（2004）。**企業創新的螺旋**（頁 61-80）。臺北：中國生產力中心出版。

Bloom, B. S. (Ed.). (1956). *Taxonomy of educational objectives, the classification of educational goals – handbook I: Cognitive domain.* New York: McKay Press.

Brown, H. D. (1994). *Teaching by principles: An interactive approach to language pedagogy* (pp. 99-118). N.J. : Prentice Hall Regents Press.

Greenfield, P. M. (1984). A theory of the teacher in the learning activities of everyday life. In B. Rogoff & J. Lave (Eds.), *Everyday cognition : Its development in social context*(pp. 117-138). Cambridge, MA: Harvard University Press.

Polanyi, M. (1958/1962). *Personal knowledge : Towards a post-critical philosophy.* Chicago: The University of Chicago Press.

Sternberg, R. J. (1997). *Successful intelligence*(pp. 239-243). New York: Plume Press.

Vivian L. (Revised and Edited) (1997). *Talks on chinese culture（中國文化叢談）* (pp. 90-93). Beijing: Inter-University Program Press.

Vygotsky, L. (1978). *Mind in society: The development of higher psychological processes* (p. 86). Cambridge, MA: Harvard University Press.

ACTFL Proficiency Guidelines. (1986). *American council on teaching foreign languages.*

Chih-p' ing, C., Hua-hui, W., Kun, A., & Wei, W. (2006). *Anything goes: An advanced reader of modern chinese（無所不談：現代漢語高級讀本）* (pp. 358-371). N. J. : Princeton University Press.

Jianhua, B., Juyu, S., & Janet, X. (Eds.). (1996). *Beyond the basics: Communicative chinese for intermediate/advanced learners（樂在溝通）* (pp. VII・1-18). Boston: Cheng & Tsui Company.

Krashen, S. & Terrell, T. (1983). *The natural approach: Language acquisition in the classroom*(p. 32 ). Oxford: Pergamon.

Wood, D., Bruner, J. S., & Ross, G. (1976). The role of tutoring in problem solving. *Journal of Child Psychology and Child Psychiatry, 17*, 89-100.

社會科學類　AF0098

# 華語文教師的專業發展
## ——以個案為基礎的探索

作　　者／宋如瑜
責任編輯／林世玲
圖文排版／陳湘陵
封面設計／莊芯媚

發 行 人／宋政坤
法律顧問／毛國樑　律師
印製出版／秀威資訊科技股份有限公司
　　　　　114 台北市內湖區瑞光路 76 巷 65 號 1 樓
　　　　　電話：+886-2-2796-3638　傳真：+886-2-2796-1377
　　　　　http://www.showwe.com.tw
劃撥帳號／19563868　戶名：秀威資訊科技股份有限公司
　　　　　讀者服務信箱：service@showwe.com.tw
展售門市／國家書店（松江門市）
　　　　　104 台北市中山區松江路 209 號 1 樓
　　　　　電話：+886-2-2518-0207　傳真：+886-2-2518-0778
網路訂購／秀威網路書店：http://www.bodbooks.tw
　　　　　國家網路書店：http://www.govbooks.com.tw
圖書經銷／紅螞蟻圖書有限公司
　　　　　114 台北市內湖區舊宗路二段 121 巷 28、32 號 4 樓
　　　　　電話：+886-2-2795-3656　傳真：+886-2-2795-4100

2008 年 10 月 BOD 一版
2010 年 10 月 BOD 二版
定價：350 元
版權所有　翻印必究
本書如有缺頁、破損或裝訂錯誤，請寄回更換

國家圖書館出版品預行編目

華語文教師的專業發展：以個案為基礎的探索 / 宋如瑜著.
--一版. --臺北市 :秀威資訊科技, 2008.10
面 ；　公分. --(社會科學 ；AF0098)
BOD 版
參考書目 ：面
ISBN 978-986-221-106-9 (平裝)


1.漢語教學　　　2.語文教學

802.03　　　　　　　　　　　97019877

# 讀 者 回 函 卡

感謝您購買本書，為提升服務品質，請填妥以下資料，將讀者回函卡直接寄回或傳真本公司，收到您的寶貴意見後，我們會收藏記錄及檢討，謝謝！
如您需要了解本公司最新出版書目、購書優惠或企劃活動，歡迎您上網查詢或下載相關資料：http:// www.showwe.com.tw

您購買的書名：＿＿＿＿＿＿＿＿＿＿＿＿＿＿＿＿＿＿＿＿＿＿＿＿＿

出生日期：＿＿＿＿＿＿年＿＿＿＿＿＿月＿＿＿＿＿日

學歷：□高中 (含) 以下　　□大專　　□研究所 (含) 以上

職業：□製造業　□金融業　□資訊業　□軍警　□傳播業　□自由業
　　　□服務業　□公務員　□教職　　□學生　□家管　　□其它＿＿＿

購書地點：□網路書店　□實體書店　□書展　□郵購　□贈閱　□其他

您從何得知本書的消息？

　　□網路書店　□實體書店　□網路搜尋　□電子報　□書訊　□雜誌

　　□傳播媒體　□親友推薦　□網站推薦　□部落格　□其他＿＿＿＿＿

您對本書的評價：(請填代號　1.非常滿意　2.滿意　3.尚可　4.再改進)

　　封面設計＿＿＿　版面編排＿＿＿　內容＿＿＿　文／譯筆＿＿＿　價格＿＿＿

讀完書後您覺得：

　　□很有收穫　□有收穫　□收穫不多　□沒收穫


對我們的建議：＿＿＿＿＿＿＿＿＿＿＿＿＿＿＿＿＿＿＿＿＿＿＿＿

＿＿＿＿＿＿＿＿＿＿＿＿＿＿＿＿＿＿＿＿＿＿＿＿＿＿＿＿＿＿＿

＿＿＿＿＿＿＿＿＿＿＿＿＿＿＿＿＿＿＿＿＿＿＿＿＿＿＿＿＿＿＿

＿＿＿＿＿＿＿＿＿＿＿＿＿＿＿＿＿＿＿＿＿＿＿＿＿＿＿＿＿＿＿

11466
台北市內湖區瑞光路 76 巷 65 號 1 樓

**秀威資訊科技股份有限公司** 　　　收

　　　　　　　BOD 數位出版事業部

...............................................................................

（請沿線對折寄回，謝謝！）

姓　　名：＿＿＿＿＿＿＿＿＿　年齡：＿＿＿＿　性別：□女　□男

郵遞區號：□□□□□

地　　址：＿＿＿＿＿＿＿＿＿＿＿＿＿＿＿＿＿＿＿＿＿＿＿

聯絡電話：(日)＿＿＿＿＿＿＿＿＿＿＿(夜)＿＿＿＿＿＿＿＿＿＿＿

E-mail：＿＿＿＿＿＿＿＿＿＿＿＿＿＿＿＿＿＿＿＿＿＿＿